# A POLÍCIA DA MEMÓRIA

Yoko Ogawa

# A POLÍCIA DA MEMÓRIA

Tradução do japonês
**Andrei Cunha**

2ª edição

Estação Liberdade

Título original: *Hisoyaka na Kessho* (密やかな結晶)
© Yoko Ogawa, 1994
© Editora Estação Liberdade, 2021, para esta tradução

Publicado originalmente no Japão em 1994 por Kodansha Ltd., Tóquio.
Direitos da edição em português acordados com Yoko Ogawa por intermédio de Japan Foreign-Rights Centre/Ute Körner Literary Agent S.L.U. – www.uklitag.com.

PREPARAÇÃO Fábio Fujita
REVISÃO Huendel Viana
EDITORA ASSISTENTE Caroline Fernandes
SUPERVISÃO EDITORIAL Letícia Howes
EDIÇÃO DE ARTE Miguel Simon
EDITOR Angel Bojadsen

CIP-BRASIL. CATALOGAÇÃO NA PUBLICAÇÃO
SINDICATO NACIONAL DOS EDITORES DE LIVROS, RJ

O28p

    Ogawa, Yoko, 1962-
      A polícia da memória / Yoko Ogawa ; tradução Andrei Cunha. - São Paulo : Estação Liberdade, 2021.
      320 p. ; 21 cm.

    Tradução de: Hisoyaka na kessho
    ISBN 978-65-86068-14-6

    1. Ficção japonesa. I. Cunha, Andrei. II. Título.

21-69806                                                   CDD: 895.63
                                                                          CDU: 82-3(52)

Leandra Felix da Cruz Candido - Bibliotecária - CRB-7/6135
10/03/2021     10/03/2021

Todos os direitos reservados à Editora Estação Liberdade. Nenhuma parte da obra pode ser reproduzida, adaptada, multiplicada ou divulgada de nenhuma forma (em particular por meios de reprografia ou processos digitais) sem autorização expressa da editora, e em virtude da legislação em vigor.

Esta publicação segue as normas do Acordo Ortográfico da Língua Portuguesa, Decreto nº 6.583, de 29 de setembro de 2008.

EDITORA ESTAÇÃO LIBERDADE LTDA.
Rua Dona Elisa, 116 | Barra Funda
01155-030 São Paulo – SP | Tel.: (11) 3660 3180
www.estacaoliberdade.com.br

# 密やかな結晶

# Um

Qual terá sido a primeira coisa que desapareceu desta ilha? Ainda hoje, me pego pensando nisso. Quantas vezes minha mãe não me contou essa história quando eu era pequena!

— Muito, muito tempo antes de você nascer, este lugar tinha uma abundância de coisas. Coisas transparentes, coisas cheirosas, coisas farfalhantes, esvoaçantes, luminosas... enfim, maravilhas que você não pode nem imaginar. Infelizmente, nós, habitantes desta ilha, não podemos guardar para sempre essas coisas fascinantes. Enquanto vivermos nesta ilha, precisamos ir apagando de nossos corações, um a um, os objetos ali guardados. Talvez já esteja chegando a hora de você também perder alguma coisa...

Angustiada, eu quis saber:

— Dá medo quando isso acontece?

— Não, não precisa se preocupar. Não dói, não é ruim. Um belo dia, acordamos, abrimos os olhos, e a coisa já se foi. Fechamos os olhos, ficamos com os ouvidos atentos, sentimos o movimento do ar da manhã... Você deve prestar atenção: tem algo diferente de ontem? Isso quer dizer que seu coração perdeu algo, que alguma coisa desapareceu da ilha.

Minha mãe só falava disso quando estávamos sozinhas no ateliê do porão da casa. Era um cômodo de vinte tatames[1], empoeirado, com o chão áspero. O norte ficava para o rio, e podia-se ouvir o som da água. Eu sentava na minha banqueta e escutava minha mãe, que era escultora, falar baixinho enquanto entalhava ou polia uma pedra.

— A cada desaparecimento, a ilha entra por algum tempo em polvorosa. As pessoas se reúnem nas ruas, falando de suas memórias da coisa sumida. Dizem que sentem saudades, que estão tristes, consolam-se umas às outras. Se o que desapareceu é algo material, as pessoas trazem os seus exemplares para queimar, ou ainda enterrar, ou mesmo jogar no rio. Mas mesmo esse burburinho dura pouco. Depois de dois ou três dias, todos já voltaram à vida normal, incapazes até de lembrar o que era mesmo que haviam perdido.

Então minha mãe fazia uma pausa e me levava para trás da escada. Ali, havia uma cômoda em que se enfileiravam muitas gavetinhas.

— Venha cá e escolha uma delas para abrir.

Eu ficava algum tempo contemplando os puxadores ovais enferrujados. Qual escolher?

Sempre me demorava para decidir, pois sabia muito bem que lá dentro jaziam coisas inauditas e encantadoras. Minha mãe guardara ali, em segredo, os objetos sumidos da ilha.

Afinal, eu me decidia por uma das gavetas, e ela, sorrindo, depositava a coisa na palma da minha mão.

— Ah, isso aqui é algo que sumiu quando eu tinha sete anos. Chama-se "fita de cetim". Usava-se para prender o cabelo ou enfeitar as roupas.

---

1. Equivalente a mais de trinta metros quadrados. [N.T.]

"Isto aqui é um 'guizo'. Sacuda na palma da mão. Reparou como o som é bonito?

"Ah, a gaveta de hoje é especial! É a coisa que eu guardo com mais carinho. Isto aqui é uma 'esmeralda'! É uma lembrança da vovó. Tão linda, tão refinada, tão elegante! Era a pedra mais preciosa de toda a ilha. Mas hoje ninguém mais se lembra dela.

"Isto aqui é tão pequeno, tão fininho… mas é uma coisa bem importante. Quando queríamos dizer algo para alguém, escrevíamos uma carta e colávamos este 'selo' nela. E daí a carta era enviada para onde quiséssemos. Muito, muito antigamente, era assim que acontecia."

Fita, guizo, esmeralda, selo… saídas da boca de minha mãe, as palavras remetiam a nomes de meninas estrangeiras, ou de plantas desconhecidas — elas me deixavam arrepiada. Eu me divertia imaginando a ilha na época em que essas coisas existiam.

Ao mesmo tempo, imaginar as coisas sumidas era um trabalho difícil. O objeto repousado na palma da minha mão parecia um animalzinho a hibernar — enroscadinho, imóvel, silente. Não me transmitia nenhum sinal. Eu me via tomada por uma sensação de impossibilidade, como alguém que tentasse reproduzir com argila a forma das nuvens que boiam no céu. Diante das gavetas secretas, eu buscava concentrar meu coração, prendendo-me a cada palavra que minha mãe dizia.

A história que mais me encantava era a do "perfume". Um líquido translúcido guardado em um pequeno frasco de vidro. Na primeira vez que minha mãe pôs o frasco na minha mão, fiz menção de levá-lo à boca, pensando se tratar de água com açúcar ou alguma bebida.

— Não, isso não é de beber! — apressou-se a dizer. — É assim, ó: põe só uma gotinha na nuca — disse ela, enquanto posicionava o frasco atrás da orelha, onde lentamente depositou um pouquinho do líquido.

— Mas para que serve isso? — perguntei, confusa.

— O perfume é invisível, mas dá para guardar em um frasco.

Eu olhava fixamente o conteúdo do vidro.

— Quando passamos o perfume no corpo, ele tem um cheiro bom. É um cheiro capaz de nos fazer viajar com as sensações. Quando eu era mocinha, passávamos perfume para sair com o namorado. Isso era tão importante quanto escolher a roupa certa. Este é o perfume que eu usava para encontrar o seu pai. Ele sempre me trazia rosas das encostas das colinas do sul, então eu precisava achar um perfume que pudesse concorrer com o aroma daquelas flores. Se o vento movia meus cabelos, eu olhava um pouco para o lado, para ver se ele estava sentindo o meu cheiro.

A história do perfume era a que deixava minha mãe mais animada.

— Naquela época, todo mundo conseguia apreciar um aroma. Hoje em dia, ninguém mais sabe o que é isso. Não é mais vendido em lugar nenhum, nem ninguém mais quer comprar perfume. O perfume desapareceu no outono do ano em que me casei com seu pai. Todos trouxeram seus perfumes de casa e se reuniram à beira do rio. As pessoas destampavam os frascos e despejavam o líquido no rio. Houve aqueles que, com expressão arrependida, depois levavam os frascos vazios ao nariz. Mas já não havia mais ninguém que conseguisse sentir o aroma. E, assim como o perfume desapareceu, todas as memórias relacionadas a ele também se evaporaram. O perfume se transformou em algo inútil, degradado ao nível de uma água de segunda classe. Depois disso, por dois dias, em toda parte havia um cheiro tão forte que dava náuseas. Muitos peixes morreram. Mas não houve quem se importasse, porque o belo aroma se apagara do coração de todos.

Ao fim, minha mãe ficava com olhos tristes. Então me punha no colo e me deixava cheirar o perfume em sua nuca.

— Que tal?

Não sabia muito bem o que responder. A nuca tinha, é verdade, um cheiro. Não era como o cheiro de pão quentinho nem o de cloro da piscina — era uma presença flutuante. Mas, fora isso, aquilo não me fazia pensar em nada.

Minha mãe esperava um pouco, na esperança de que algo brotasse de minha mudez. Ao final, resignada, dava um pequeno suspiro.

— Ah, esqueça. Isso aqui é só uma aguinha para você. Não tem jeito. Aqui nesta ilha, não dá para ficar querendo se lembrar das coisas que sumiram — dizia, guardando o frasco de volta na gaveta.

Quando o relógio da parede dava nove horas, eu me recolhia ao meu quarto para dormir. Minha mãe então se voltava ao trabalho, empunhando formão e martelo.

Um dia, na hora do beijo de boa-noite, eu finalmente arrumei coragem para perguntar algo que estava me incomodando havia um tempo. Das janelas do porão, enxergava-se, clara, a lua crescente flutuando no céu.

— Mamãe, por que você se lembra tão bem das coisas sumidas? Como consegue sentir o cheiro do perfume que todo mundo já esqueceu?

Ela ficou com o olhar um tanto perdido na lua crescente. Depois, com a ponta dos dedos, se pôs a espanar do avental a poeira das pedras.

— Eu também não sei. Às vezes fico pensando nisso… — respondeu, num fiapo de voz. — Por que será que nunca perco nada? Por que será que nunca esqueço?

Ela baixou os olhos, como se fosse ruim não esquecer. Para consolá-la, dei-lhe mais um beijo de boa-noite.

# Dois

Minha mãe morreu; depois, foi a vez de meu pai me deixar. Desde então, muito tempo se passou, e eu ainda moro na mesma casa de antes. Minha babá, que cuidou de mim desde que eu era pequenininha, morreu dois anos atrás de ataque do coração. Sei que tenho primos em uma aldeia passando as montanhas do norte, perto da nascente do rio, mas nunca vi nenhum deles. As montanhas do norte estão cobertas de neblina e de florestas de espinheiros, e quase ninguém se atreve a ir lá. Além disso, aqui não há aquilo que chamam de "mapas" (será que eles também desapareceram um dia, muitos anos atrás?), então ninguém sabe como é do outro lado das montanhas, nem que real forma tem esta ilha.

    Meu pai era pesquisador. Estudava pássaros. Trabalhava em um observatório de aves silvestres no alto das colinas do sul. Por uns quatro meses no ano, ele se mudava para lá e fazia coleta de dados, tirava fotos, cuidava da incubadora, essas coisas. Eu ia visitá-lo com frequência, sob pretexto de levar a ele algo para comer. Os outros pesquisadores, mais jovens, me mimavam com biscoitos e chocolate quente.

Sentava-me no colo de meu pai e ficava espiando com o binóculo. Ele conhecia todos os detalhes dos pássaros: a forma do bico, a cor do contorno dos olhos, como eles abriam as asas e, é claro, o nome de cada um deles. O binóculo era muito pesado para uma criança, e logo meus braços começavam a formigar. Quando isso acontecia, meu pai me ajudava delicadamente, sustentando o peso do instrumento com a mão esquerda. Quando estávamos os dois assim, bem perto um do outro, eu ficava com vontade de lhe perguntar se ele sabia que, na antiga cômoda do ateliê, havia coisas secretas. Mas logo me vinha à mente a imagem de minha mãe com o olhar parado contemplando a lua crescente pela janela do porão, e a voz me faltava. No lugar da pergunta, eu transmitia as ordens bobas da minha mãe:

— Papai, coma isso logo. A comida vai estragar.

Na volta, meu pai me levava até o ponto de ônibus. Eu interrompia o trajeto em um comedouro de pássaros que havia no caminho e lhes esfarelava um dos biscoitos que ganhara dos pesquisadores.

— Quando você volta para casa? — eu perguntava.

— À tardinha, no sábado, eu acho — dizia ele, agitado.

— Dê um beijo em sua mãe por mim.

E, ao se despedir, acenava para mim com tanta vontade que parecia que saltariam do bolso do jaleco lápis vermelho, bússola, marca-texto, régua, pinça e tudo o mais que ele guardava lá.

Ainda bem que os pássaros sumiram depois que meu pai já estava morto. Os habitantes da ilha em geral não se importam muito de perder o emprego depois do sumiço de alguma coisa; logo em seguida, já arrumam outro serviço. Mas, no caso de meu pai, acho que ele não seria capaz disso. A única coisa que ele sabia fazer era dar nome aos pássaros.

Hoje, a chapelaria do outro lado da rua é uma loja de guarda-chuvas. O marido de minha babá passou de motorneiro da balsa a guarda-noturno de um silo. Uma amiga minha da escola, mais velha que eu, de cabeleireira se transformou em parteira. Nunca vi as pessoas reclamarem disso, nem quando passavam a ganhar menos. Ninguém expressa pesar nem saudade. Além do quê, todos sabem que resmungar demais pode causar suspeita e chamar a atenção da polícia secreta.

Todo mundo consegue esquecer facilmente — eu também. Esta ilha flutua sobre uma imensa lacuna do mar, um vazio que só cresce.

Com os pássaros foi do mesmo jeito que muitos outros sumiços. Uma bela manhã, acordamos abruptamente. Ainda na cama, abrimos os olhos. A tensão do ar parece diferente, como que áspera. Isso é sinal de que houve um desaparecimento. Ainda embrulhada no cobertor, passeei atenta o meu olhar pelo quarto. Minhas maquiagens na penteadeira, os clipes e papéis com anotações na escrivaninha, a renda das cortinas, as prateleiras com discos… qualquer coisa, por trivial que fosse, poderia ter desaparecido de uma hora para outra. Para descobrir o que havia sumido, precisava-se de concentração e determinação. Levantei-me, vesti um casaquinho e fui dar uma espiada no jardim. Os vizinhos também estavam na rua, com semblantes ansiosos, revistando o entorno. O cachorro do vizinho gania baixinho.

Nesse momento, vi um passarinho marrom voando alto no céu. Era uma coisa redonda, com um pouco de branco misturado na plumagem da barriga. Será que algum dia eu vira esse bicho com o meu pai no observatório? No momento em que pensei nisso, ocorreu-me que meu coração perdera todas as informações relacionadas a pássaros que um dia pudesse ter tido. Desde o significado da palavra "pássaro", passando por meus sentimentos por eles, até minhas memórias relacionadas a esses bichos — tudo se perdera.

No silêncio da manhã, ouviu-se a voz solitária do velho chapeleiro do outro lado da rua:

— Ah, foram os passarinhos. Passarinho tanto faz. Ninguém vai dar falta disso mesmo. Passarinho só serve para voar por aí pelo céu.

O velho arrumou o cachecol em volta do pescoço e deu um espirro. Seus olhos encontraram os meus. Por um instante, deve ter se lembrado de que meu pai pesquisava pássaros, porque deu um risinho constrangido e se mandou de volta para a loja. Outras pessoas esboçaram a mesma expressão de alívio ao compreender o objeto do sumiço. Todos se voltaram a seus afazeres matinais. Só sobrei eu ali, parada, olhando o céu.

O passarinho marrom traçou um círculo no ar e se foi em direção ao norte. Não consegui lembrar a que espécie pertencia. Senti remorso por nunca ter prestado muita atenção nos nomes dos bichos na época em que subia no colo de meu pai para observá-los com o binóculo. Tentei ao menos fixar na memória a maneira como a coisa batia as asas, seus sons, sua cor — em vão. Todos os pássaros que viviam nas cálidas memórias que tinha de meu pai já não serviam para invocar sua imagem. Agora, não passavam de seres vivos que faziam uso de um movimento vertical das asas para se manter no ar.

Quando à tarde fui ao mercado fazer compras, passei por inúmeras pessoas carregando gaiolas com aves. Papagaios, calafates, canários e outras espécies, enjaulados, batiam nervosamente as asas, como se pressentissem algo. Seus donos caminhavam atônitos e mudos. Pareciam ainda não ter absorvido totalmente o choque do mais recente sumiço.

Cada um a seu modo se despediu de seu pássaro. Alguns os chamavam pelo nome; outros os levavam ao rosto; havia ainda os que ofereciam petiscos com a boca. Quando os rituais de despedida cessaram, todos abriram a porta das gaiolas e as seguraram voltadas ao céu. Alguns pássaros hesitaram, voando em torno de seus donos; mas, por fim, todos acabaram engolidos pelo vasto céu e desapareceram.

Depois da revoada final, um silêncio tomou conta de tudo, como se o próprio ar estivesse contendo sua respiração. Os donos de pássaros retornaram para suas casas, levando consigo as gaiolas.

E foi assim que se passou o sumiço dos pássaros.

No dia seguinte, aconteceu uma coisa inesperada. Eu estava tomando café da manhã e assistindo televisão quando a campainha tocou. A maneira como ela soou me pareceu grosseira e já imaginei que deviam ser más notícias.

— Leve-nos ao escritório de seu pai.

Na porta de entrada, a polícia secreta. Ao todo, eram cinco policiais. Usavam um uniforme verde-escuro, com cintos largos, botas pretas, luvas de couro, e traziam revólveres na cintura. Estavam todos arrumados e vestidos de forma idêntica — ou talvez cada um deles tivesse diferentes combinações de distintivos na lapela, mas não deu tempo de olhar direito.

— Leve-nos ao escritório de seu pai — ordenou o homem mais à frente, no mesmo tom que o primeiro. Trazia na lapela distintivos em forma de losango, de feijão e de trapézio.

— Meu pai morreu há cinco anos — eu disse lentamente, tentando me acalmar.

— Estamos sabendo — respondeu outro, com insígnias em forma de cunha, de hexágono e de um T.

Como se esse fosse o sinal para invadir, os cinco homens subiram o degrau de entrada sem tirar os sapatos e enveredaram casa adentro. O corredor reverberou os cinco pares de coturnos e de armas batendo no fecho dos coldres.

— Acabei de mandar lavar o carpete! Por favor, tirem os sapatos!

Havia coisas mais importantes a dizer no momento, mas foram essas as tolas palavras que consegui tirar de minha boca. Os homens me ignoraram e subiram as escadas que levavam ao segundo andar.

Eles pareciam conhecer perfeitamente a disposição dos cômodos da casa. Foram direto ao escritório, que ficava no canto leste, e se puseram a trabalhar com admirável eficiência. Um deles abriu todas as janelas do cômodo, que estavam fechadas desde a morte de meu pai. Outro forçou a fechadura da porta do armário e da gaveta da escrivaninha com o auxílio de uma ferramenta comprida que lembrava um bisturi. Os outros revistaram todos os cantos, como que em busca de algum cofre oculto.

Em seguida, puseram-se a fazer uma triagem dos pertences de meu pai, seus manuscritos, anotações, diários de campo, publicações e fotografias. Tudo o que consideravam perigoso — ou seja, tudo o que continha o ideograma 鳥 ("pássaro") — iam jogando ao chão. Fiquei paralisada no limiar da porta, apertando e soltando o botão da maçaneta, enquanto observava o procedimento.

Demonstravam ser muito bem treinados, exatamente como se comentava. O *modus operandi* da equipe havia sido planejado detalhadamente de forma a assegurar o máximo de eficiência. Ninguém dizia nada, todos tinham um olhar preciso; nenhum deles se movia de forma desnecessária. O farfalhar dos papéis lembrava o bater de asas de pássaros.

Em um piscar de olhos, já havia uma montanha de papel no chão. Naquele ambiente, era muito pequena a proporção de objetos sem relação com aves. Das mãos dos policiais, caíam com estrondo fotos tiradas no observatório e resmas e resmas de papéis com a letra de meu pai, uma caligrafia que parecia subir para a direita em uma inclinação que me era inconfundível. Em que pese a balbúrdia que eles estavam fazendo, o procedimento em si era um bailado tão preciso que me senti como que acometida por uma alucinação: era como se eu estivesse sendo acolhida por uma refinada hospitalidade. Algo em mim me instava a tomar uma atitude e expressar minha objeção, mas, ao mesmo tempo, meu coração batia tão forte que eu não sabia o que fazer.

— Vocês não podem mexer nisso com mais cuidado? — experimentei dizer, sem obter resposta. — Isso é tudo o que me resta de meu pai.

Nenhum deles se deu sequer ao trabalho de se virar. Minha voz foi como que devorada pelas pilhas de papel que se acumulavam pelo chão.

Um deles começou a mexer na gaveta inferior da escrivaninha.

— Não tem nada aí que tenha a ver com pássaros — apressei-me a dizer.

Era a gaveta em que meu pai guardava as cartas e fotos de família. O policial com distintivos em forma de rosquinha, de retângulo e de uma gota não deu a mínima atenção ao que eu dissera e continuou a inspecionar aquele conteúdo.

Dali, retirou uma única foto, em que se viam eu, minha mãe e meu pai ao lado de um pássaro de cores vivas cujo nome já não me recordo. Meu pai havia criado aquele bicho em uma incubadora artificial. Depois o homem pegou as outras fotos e cartas, que dispusera cuidadosamente sobre a escrivaninha, e as devolveu à gaveta. De todos os gestos esboçados pelos caçadores de memórias naquele dia, esse foi o único decente.

Após a triagem, enfiaram a mão no bolso interno de seus casacos e de lá tiraram sacos pretos, em que colocaram as coisas do chão. Pela maneira como abarrotaram os sacos, compreendi que aqueles papéis seriam destruídos. Tudo foi aglomerado de qualquer jeito — era de imaginar que eles não pretendiam revistar aqueles documentos, mas apenas se livrar de todo e qualquer traço da existência dos pássaros. A principal missão da polícia secreta era levar a cabo o processo de desaparecimento.

Ao final da batida, fiquei pensando que a coisa tinha sido menos pesada do que da vez em que vieram buscar minha mãe. Agora, haviam levado embora tudo o que queriam — provavelmente, não voltariam mais. Depois da morte de meu pai, a memória dos pássaros que pairava pela casa foi se rarefazendo mais a cada dia.

A batida levou só uma hora e rendeu dez grandes sacos cheios de papel. O cômodo estava quente com os raios do sol da manhã. Os distintivos dos policiais reluziam imaculados. Nenhum deles estava suado nem sem fôlego. Cada um deles carregou nas costas sua porção equânime de dois sacos até um caminhão que estava estacionado nos fundos da casa. Depois partiram.

Ao final de uma hora, o escritório era um lugar diferente. Os traços da vida do meu pai, que eu mantivera cuidadosamente encerrados ali, agora haviam desaparecido, e em seu lugar, de forma irreversível, encontrava-se instalado um oco. Fiquei parada, em pé, bem no meio do cômodo. O ponto mais recôndito do oco profundo parecia querer me engolir inteira.

## Três

Eu vivo de escrever romances. Já publiquei três. O primeiro era sobre uma afinadora e seu amante desaparecido, um pianista. Ela percorria o mundo, as lojas de instrumentos, as grandes salas de concerto, contando apenas com a memória do timbre de uma nota na busca por seu amor. O segundo, sobre uma bailarina que perdera a perna direita em um acidente e agora vivia em uma estufa de plantas com o amante, um botânico. O terceiro, sobre uma mulher que tinha de cuidar do irmão mais novo, vítima de uma doença que ia derretendo, um por um, seus cromossomos.

Todos são romances sobre perda. As pessoas adoram esse tipo de história. Só que, nesta ilha, escrever romances é um dos trabalhos mais humildes, mais invisíveis. Não se pode dizer que haja aqui uma abundância de livros. Se vou à biblioteca que fica do lado do roseiral, um prédio dilapidado de madeira sem porão nem sótão, nunca vejo mais do que duas ou três almas, no máximo. Os livros dormem no canto das prateleiras, longe de olhos humanos, e só de se lhes abrir, começam a se esfarelar, meio apodrecidos. Não se faz menção de recuperá-los; quando se desmancham, são descartados. A biblioteca tem cada vez menos livros, mas ninguém reclama.

A livraria é a mesma coisa. No calçadão do centro, não há lugar mais silencioso do que a livraria. O dono é mal-encarado e não está a fim de nada. As capas dos livros desbotaram.

Pouca gente precisa de romances nesta ilha.

Começo a escrever às duas da tarde e só largo o lápis de madrugada. Ainda assim, isso não me rende muito mais do que cinco folhas por dia. Gosto de ir escrevendo letra por letra no papel quadriculado, deliberadamente. Afinal, não há motivo para pressa. Uso meu tempo com cuidado, escolhendo a letra certa para preencher cada quadradinho.

Escrevo no antigo escritório de meu pai. Comparado à época em que era dele, hoje está bem menos abarrotado. Não preciso de livros de referência nem de anotações para escrever meus romances. Na escrivaninha, tenho apenas uma resma de folhas de almaço, lápis, um estilete para apontar os lápis e uma borracha. Nunca consegui preencher o oco que a polícia secreta deixou aqui.

No fim da tarde, saio para caminhar por uma hora. Vou até o cais das balsas e, na volta, passo pelo antigo observatório de aves na trilha das colinas.

A balsa, há anos ancorada no cais, está toda enferrujada. Não serve mais para transportar passageiros. As balsas também foram objeto de sumiço.

Era para ter o nome da embarcação escrito à tinta na proa, mas a maresia se encarregou de apagar as letras. As escotilhas tinham uma espessa camada de sujeira; o casco, a corrente da âncora e a hélice estavam cobertos de cracas e de algas. A antiga balsa era como o cadáver petrificado de um monstro marinho.

O marido de minha babá tinha sido balseiro, uma época. Depois que as balsas sumiram, trabalhou um tempo como guarda-noturno no cais, mas agora já estava aposentado. Morava dentro da embarcação desativada. No caminho de volta, costumo parar no cais para bater um papo com ele.

— E como vai indo o romance? — pergunta-me, oferecendo uma cadeira para eu sentar.

Assento é o que não falta em uma balsa desativada. Dependendo do tempo que faz, às vezes sentamos no deque, ou no sofá da primeira classe, ou no lugar que nos dá na telha.

— Ah, daquele jeito de sempre — respondo.

— Cuidado com o estresse, hein! Não trabalhe demais. Não é qualquer um que consegue ficar o dia inteiro numa escrivaninha pensando em coisas complicadas. Se o patrão e a patroa fossem vivos, teriam tanto orgulho de você — diz ele, balançando a cabeça.

— Que nada, escrever romances não tem nada de complicado. Desmontar o motor da balsa, trocar as peças e depois colocar tudo de volta no lugar me parece muito mais misterioso e difícil.

— De que adianta tudo isso, se as balsas sumiram...

Um dia estávamos nessa altura da conversa quando fomos visitados por um silêncio.

— Ah, você nem sabe, hoje eu tenho uns pêssegos maravilhosos! Você quer?

O velho foi à pequena cozinha que ficava na sala da caldeira e trouxe um prato com gelo, no qual se viam perfilados pêssegos ornamentados com folhas de hortelã. Também tinha uma térmica com um chá bem forte. Ele sabia cuidar bem de máquinas, frutas e plantas.

Sempre trago o primeiro exemplar de todos os meus romances para presenteá-lo.

— Ah! É o seu romance?

Ele disse "romance" com certa prudência, como se fosse uma palavra importante. Depois se curvou e recebeu o livro com as duas mãos, como um objeto sagrado.

— Muito obrigado! Muito obrigado!

E continuou agradecendo, até começar a chorar. Fiquei muito constrangida.

Cumpre-me acrescentar que ele nunca leu uma linha de nada que eu escrevi.

— Depois vou querer saber o que o senhor achou.

— Está fora de questão. Se eu ler o romance, ele acaba. Um desperdício. Prefiro guardá-lo para sempre aqui comigo, essa coisa preciosa.

E, dizendo isso, colocou o livro no altar do deus do mar que há na ponte de comando e uniu as mãos enrugadas em uma prece.

Enquanto comíamos os pêssegos, falamos de diversas coisas — a maioria, memórias de tempos passados. De meu pai, de minha mãe, do observatório de pássaros, das esculturas, dos velhos tempos em que era possível ir a outros lugares de balsa… Mas nossas lembranças vão diminuindo a cada dia. Cada vez que algo desaparece, nossas memórias somem com a coisa. Os pêssegos foram acabando; dividimos o último, saboreando-o com cuidado, enquanto repetíamos diversas vezes os mesmos assuntos.

Desci da balsa quando o sol começou a mergulhar na água. A escada não é muito íngreme, mas o velho sempre segura minha mão para eu descer. Ele me trata até hoje como se eu fosse uma menina.

— Cuide-se na volta.
— Pode deixar. Até amanhã.

Ele ficou me olhando ir embora até eu desaparecer de vista.

Antes de voltar para casa, ainda passei pelo observatório, mas não me demorei. Contemplei o mar, respirei fundo diversas vezes e desci em seguida.

A polícia secreta também passou por aqui, como pelo escritório de meu pai, deixando apenas um prédio dilapidado e vazio. Nada ali permite imaginar que um dia foi um observatório de aves silvestres. As pessoas que trabalhavam ali também se dispersaram.

Fui até a janela de onde, antigamente, ficava olhando os passarinhos com o binóculo de meu pai. Vez ou outra, ainda aparece um passarinho, mas, para mim, ele é apenas uma lembrança de que as aves agora não têm significado algum.

Começava a anoitecer quando passei pela cidade, de volta das colinas. A ilha fica silenciosa ao anoitecer. As pessoas voltam do trabalho de cabeça baixa, as crianças entram correndo em suas casas, e o caminhão da feira ambulante vai se distanciando com um barulho de motor velho.

A ilha parece plena de um sentimento de antecipação, como que se preparando para um novo sumiço.

E, assim, a ilha dá boas-vindas à noite.

# Quatro

Na quarta-feira à tarde, estava a caminho da editora para entregar um manuscrito quando testemunhei uma operação de caça às memórias — a terceira vez só esse mês.

Eles vinham se mostrando cada vez mais autoritários e violentos. Pensando bem, quinze anos antes, quando vieram buscar minha mãe em casa, acho que aqueles eram os primeiros caçadores de memórias. Tinham acabado de descobrir que havia pessoas especiais que não esqueciam o que deviam esquecer, e a polícia secreta estava tentando prender todas. Até hoje ninguém sabe onde foram parar todos os detidos.

Desci do ônibus e já ia atravessar o cruzamento quando três caminhões daquela cor verde-escura que todos reconhecem surgiram à nossa frente. Os outros carros tiveram de reduzir a velocidade e dar-lhes passagem. Os caminhões estacionaram diante de um prédio ao mesmo tempo residencial e comercial em cuja fachada se viam placas de consultórios de dentista, agências de seguros, academias de dança e outros negócios. Uma dezena de policiais desceu das viaturas e passou rapidamente pela entrada do edifício.

Eu e todos à minha volta como que paramos de respirar. Houve quem fosse se esconder nas ruazinhas laterais. Todos ansiavam que o espetáculo acabasse logo — antes que fossem obrigados a se envolver com aquilo. O ar que rodeava os caminhões parecia ter sido sugado pelo redemoinho do tempo, mergulhado que estava em um silêncio absoluto.

Abracei com força o envelope em que se encontrava o meu manuscrito e fiquei parada, imóvel, à sombra de um poste de luz. O semáforo passou do verde ao amarelo, do amarelo ao vermelho, e de volta ao verde. Ninguém atravessou a rua. Dentro do bonde que passava, as pessoas se penduraram nas janelas para ver o que estava acontecendo. Acabei amassando todo o envelope.

Algum tempo depois, ouviu-se um alvoroço de passos. Eram os coturnos autoritários e disciplinados da polícia secreta, aos quais se somava o som débil, tristonho, dos passos dos detidos. As pessoas começaram a sair do edifício, uma após a outra: dois cavalheiros de meia-idade, uma mulher de uns trinta anos com os cabelos castanho-avermelhados e uma adolescente magrinha; em seguida, foram os policiais.

Nem começara a esfriar ainda, mas os quatro estavam entrouxados com diversas camadas de camisas, camisetas, casacões, cachecóis, lenços de pescoço. Carregavam bolsas e malas estufadas de roupas. Como se tivessem juntado em pouco tempo tudo o que estava à mão e que consideraram útil.

As roupas não estavam abotoadas direito, as malas deixavam ver pontas de pano saindo nos cantos, os cadarços estavam desatados. Era possível notar que não lhes havia sido dado tempo para se prepararem. Havia revólveres apontados para as suas costas. As expressões faciais, no entanto, não denotavam confusão. Os olhares tinham a limpidez de um açude solitário no meio de uma floresta fechada e pareciam fixos em uma realidade distante. Eram olhos de quem se lembrava de coisas que nos eram invisíveis.

A polícia secreta se movia com a mesma precisão de sempre. Os distintivos coruscavam nas lapelas. Não havia um movimento inútil em sua coreografia. Quatro policiais passaram diante de mim. Tinham um vago cheiro de solução antisséptica. Talvez um dos detidos fosse da clínica odontológica.

Foram entrando nos caminhões fechados com lona. Em nenhum momento o cano das armas se afastava das costas dos presos. Por último, a adolescente jogou para dentro do caminhão a bolsa que carregava — cor de laranja, com um aplique de ursinho. Em seguida, tentou subir no veículo, mas a carroceria era muito alta e ela caiu, estatelando-se sentada no asfalto.

Sem pensar, dei um grito e deixei cair meu envelope. O manuscrito se espalhou pela calçada. As pessoas à minha volta me fizeram cara feia. Não se deve chamar a atenção dos caçadores de memórias. Isso pode arrumar problemas para o nosso lado, pareciam dizer. Todos têm medo da polícia secreta.

Um jovem que estava ao meu lado me ajudou a juntar as folhas do manuscrito. Algumas haviam caído em poças d'água e estavam molhadas; outras foram pisadas e ficaram sujas; mas conseguimos reuni-las rapidamente.

— Pegou todas? — perguntou o jovem.

Assenti com a cabeça e agradeci silenciosamente com o olhar.

A confusão que eu causei não teve nenhuma consequência para os afazeres da polícia secreta. Nenhum deles se voltou para onde eu estava.

Um dos homens que estava dentro do caminhão ofereceu a mão à adolescente que havia caído e a puxou para dentro do veículo. A saia levantada permitiu entrever os joelhos pequenos e duros de um corpo ainda infantil. Um policial abaixou a lona da carroceria e ouviu-se o som dos motores.

Mesmo depois que partiram, o fluir do tempo demorou um pouco para voltar. O ruído dos motores foi se distanciando e já não se viam mais os caminhões ao longe. Finalmente, quando o bonde voltou a se mover, as pessoas compreenderam que a caça às memórias chegara ao fim, e que ninguém ali havia sido prejudicado ou envolvido. Todos retomaram suas atividades, cada um para o seu lado. O jovem que me ajudara atravessou a rua e se foi pela calçada lateral.

Enquanto olhava para a porta fechada do prédio, tentei imaginar o que a adolescente sentira quando o policial tocou a sua mão.

— Vi uma coisa horrível agora, vindo para cá — contei a R na entrada da editora.

— Uma caça às memórias? — perguntou meu editor, enquanto acendia um cigarro.

— Sim. Está cada vez pior, não é?

— Um horror, não sei onde isso vai parar — disse ele, dando uma funda tragada.

— Pois é, mas a caçada de hoje foi diferente, sabe? Foi tudo à luz do dia, em um prédio do centro, e levaram quatro de uma só vez. Até hoje eu só tinha visto levarem uma pessoa por vez, à noite... e normalmente buscam as pessoas em casa...

— Vai ver esses quatro estavam em um esconderijo...

— Esconderijo?

Repeti a palavra porque não estava acostumada com ela, mas, logo em seguida, levei a mão à boca, como que para abafá-la. Todo mundo diz que não se deve falar desses assuntos delicados na frente dos outros. Nunca se sabe se há algum policial infiltrado. Inúmeros boatos circulam na ilha sobre os caçadores de memórias.

Não havia quase ninguém ali na entrada. Do outro lado dos vasos de fícus, três homens de terno estavam metidos em uma conversa complicada em torno de uma pilha alta de papéis. Fora isso, só a recepcionista com cara de tédio.

— Eles provavelmente estavam escondidos em alguma sala do prédio. Não há alternativa para eles. Ouvi dizer que, na verdade, existe uma rede subterrânea de apoio que abriga essas pessoas. É uma rede bastante organizada, com contatos em todas as partes, dedicada a obter esconderijos seguros, víveres e dinheiro para essas pessoas. Mas, se a polícia secreta conseguiu desbaratar um desses abrigos, é sinal de que não existem esconderijos seguros...

Tive a impressão de que R pretendia dizer mais alguma coisa, mas, em vez disso, ele pegou sua xícara de café e se pôs a contemplar o jardim interno, emudecido.

No meio do pátio, havia um pequeno chafariz rodeado de tijolos. Não tinha ornamento nenhum — era uma fonte bastante simples. Durante os silêncios entre uma fala e outra, ouvia-se o som da água vindo do outro lado da vidraça. Lembrava o arco de um instrumento de cordas tocando suave, ao longe. Voltei-me para R e disse:

— Há uma coisa que eu acho difícil de entender. Como é que a polícia secreta consegue detectar quem são essas pessoas, as que não são afetadas pelos sumiços? Não há nada na aparência delas que as diferencie dos outros. São homens, mulheres, das mais diversas idades, profissões, classes sociais... Elas não deveriam apenas prestar atenção na maneira como os outros se comportam e fazer a mesma coisa? Não deve ser muito difícil fingir que um sumiço atingiu nossa consciência.

— Hmm... será? — questionou R, após uma pausa. — Acho que não é tão simples assim como você diz. A nossa consciência está envolta em subconsciente: o subconsciente é cerca de dez vezes maior do que a nossa consciência. Não é algo que se controle tão facilmente. Eles não são capazes de imaginar como se dá a experiência do desaparecimento. Se pudessem fazer isso, não se dariam ao imenso trabalho de viver em esconderijos.

— Isso é verdade.

— Ainda não passa de um boato, mas ouvi dizer que eles descobrem quem tem uma consciência especial por análise cromossômica. Os técnicos responsáveis pelo sequenciamento do DNA estariam sendo treinados em laboratórios de universidades.

— "Sequenciamento de DNA"?

— Isso. Ainda que a aparência externa dos suspeitos não revele características comuns, seria possível, mediante uma análise genética aprofundada, identificar quais deles desenvolveram uma consciência diferente. A julgar pela eficiência dos atuais caçadores de memórias, parece que o sequenciamento está bem avançado...

— Mas como eles têm acesso ao código genético?

— Você não tomou café agora nessa xícara?

R apagou o cigarro no cinzeiro e levou a xícara que eu estava usando até a altura dos meus olhos. A mão dele estava tão próxima que eu sentia minha respiração nela. Fechei a boca e concordei com a cabeça.

— A coisa mais fácil para a polícia secreta é pegar uma xícara assim, extrair dela a sua saliva e fazer uma análise de DNA. É possível encontrar material genético em tudo… A copa da editora, por exemplo, deve ter vestígios de todos os que passam por aqui. Aos poucos, sem que ninguém saiba, eles podem estar sequenciando o DNA de todas as pessoas da ilha e criando um banco de dados com esses registros. Sempre deixamos nosso material genético em tudo. Partículas de cabelo, suor, unhas, gordura, lágrimas, ficam espalhados por aí. Não há como evitar isso.

Ele largou de volta a xícara no pires e se pôs a observar o resto de café que sobrara no fundo.

Os homens sentados do outro lado dos fícus tinham encerrado a discussão e desaparecido. Como sinal de sua presença, havia na mesa três xícaras de café. A moça da recepção se levantou e, impassível, recolheu-as em uma bandeja. Esperei que ela se afastasse e continuei:

— Tá, mas… por que eles precisam ser detidos? Eles não prejudicam ninguém…

— Para os dirigentes, em uma ilha onde tudo aos poucos vai sumindo, o simples fato de haver algo que não some é prejudicial… é… inadmissível. Então, se as memórias não somem por bem, somem por mal…

— Acho que minha mãe também foi assassinada…

Eu sabia muito bem que não devia falar disso para ninguém, mas, sem querer, pensei em minha mãe e a coisa escapou. Ele respondeu escolhendo as palavras:

— Sem dúvida ela foi examinada, objeto de pesquisas…

A isso se seguiu um silêncio. Só se ouvia o chafariz. Entre nós dois, o meu manuscrito jazia mudo, todo amassado. R pegou o envelope e retirou dele as folhas.

— Em uma ilha onde tudo desaparece, é extraordinário que alguém construa algo usando palavras...

R começou a limpar as folhas sujas de poeira, como quem acaricia um ser amado.

Nesse instante, percebemos que pensávamos da mesma forma. Nossos olhos se encontraram e pudemos sentir a angústia que se aninhara havia tanto tempo nas reentrâncias de nossos corações. O rosto de R estava iluminado com a refração do sol no jorro do chafariz.

Uma pergunta surgiu na minha cabeça, mas, com medo de que expressando-a ela se tornasse realidade, guardei-a em meu peito, para que R não a percebesse.

*E se as palavras desaparecerem, o que será de nós?*

# Cinco

O outono passou rápido. O quebrar das ondas se tornou mais gélido e o vento das montanhas trouxe consigo as nuvens do inverno.

O velho balseiro veio me ajudar a preparar a casa para o inverno. Limpou o fogão, reforçou o isolamento dos canos, varreu o jardim e fez diversos outros reparos.

— Pode ser que este ano neve, hein! Será a primeira vez na década! — disse ele, enquanto pendurava as réstias de cebola no teto do depósito dos fundos. — Quando as cebolas do verão têm esta casca cor de caramelo e ficam finas como asas de borboleta quando secam, é porque vai ter neve.

Ele pegou uma casca e amassou com a mão. Ouviu-se um som agradável de papel de boa qualidade.

— Seria a terceira vez na vida que eu veria neve. Que bom! E o senhor, quantas vezes já viu? — perguntei, animada.

— Nunca contei. Na época em que atravessávamos o mar do norte com a balsa, eu via neve até dizer chega. Isso muito antes de você nascer.

O velho continuou a pendurar as cebolas.

Encerradas as tarefas, fomos para a cozinha, acendemos o forno e jantamos waffles. A chama demorou para pegar, e o fogão, que acabara de passar por uma limpeza completa, fazia um som engasgado. Da janela, avistava-se o rastro de condensação de um avião que atravessava o céu. Da fogueira de folhas secas do quintal ainda subia uma tênue coluna de fumaça.

— Obrigada por vir sempre ajudar com os preparativos para o inverno. Depois, quando fica mais frio, dá uma angústia pensar que estou sozinha. Ah, espere, tenho uma coisa para o senhor. Eu fiz um blusão de tricô. Vamos ver se serve.

Terminei meu waffle e fui buscar o blusão em jacquard que eu havia feito e entreguei ao velho. Ele se espantou, engoliu o chá numa golada e recebeu o presente com as duas mãos, como quando lhe dera o livro.

— Mas eu não fiz nada! Só vim ajudá-la com o que pude. Você não precisava ter se preocupado tanto. Que desperdício, um blusão para mim! — Ele tirou a blusa gasta e puída que estava usando e a enrolou como uma toalha velha, guardando-a em sua bolsa. Então, como se estivesse vestindo uma coisa delicada que podia rasgar, passou o blusão novo com todo o cuidado pela cabeça. — Ah, que quentinho! E que fofo! Parece que estou flutuando na lã!

As mangas estavam um pouco compridas e a gola, um pouco apertada, mas ele não ligou para isso. Comeu mais um waffle e parecia tão maravilhado com o blusão que não se deu conta de que estava com o rosto lambuzado de creme de baunilha.

O velho juntou o alicate, as chaves de fenda, as folhas de lixa e o óleo de engrenagem, guardou tudo na caixa de ferramentas, amarrou no bagageiro da bicicleta e voltou para a balsa.

Logo em seguida, o inverno começou para valer. Não dava mais para sair sem casaco, e o rio que passava pelos fundos de casa passou a amanhecer congelado. A feira ambulante tinha menos variedades de verduras.

Eu estava enfurnada em casa escrevendo meu quarto romance. Era a história de uma datilógrafa que perdia a voz. Com a ajuda de seu namorado, um professor de datilografia, ela percorria o mundo em busca de sua voz perdida. Ela vai a uma fonoaudióloga. O namorado acaricia sua garganta, aquece sua língua com os lábios, põe a tocar uma gravação antiga dos dois cantando uma música. Mas a voz não volta. Eles se comunicam usando a máquina de escrever. Entre os dois, há sempre uma melodia de sons mecânicos. Então...

Ainda não sei como a história vai continuar. Por enquanto, a coisa parece bastante simples e pacífica, mas algo me diz que a trama logo tomará um rumo pavoroso...


Pouco depois da meia-noite, eu ainda estava trabalhando quando tive a impressão de ouvir alguém batendo no vidro. Larguei o lápis e procurei escutar melhor, mas, lá fora, só havia o som do vento. Voltei à folha em branco, mas não tinha terminado de escrever uma linha quando ouvi de novo as batidas no vidro. Alguém batia de maneira educada, contida.

Abri a cortina e olhei para fora. As casas em volta estavam todas com as luzes apagadas. Não havia sinal de gente. Fechei os olhos e procurei me concentrar: de onde estará vindo esse som? Ao final, achei que era do porão.

Depois da morte de minha mãe, quase nunca mais fui ao porão. Mantinha a porta trancada à chave. Guardara a chave tão bem que custei a encontrá-la. Depois de abrir diversas gavetas, achei um molho de chaves dentro de uma lata. Até descobrir qual delas era a chave enferrujada do porão, tive de fazer ainda mais barulho. Algo me dizia que eu deveria estar fazendo tudo aquilo em silêncio, que assim seria menos perigoso. O som de alguém batendo discreta e pacientemente no vidro, no entanto, persistia, o que me deixou ainda mais nervosa.

Quando finalmente consegui abrir a porta, descer a escada e acender a luz, vi que, atrás da porta de vidro dos fundos, havia o vulto de uma pessoa. Ninguém mais ia àquela parte do pátio dos fundos. Antigamente, era usada para lavar roupa, mas isso foi no tempo da minha avó. Minha mãe algumas vezes lavara suas ferramentas de escultura ali, mas lá se iam quinze anos desde a última vez que alguém estivera naquele lugar.

Era um retângulo de menos de um tatame[2] de terreno à beira do rio que havia sido calçado com tijolos. A porta de vidro do porão dava para uma escada que levava até lá. O rio, na verdade, tem menos de três metros de uma margem à outra. Há uma pequena ponte de madeira que liga um lado a outro (construída pelo velho balseiro), mas havia muito tempo que ela não era usada e apodrecera.

Por que é que tinha gente ali?

Enquanto me perguntava essas coisas, fiquei tentando decidir o que fazer. Um ladrão? Mas ladrão não bate na porta. Um tarado? Mas as batidas eram muito educadas... Tomei coragem e perguntei:

— Quem é?

— Ah, peço desculpas por incomodá-la a essa hora da noite! É o Inui!

---

2. Equivalente a quase dois metros quadrados. [N.T.]

Abri a porta e lá estavam o professor Inui e sua família. Ele era um velho amigo dos meus pais. Era professor de dermatologia na Faculdade de Medicina.

— Mas o que houve?

Deixei que entrassem. Só de ouvir o som do rio eu já estava ficando com frio nos pés. Além disso, eles não pareciam muito bem.

— Pedimos desculpas por incomodar. Sabemos que estamos sendo muito impertinentes…

O professor não parava de se desculpar. A esposa tinha as bochechas vermelhas de frio e o olhar turvo de lágrimas. A filha de quinze anos, os lábios comprimidos. O filho de oito, incapaz de conter a curiosidade, inspecionava o porão com os olhos. Os quatro não se soltavam uns dos outros. A esposa estava de braço dado com o professor, que punha o outro braço em torno dos ombros da menina. Os irmãos estavam de mãos dadas. O menino segurava uma ponta do casaco da mãe.

— Não precisa ficar fazendo cerimônia. Mas como fizeram para atravessar aquela ponte? Ela está toda podre! Aposto como ficaram com medo. Por que não bateram na porta da frente? Bom, enfim, vamos subir para a sala, onde está quentinho. Não faz sentido ficarmos aqui.

— Muito obrigado, mas não temos muito tempo. E não podemos chamar a atenção. Tem algo que preciso fazer, mas é melhor que seja aqui no porão.

O professor respirou fundo. Como se isso fosse um sinal, os quatro se aproximaram ainda mais uns dos outros, criando um grupo mais cerrado.

Todos vestiam casacos de caxemira da melhor qualidade. A cabeça, as mãos, as pernas, tudo o que sobrava para fora dos casacos estava igualmente embrulhado em peças de roupa de lá. Carregavam bolsas nas duas mãos, de diferentes tamanhos, proporcionais à altura de cada um. Deviam estar pesadas.

Arrumei rapidamente a mesa de trabalho de minha mãe e puxei cadeiras para que se sentassem. As bagagens ficaram enfileiradas debaixo da mesa. Pusemo-nos em posição de ouvir e falar.

— Finalmente. Chegou a minha hora.

O professor juntou os dedos das mãos sobre a mesa. Parecia querer aprisionar as suas palavras dentro do semicírculo que formava com os dedos.

— Chegou o quê?

Era como se as palavras não quisessem sair de dentro dele. Comecei a ficar cada vez mais angustiada.

O professor respondeu com uma voz calma, racional:

— A intimação da polícia secreta.

— Intimação? Por quê?

— Intimação para comparecer ao Instituto de Pesquisa em Genética. Amanhã... aliás, hoje já é amanhã: hoje de manhã vão vir me buscar. Fui demitido da universidade. Também fui despejado da casa em que morava no campus. Recebemos ordens de ir viver no instituto, eu e toda a minha família.

— Onde fica esse instituto?

— Não sei. Ninguém sabe onde fica, que cara tem o prédio. Mas sabemos mais ou menos o que eles fazem lá. Declaradamente, é um instituto de pesquisa para novas terapias, mas, na verdade, é um braço da polícia secreta que forma novos caçadores de memórias. Querem usar minha pesquisa para detectar pessoas que não esquecem.

Lembrei-me da conversa que tivera com R na recepção da editora. Então era tudo verdade. E atingia gente muito próxima de mim.

— A intimação chegou há três dias. Não tive tempo de pensar sobre o que fazer. O meu salário vai triplicar. Eles têm uma escola para os filhos dos empregados. Eu passo a ter diversos privilégios, não pago impostos, tenho plano de saúde, um carro à disposição, uma casa para morar. É tudo tão perfeito que dá medo.

— É o mesmo envelope que minha mãe recebeu há quinze anos.

Então, a esposa abriu a boca pela primeira vez. Como os olhos, sua voz era turva. A filha em silêncio observava a conversa. O menino, um pouco encabulado, mexia nas ferramentas de escultura que estavam em cima da mesa.

Lembrei-me de quando, quinze anos antes, minha mãe fora levada. Naquela época, ela tinha se aconselhado com a senhora Inui. Eu era uma menininha, e a senhora Inui carregava no colo a filha recém-nascida.

A intimação chegara em um envelope áspero, de cor lilás. Naquela época, nunca ninguém tinha ouvido falar de caçadores de memórias. Nem meus pais, nem a senhora Inui acharam que fosse algo muito perigoso. Só estranharam o fato de a intimação não informar quanto tempo o estudo duraria, nem o motivo para escolherem minha mãe.

Mesmo naquela época, eu suspeitava que a intimação tinha a ver com as gavetinhas do porão. Enquanto os adultos liam e reliam a intimação e discutiam o assunto, eu me lembrei da tristeza no rosto de minha mãe, naquele dia em que ela me mostrou os objetos no porão e me revelou, bem baixinho, que não sabia por que, ao contrário das outras pessoas, ela se lembrava de tudo.

Minha mãe e a senhora Inui falaram e falaram e não chegaram a nenhuma conclusão. Não havia por que recusar, e podia muito bem não ser nada de mais.

— Acho que não tenho motivo para me preocupar tanto assim. Vai dar tudo certo.

— Claro! Pode deixar que nós ajudaremos a cuidar da casa e da sua filha enquanto você estiver fora.

O carro da polícia secreta que viera buscar minha mãe era tão luxuoso que dava medo. Tinha o tamanho de uma casa; era de um preto majestoso, imaculado e polido. As calotas das rodas, os trincos e o distintivo da polícia secreta no capô do carro brilhavam no sol da manhã. O estofamento era de um couro tão macio que dava uma vontade irresistível de sentar.

O chofer de luvas brancas abriu a porta do carro para minha mãe. Ela ainda deu algumas instruções à senhora Inui e à minha babá, abraçou meu pai e, por fim, sorrindo, segurou meu rosto com as duas mãos.

Todos se sentiram mais tranquilos ao ver o carro de luxo e o chofer educadíssimo. Se estavam tratando minha mãe com tanto cuidado, não podia haver nada com que se preocupar.

Minha mãe afundou no assento macio do carro. Todos pareciam relembrar outra ocasião — a noite em que ela tinha sido a convidada de honra em uma cerimônia de premiação de esculturas. Novamente, estávamos enfileirados na porta de casa para nos despedir dela.

Mas essa foi a última vez que vi minha mãe viva. Ela voltou uma semana depois — um cadáver e uma certidão de óbito.

Fora um ataque do coração. O professor Inui fez uma investigação completa no hospital e não encontrou nada suspeito.

"Enquanto colaborava com a nossa investigação secreta, a senhora foi acometida de um mal súbito e veio a falecer. Vimos por meio desta prestar nossas condolências."

Meu pai leu para mim a carta da polícia secreta. Eram como palavras mágicas de um culto estrangeiro: para mim, não faziam sentido nenhum. As lágrimas de meu pai molharam o papel lilás, e eu fiquei observando as manchas que se formaram na superfície.

— O papel timbrado é o mesmo, o estilo da letra impressa é o mesmo, a marca d'água é a mesma, tudo igual à mensagem que o seu pai recebeu — disse a senhora Inui. Ela tinha dois cachecóis em torno do pescoço, amarrados firmemente abaixo do queixo. Cada vez que falava, seus cílios tremiam.

Perguntei:

— E o senhor não pode recusar?

— Em caso de recusa, eles vêm me buscar — respondeu o professor. — Se eu não colaborar com os caçadores de memória, eu passo a caçado. E quando me pegarem, não sei para onde vão me levar, nem o que vão fazer comigo. Posso ser preso, posso ter de fazer trabalhos forçados, posso pegar pena de morte. Eu e toda a minha família. A julgar pela maneira como a polícia secreta captura os suspeitos e os embarca em caminhões, amontoados como colheres humanas numa gaveta, não dá para imaginar que nos levem a algum lugar confortável.

— Então o senhor vai para esse instituto?

O professor e a esposa responderam em uníssono:

— Não.

— Vamos para um esconderijo.

— Um esconderijo… — murmurei.

Era a segunda vez que ouvia essa palavra.

— Por sorte, tenho um contato com a rede clandestina. Vão nos levar para um lugar seguro.

— Mas o senhor vai perder seu emprego, sua carreira, tudo… Mesmo contra a vontade, não é mais seguro obedecer às ordens das autoridades? O senhor tem filhos pequenos…

— Nada garante que seja seguro ir para o instituto. Afinal, quem manda no lugar é a polícia secreta. Não posso confiar neles. E se, depois que conseguirem o que querem de mim, eles acharem necessário, para manter o segredo, fazer algo extremo?

O professor media um pouco as palavras, talvez para não assustar os filhos. Os dois estavam quietos e bem-comportados. O menino brincava com pedacinhos de uma pedra ordinária, tratando-os como se fossem um brinquedo sofisticado. Tinha luvas azul-claras, de desenho muito simples; possivelmente feitas em casa. Para evitar perder só uma das mãos, as duas luvas estavam presas uma à outra por uma correntinha de crochê que passava por trás do pescoço. Lembrei-me de que eu também, quando era pequena, tivera um par de luvas assim. Naquele porão pesado e triste, apenas as luvas azuis do menino pareciam emanar um ar de liberdade.

— Além do quê, está fora de questão ajudarmos na caça às memórias — acrescentou a senhora Inui.

— Mas, se vocês forem para um esconderijo, como vão fazer com dinheiro, comida, escola, se ficarem doentes… quer dizer, como vão fazer para resolver as questões do dia a dia? Não apenas do dia a dia: o que vai ser da própria existência de vocês quatro?

Naquela fase, eu ainda não tinha entendido completamente a situação. Palavras como "genética", "sequenciamento", "instituto", "rede clandestina" e "esconderijo" ainda não tinham encontrado um lugar certo na minha linha de raciocínio e, cada vez que reapareciam, entravam em ressonância em meu ouvido.

— Também não sabemos o que vai ser de nós.

Ao dizer isso, a senhora Inui derramou algumas lágrimas. Ela não estava chorando — as lágrimas caíam, mas não se tratava de um choro. Parece estranho, mas foi o que pensei. Ela estava tão triste que se tornara incapaz de chorar. Limitava-se a derramar um líquido transparente.

— Foi tudo muito de repente, não tivemos tempo para nada. Minha cabeça ficou paralisada, eu não sabia que preparativos eram necessários, o que eu devia separar para levar, nada. Que dirá prever o que vai acontecer daqui para a frente. Tenho toda a minha capacidade mental ocupada em tomar as decisões do momento. A caderneta do banco, em que estão anotadas nossas economias, vai me servir para alguma coisa agora? Devo levar dinheiro? Ou seria melhor trocar tudo por ouro? Que quantidade de roupa devo levar? Comida, devo tentar levar o máximo que conseguir? Devo abandonar o Mizore, nosso gatinho?

O líquido transparente caía em gotas incontáveis. A filha tirou do bolso um lenço e o ofereceu à mãe.

— Também tivemos de decidir o que fazer com as esculturas que ganhamos de sua mãe — disse o professor. — Acho que, quando descobrirem que desaparecemos, a polícia secreta vai fazer uma busca em nossa casa. Vão revirar tudo, pisotear, destruir. Então nós quisemos salvar ao menos alguma coisa que nos seja preciosa. Só que é perigoso pedir para alguém guardar coisas nossas. A polícia secreta pode descobrir. Precisamos reduzir ao máximo o número de pessoas que sabem de nosso paradeiro.

Assenti com a cabeça.

— Posso lhe pedir esse imenso favor? Você poderia ficar com as esculturas de sua mãe e guardá-las para nós? Até a próxima vez que pudermos nos ver...

Quando ele terminou de dizer isso, como se tudo houvesse sido ensaiado com antecedência, a filha moveu-se agilmente e tirou cinco esculturas de uma bolsa esportiva que estava a seus pés, perfilando-as em seguida sobre a mesa.

— Esta é uma anta[3], presente de casamento. Já esta outra, ganhamos quando a mais velha nasceu. As outras três, sua mãe nos deu na véspera de ser levada pela polícia secreta.

Ainda que nunca tivesse visto uma anta na vida, minha mãe gostava do bicho e fez diversas esculturas de anta. O presente pelo nascimento era uma menina de olhos grandes, esculpida em carvalho. Eu tenho uma igual. As outras três eram bem diferentes. Tratava-se de objetos abstratos feitos com uma assemblagem de pedaços de madeira e metal, como um quebra-cabeça. Cabiam na palma da mão e eram ásperos, pois não tinham sido lixados nem pintados. Davam a impressão de que poderiam ser encaixados para formar algo maior; ao mesmo tempo, eram muito díspares, como se não tivessem relação mútua.

— Não sabia que ela havia deixado isso para vocês antes de partir.

— Nós também não fazíamos ideia de que isso se tornaria a última lembrança que sua mãe nos deixaria. Talvez ela soubesse. Ela nos disse que fez esses objetos apressadamente, trancada neste porão, pois não sabia quando voltaria a esculpir.

---

3. Baku, o nome japonês da anta ou tapir, também se refere a um animal fantástico capaz de devorar pesadelos e cuja imagem serve como talismã para afugentar desgraças. [N.T.]

Como não fazia sentido deixá-los aqui, ela perguntou se não queríamos ficar com eles.

A senhora Inui dobrou cuidadosamente o lenço e acrescentou:

— E agora, se possível, gostaríamos de deixá-los aqui, com você.

— Claro que sim. Obrigada por cuidar tão bem das obras de minha mãe.

— Que bom. Pelo menos estas esculturas não cairão nas mãos daqueles desgraçados — disse o professor, com um sorriso.

Eu sabia que eles precisavam partir antes que amanhecesse, mas, ainda assim, sentia que precisava fazer alguma coisa por eles. No entanto, não me ocorria o quê.

Decidi ao menos subir ao primeiro andar e aquecer um pouco de leite na cozinha. Servi o leite em canecas e trouxe para eles. Fizemos um brinde e bebemos o leite em silêncio. De vez em quando, um de nós erguia os olhos e esboçava no rosto a intenção de falar alguma coisa, mas, sem saber exatamente o que dizer, baixava o olhar de volta à caneca e continuava tomando o líquido branco.

A lâmpada estava coberta de poeira, emprestando ao porão uma luz de aquarela. Esculturas iniciadas, esculturas nunca acabadas, um caderno de esboços desbotados, uma pedra de amolar que de tão seca estava se esfarelando, uma câmera quebrada, um jogo de vinte e quatro cores de giz pastel e outros objetos esquecidos dormiam espalhados pelos quatro cantos do ateliê. Bastava se mover um pouco para ouvir algum rangido das cadeiras ou do assoalho. As janelas mostravam um sem-fim de escuridão. Não havia lua.

Talvez porque achasse estranho todo aquele silêncio, o menino olhou cada um de nós nos olhos e declarou:

— Que bom esse leite.

Ele tinha o contorno da boca molhado de branco.

— Bom, né?

Todos concordaram com a cabeça.

Eu não sabia o que iria acontecer com eles, não era capaz de imaginar; mas, ao menos naquele momento, eles estavam ali tomando aquela bebida quente, o que me deu um tênue consolo.

Resolvi perguntar sobre algo que estava me preocupando:

— Vocês sabem onde é o esconderijo? Talvez eu possa ser útil de alguma maneira, levar alguma coisa de que precisarem, alguma notícia daqui de fora...

O senhor e a senhora Inui trocaram olhares, que, em seguida, se voltaram ao leite das canecas. Houve uma pausa e o professor falou:

— Nós agradecemos, mas não precisa se preocupar com isso. É melhor que você não fique sabendo para onde vamos. Não que eu ache que você vá contar para alguém. Se eu achasse isso, não teria vindo aqui lhe pedir que cuidasse das esculturas. Mas é justamente para protegê-la que não devemos dizer onde fica o esconderijo. Quanto mais envolvimento você tiver conosco, maior perigo você vai correr. Se for interrogada pela polícia secreta, você não poderá dizer a eles algo que não sabe. Se você souber, não haverá crueldade que eles não tentarão para extrair de você as informações. Não nos pergunte aonde vamos.

— Claro, entendo perfeitamente. Então não me contem. Ficarei aqui, sem saber de nada, rezando pelo seu bem-estar. Não há nada mais que eu possa fazer por vocês? — indaguei, com a caneca vazia na mão.

A senhora Inui respondeu, constrangida:

— Você pode me emprestar um cortador de unhas? Esse menino está com as unhas compridas…

— Claro que sim, não me custa nada.

Achei um cortador de unhas na gaveta e decidi eu mesma tirar as luvas do menino e fazer o serviço.

— Fique quietinho. Não demora nada.

Os dedos eram pequenos e perfeitos. Não tinham nenhuma mancha ou marca. Agachei-me à sua frente e segurei sua mãozinha, para não o machucar. Ele riu encabulado e balançou as pernas.

Fui cortando unha por unha, começando pela mão esquerda. As unhas eram maleáveis, transparentes, e não apresentavam resistência à lâmina do cortador. Iam caindo no chão como pétalas. No silêncio que se seguiu, todos pareciam prestar atenção no sussurro do cortador. Era como o som de uma chave selando aquele instante no fundo da noite.

Quando terminei, as luvas azul-claras estavam esperando sobre a mesa.

Assim se deu o sumiço da família Inui.

# Seis

Subo a escada. É tão estreita que não dá para duas pessoas passarem ao mesmo tempo. Uma escada simples, de madeira, sem revestimento nem corrimão.

Sempre penso que estou em um farol quando subo essa escada. Só fui ao farol uma ou duas vezes quando era pequena, mas o cheiro do lugar e o som dos passos são semelhantes. O som de passos na madeira e o cheiro de óleo de máquina.

O farol há muitos anos já foi desativado. Nenhum adulto o frequenta mais. O pontal em que se encontra está coberto de ervas secas e espinheiros cortantes. A caminhada até lá resulta em pernas lanhadas.

Uma vez, fui com meu primo mais velho. Ele lambeu minhas feridas da perna no caminho.

Ao lado das escadas do farol, havia uma cabine abandonada que um dia fora o local de descanso do faroleiro. Entramos e vimos uma mesa dobrável e duas cadeiras. Sobre a mesa, havia um bule de chá, um açucareiro, guardanapos, duas xícaras, pratinhos para bolo e garfinhos enfileirados ordeiramente.

Nada havia na disposição que não estivesse disciplinado e no devido lugar: o espaço entre os pratos, o ângulo das asas das xícaras e o brilho uniforme dos garfos. Aquilo me deu arrepios. Ao mesmo tempo, imaginava que, naquela louça tão bonita, só o mais delicioso dos bolos poderia ser servido.

O faroleiro já abandonara o farol havia muitos anos; e a imensa lâmpada da torre agora dormia, gelada, sob uma camada de poeira. No entanto, aquela mesa posta dava a impressão de que não havia dez minutos que alguém fizera um lanche ali.

Enquanto olhava, tive a impressão de ver o vapor subir lentamente das xícaras.

Ainda a palpitar com a visão daquela cabine, começamos a subir a torre. Meu primo ia atrás, eu, à frente. Estava um pouco escuro e a escada era íngreme; era difícil saber se já estávamos perto do topo.

Eu devia ter uns sete ou oito anos. Vestia uma saia jardineira cor-de-rosa feita por minha mãe. Eu levava as alças no comprimento máximo, mas, ainda assim, a saia me parecia muito curta, e eu tinha receio de que meu primo visse minha calcinha.

Por que será que nós inventamos de ir lá? Não lembro.

Já estava quase sem fôlego quando o som do mar ficou mais alto, e começamos a sentir um cheiro de óleo de máquina. Demorei um pouco para entender aquele cheiro; no início, só achei que era uma fumaça tóxica que se aproximava. Tapei a boca com a mão e tentei prender a respiração. Fiquei ainda mais afogueada e tonta.

Lá de baixo veio um som de coisas batendo. Imaginei que talvez fosse a pessoa que estava comendo bolo na cabine. *Ele terminou o lanche e está subindo a escada*, supus. *Depois de espetar o último pedaço do pão de ló com o garfo reluzente, saboreando-o sobre a língua, ainda com as migalhas doces grudadas no rosto, o faroleiro se levantou e está vindo atrás de mim!*

Pensei em pedir socorro ao meu primo. Mas e se, ao me virar, em vez do meu primo, quem estiver ali for o faroleiro? Não tive coragem de me virar. Então, sem conseguir chegar ao fim da escada, eu me agachei em pânico no meio do caminho.

Não sei quanto tempo se passou. O barulho cedeu; não se ouvia sequer o som das ondas.

Tentei aguçar a audição, mas não parecia que nada em especial estivesse acontecendo. Só havia um assoberbante silêncio tomando tudo. Consegui juntar um pouco de coragem e resolvi me virar.

Quando olhei, não havia faroleiro nem primo.

Não deixa de ser estranho que eu sempre me lembre do farol quando subo essa escada. Ela leva ao meu amante; eu devia subi-la alegre, aos pulinhos, quase tropeçando de entusiasmo. No entanto, subo-a lentamente, controlando os passos, tentando não fazer barulho.

Estou na torre do relógio da igreja. Os sinos tocam às onze da manhã e às cinco da tarde — duas vezes por dia. No térreo, há um armário onde se guardam as ferramentas do relógio — do mesmo tamanho da cabine do faroleiro. A sala de máquinas fica no último andar, mas nunca fui até lá. O meu amante fica me esperando na sala de aula do curso de datilografia, no meio da torre.

Passo por outras salas, de um curso de dança, para chegar à sala de datilografia. À medida que vou me aproximando, já posso ouvir o som das teclas das máquinas de escrever. Há ritmos desajeitados, outros bastante fluentes. Os novatos têm aula junto com os que já estão quase no fim do curso.

Será que ele está em pé ao lado de alguma aluna principiante, observando enquanto ela, insegura, datilografa um exercício? Ele poderia, cada vez que ela erra, pegar o dedo infrator e conduzi-lo até a tecla correta. Pelo menos, era o que ele fazia comigo...

Nesse ponto, larguei o lápis. Meu novo romance não estava avançando. Ficava um tempão no mesmo parágrafo, dando voltas, sem saber o que fazer para seguir adiante — não conseguia visualizar o rumo disso. Mas, como sempre me ocorrem esses brancos quando escrevo, não estava tão preocupada.

— Como vai indo?

R sempre me pergunta a mesma coisa quando me vê. Nunca sei se ele está se referindo a mim, pessoa, ou ao romance que estou escrevendo.

— Vai indo.

No fundo, sei que é sempre do romance que ele está falando.

— Nada de escrever com a cabeça, hein! Tem de escrever com a mão!

Fiquei um pouco surpresa porque ele nunca fala desse jeito peremptório. Assenti com a cabeça. Estendi a mão direita e estiquei os dedos.

— Isso mesmo. Daí é que deve sair a história.

Ele desviou o olhar, cuidadoso, como se tivesse encontrado dentro de mim o lugar mais vulnerável.

Eu queria ir dormir. Estava muito cansada e os meus dedos doíam. Guardei os lápis e a borracha no estojo, arrumei as folhas do manuscrito e pus o peso de vidro em cima delas.

Deitada, fiquei pensando na família Inui. Desde o sumiço deles, já passei diversas vezes diante da faculdade, pela parte do campus em que ficam as residências dos professores. Nada parece diferente ali. Há estudantes deitados na grama e o guardinha da entrada principal, ocioso, sempre lendo um livro sobre bonsai.

Nas residências dos professores, nos fundos do campus, há futons estendidos nos parapeitos para pegar sol. Esforço o olhar e, contando as janelas, encontro a sacada do apartamento da família Inui: número 619E. Está vazia e limpa.

Fui à clínica de dermatologia do hospital universitário e dei uma olhada no mural com as placas e horários dos médicos. Na coluna da quarta-feira, que era o dia de consultas do professor Inui, havia uma plaquinha com o nome do assistente. Essa plaquinha era a única coisa que havia mudado. À minha volta, as enfermeiras iam e vinham trazendo remédios, levando prontuários e gaze, e os pacientes, aguardando na recepção, levantavam a roupa para mostrar uns aos outros onde a pele fora atacada por bactérias. Ninguém ali parecia desconfiar do desaparecimento do professor, nem lamentar a sua ausência.

A família Inui se desmanchara no ar, em um sumiço perfeito.

Será que, onde quer que estejam agora, há uma cama limpinha para dormir, será que conseguem ao menos ter sonhos? A higiene é necessária para prevenir doenças, e sonhar é necessário para consolar o coração. Será que há uma mesa para as refeições, louça suficiente para quatro pessoas? O que terá acontecido com o gato Mizore? Eu devia ter perguntado — na hora, esqueci. Eu devia ter me oferecido para cuidar do gato, como das esculturas. Mas trazer um gato para casa levantaria suspeitas. A polícia secreta decerto tem uma descrição detalhada da pelagem e da fisionomia do gato no dossiê da família.

Por mais que eu me esforçasse, não conseguia dormir. As preocupações e angústias vinham boiando uma atrás da outra em direção à superfície, como bolhas. Depois ficavam vagando à deriva na região do peito.

Será que dava mesmo para acreditar na tal rede de apoio? O professor não me dissera nada sobre eles. E as crianças, será que estariam bem? Isso é o que mais me preocupava. A essa altura, as unhas do menino já teriam crescido dentro das luvas azul-claras...


No dia seguinte, fomos todos visitados por um novo sumiço.

O orvalho cobria o jardim na manhã fria. As pantufas, as torneiras, as bocas do fogão, as bisnaguinhas dentro do porta-pão e diversos outros objetos da casa estavam gélidos ao toque. O vento, que soprara durante toda a noite, cessara havia pouco.

Pus a panela do frango com legumes a aquecer na boca do fogão. Enrolei as bisnaguinhas em papel-alumínio e as dispus em torno da panela. A água ferveu na chaleira. Fiz um chá preto e adocei com mel. Queria comer e beber coisas quentinhas.

Não queria sujar louça, então decidi tomar o caldo do frango direto da panela. Quando os pãezinhos começaram a cheirar, desembrulhei-os e comi com mel.

Enquanto mastigava, agucei os sentidos para tentar descobrir o que tinha sumido dessa vez. Uma certeza havia: não era nem frango ensopado, nem bisnaguinha, nem chá preto, nem mel. Essas coisas tinham todas o mesmo gosto da véspera.

Fico bem incomodada quando é sumiço de comida. Antigamente, a feira ambulante era abarrotada de coisas diferentes; hoje, há mais espaço vazio do que produtos. Quando eu era pequena, adorava comer salada com uma coisa chamada "vagem". Era uma salada que a minha mãe fazia. Levava a tal "vagem", batata, ovo cozido, tomate e maionese, que minha mãe, depois, salpicava de cheiro-verde. Ela sempre perguntava ao feirante:

— Tem vagem fresca? Bem crocante?

Faz muito tempo que já não se pode mais comer salada de vagem. Também não consigo mais me lembrar de que forma, cor e gosto tinha essa coisa.

Tirei a panela do frango, agora vazia, de cima do fogão e diminuí um pouco a chama. Servi-me uma segunda xícara de chá, desta vez sem adoçar. Estava com as mãos grudentas de mexer no mel.

Fazia muito frio, mas o riacho não havia congelado — ouvia-se o som distante da água. Ouviam-se também os passos de adultos e crianças andando na calçada. O cachorro do vizinho latiu. Naquela manhã, como em outras manhãs de sumiço, havia muito movimento nas ruas.

Comi todas as bisnaguinhas. Fui até uma janela que dava para o norte, pois era daí que parecia vir mais barulho. Vi o ex-chapeleiro e um casal mal-encarado de vizinhos. Um cachorro com manchas marrons. Algumas crianças de mochila nas costas. Todos, mudos, contemplavam o rio.

Até a véspera, aquele curso d'água fora desprovido de atrativos; quando muito, às vezes se via uma carpa ou outra. Mas, agora, era estranho demais e bonito demais para um simples rio.

Estiquei o corpo para fora, para enxergar melhor. Pisquei diversas vezes, na hipótese de que estivesse com a visão embaçada; mas o rio continuou extraordinário. A superfície da água estava coberta de fragmentos de diversas cores:

vermelho, cor-de-rosa, branco. Não havia uma única fresta na cobertura que permitisse entrever o rio que corria por baixo. Os fragmentos pareciam leves e flexíveis, e se sobrepunham uns aos outros, depois se espalhavam, formando um desenho que se movia mais devagar do que a correnteza.

Fui correndo até o porão e saí pela escada dos fundos que levava à beira do rio, onde, naquela noite, eu me deparara com a família Inui. Dali, eu podia observar o rio de perto.

O chão da plataforma era gelado e áspero, cheio de trevos que haviam crescido nas frestas entre os tijolos. Aos meus pés, movia-se lentamente aquele fluxo inacreditável. Ajoelhei-me e mergulhei as duas mãos no rio. No côncavo de minhas mãos, juntaram-se incontáveis pétalas de rosa.

— Você viu, que coisa? — interpelou-me o ex-chapeleiro da outra margem. — Que absurdo!

Outros concordaram com a cabeça. As crianças corriam à margem do rio, chacoalhando as mochilas presas às costas.

— Ei, vocês não têm que ir para a escola? Nada de ficar enrolando! — disse o velho.

As pétalas ainda não haviam murchado. Pelo contrário; talvez por causa da água gelada, pareciam mais firmes do que nunca. O aroma de rosas, dissolvido na névoa do amanhecer que cobria o rio, era tão intenso que chegava a incomodar.

Até onde ia a vista, havia apenas pétalas. Quando juntei algumas nas mãos, tentei espiar o fundo do rio, mas logo outras pétalas se espalharam e taparam o buraco que eu abrira na superfície. Era como se estivessem se movendo por hipnose, tragadas pelo mar distante.

Desgrudei as pétalas das mãos e as devolvi ao rio. Algumas eram serrilhadas; outras, onduladas. Algumas pálidas, outras de cores vivas; algumas ainda presas ao cálice. Havia uma grande variedade de formas e de cores. Algumas se aglomeravam contra os tijolos da plataforma para, em seguida, retomar o caminho da correnteza, até se tornar indistintas das restantes.

Lavei o rosto, mas não me maquiei. Só passei um creme, vesti meu casaco e saí. Segui o rio à montante na direção do roseiral, que ficava na encosta sul da colina.

Havia muita gente parada às margens do rio, observando o belo fenômeno. Havia também mais caçadores de memórias do que o normal — todos com uma arma na cintura e nenhuma expressão no rosto.

As crianças, inquietas, já tinham passado para a fase de jogar pedras nas flores. Uma delas trouxe de algum lugar uma vara comprida e se pôs a remexer a superfície do rio. Nada disso alterou o movimento e a espessura da camada de pétalas itinerantes. Se no caminho havia estacas ou bancos de areia, esses obstáculos nada podiam contra a enxurrada de pétalas. Elas pareciam um cobertor macio, gostoso de tocar, que abraçaria meu corpo se eu me deitasse nele.

Os adultos falavam baixinho entre si, tomando cuidado para não chamar a atenção da polícia secreta.

— Que espetáculo!

— Nunca tinha visto um sumiço tão sensacional.

— Vou tirar uma foto.

— Não perca seu tempo. As coisas sumidas não aparecem em foto.

— Ah, é verdade…

À exceção da padaria, não havia nenhuma loja aberta. Eu queria saber a quantas andava a situação na floricultura, mas a cortina metálica ainda estava fechada. Os ônibus e o bonde iam vazios. O sol tentava aos poucos aparecer por entre as nuvens. A névoa começava a se dissipar, mas o aroma da coisa permanecia.

Como eu imaginara, não havia mais sombra de rosa no roseiral. Apenas os espinhos e as folhas permaneciam nos galhos, que, como ossos esguios, apontavam enviesados para o céu. Um vento intermitente, vindo do topo da colina (onde antes fora o observatório de pássaros), varria em direção ao rio as pétalas que haviam sobrado no solo. A cada lufada, oscilavam de leve folhas e galhos.

Não havia vivalma ali — nem a atendente do roseiral, que sempre me recebia muito maquiada, nem os jardineiros, muito menos clientes. Hesitei um pouco em entrar sem pagar o ingresso, mas, por fim, decidi passar pelo portão e seguir as setas que indicavam a direção do passeio.

Fora as roseiras, as outras espécies, como as campânulas, as flores-de-maio e as gencianas, estavam intactas. Pareciam pedir desculpas por florir, encabuladas. Era como se um vento seletivo houvesse decidido despetalar apenas as rosas.

Um roseiral sem rosas é um lugar inóspito e despropositado. As estacas em que se amarravam as plantas, o adubo espalhado no solo e outros sinais do cuidado com que aquele terreno fora mantido imprimiam-lhe um aspecto trágico. A terra adubada e arejada fazia um som fofo ao ser pisada. Dali, não se podia ouvir o marulhar do rio. Enfiei os punhos nos bolsos do casaco e perambulei pela colina, como quem caminha em um cemitério de lápides anônimas.

Depois de algum tempo, percebi que, por mais que andasse por ali, observasse os espinhos, folhas e galhos, me esforçasse por ler as plaquinhas explicando as variedades de flores, eu já não me lembrava da aparência de uma rosa.

# Sete

O volume e a cor da água do rio só voltaram ao normal dali a três dias. As carpas — sabe-se lá por onde haviam andado — também voltaram, nadando como se nada tivesse acontecido.

No segundo dia, as pessoas que possuíam rosas em casa foram até o rio sepultar suas flores. Faziam-no com cuidado, despetalando-as uma a uma e lançando-as às águas.

Encontrei uma mulher com jeito de rica que se despedia de suas rosas perto da pequena ponte dos fundos de minha casa.

— Mas que rosas elegantes!

Minha observação não se devia às rosas em si, que eu já não era capaz de compreender, e sim à maneira delicada como ela tocava nas coisas. "Elegante" foi o primeiro elogio que me veio à cabeça.

— Muito obrigada! Estas aqui ganharam um prêmio no concurso de rosas do ano passado.

Tudo indicava que eu escolhera o elogio certo.

— Minhas rosas são a lembrança mais bonita que meu pai me deixou.

Ela não demonstrava guardar ressentimento. Com as unhas pintadas de uma cor forte que combinava bastante com as rosas, ela as despetalava sem hesitação, uma a uma. Terminada a tarefa, sem olhar para a correnteza, cumprimentou-me com uma mesura expansiva, própria das pessoas da alta sociedade, e tomou o seu rumo.

As pétalas foram levadas em direção ao mar. Já não se via mais nenhuma.

As mesmas pétalas que em grande quantidade cobriram o rio, ao chegarem ao mar, pareciam uma coisa frágil e rala, e foram tragadas pelas vagas em poucos instantes. Assisti ao seu sumiço desde o cais, junto com o velho balseiro.

— Até agora não entendi como é que o vento fez para despetalar só as rosas — comentei, enquanto tentava raspar com o dedo a ferrugem do corrimão do deque.

— Não há nada para entender. As rosas sumiram. Essa realidade é inamovível.

O velho estava com o blusão que eu lhe dera e uma calça do uniforme de seus tempos de balseiro.

— E o que vai acontecer com o roseiral?

— Isso não é coisa para você se preocupar. Ninguém sabe se vão plantar outras flores, se vai virar um pomar, um cemitério... e ninguém precisa saber. O tempo dirá. O tempo não cumpre ordens, ele flui majestoso e incessante.

— Agora que não há mais observatório nem roseiral, as colinas ficaram muito sem graça. Só sobrou aquela biblioteca minúscula caindo aos pedaços.

— Você tem razão. Quando o patrão era vivo, ele me convidava com insistência para ir ao observatório conversar com ele. Quando havia um pássaro raro, ele me emprestava o binóculo para eu dar uma espiadinha. Em agradecimento, quando lhe ocorria algum problema com os canos ou com a caixa de luz, eu ia lá consertar. Eu tinha uma amiga que trabalhava no roseiral e me chamava para ver as novas variedades de rosas que chegavam. Subi tanto aquela colina! Agora, na biblioteca eu não vou, nem teria muita serventia por lá… Só fui uma vez, quando seu livro foi lançado, para inspecionar se eles tinham um exemplar…

— Quanta consideração! Não precisava se preocupar.

— Fui mesmo. Se não tivesse, eu registraria uma queixa. Mas estava lá, direitinho.

— É, há um exemplar na biblioteca. Mas duvido muito que alguém se dê ao trabalho de ir até lá só para pegar emprestado o meu livro…

— Não diga bobagens. Eu olhei a ficha de retirada — explicou, compenetrado. — Constavam dois registros: de uma estudante do ensino médio e de um funcionário de escritório.

Ele tinha a ponta do nariz rosada por causa da brisa marinha.

Havia um redemoinho de pétalas em torno da hélice da balsa. Ao fim de uma longa viagem de rio, elas agora boiavam murchas, já sem cor nem viço, na água salgada, misturadas às algas e aos restos de peixe, indistintas dos outros detritos. O aroma também se dissipara havia algum tempo, sem que eu percebesse.

Às vezes uma onda maior balançava de leve a balsa, e lá de dentro se ouvia um rangido. No pontal ao longe se via a torre do farol banhada na luz do poente.

— E o que vai acontecer com sua amiga que trabalhava no roseiral?

— Já se aposentou. Como já tem idade, não vai precisar procurar um emprego novo. Os mais jovens precisam, não é? Senão, podem levantar suspeitas. Mas, fora o ofício de cuidar de rosas, existe tanta coisa de que ela pode cuidar. Limpar os ouvidos dos netos.[4] Catar as pulgas dos gatos.

O velho tamborilou o convés com a ponta do sapato. Era um sapato velho, mas resistente. Estava gasto pelo uso e se tornara como que uma parte de seu corpo. Com os olhos baixos, eu comentei:

— Às vezes sinto uma angústia estranha… Se continuar sumindo coisa desse jeito, o que vai ser desta ilha?

De início, achei que ele não tinha entendido minha pergunta. Depois de coçar a barba, respondeu:

— De que adianta ficar pensando nisso?

— Nesta ilha, a taxa de coisas novas que surgem é bem menor do que a quantidade de coisas que somem. Acho que isso não há como negar.

O velho concordou. Em seguida, tensionou todas as rugas do rosto, como se estivesse com dor de cabeça.

— O senhor não acha? Ninguém sabe fazer nada nesta ilha. Só produzimos meia dúzia de tipos de verduras. Carros estão sempre dando pane. Peças de teatro são simplórias. Os fogões, pesados demais. Carne, com colesterol. Maquiagem que deixa a cara oleosa. Bebês. Romances que ninguém lê… Coisas fúteis. Produtos pouco confiáveis. Não somos páreos para todo esse sumiço. Cada vez que uma coisa some, gasta-se uma energia descomunal. Não chega a ser uma violência, mas cada desaparecimento é um evento total, súbito, inexorável. Não conseguimos preencher esses vazios com outras coisas; a ilha está se tornando um lugar cheio de vãos. Um lugar oco, poroso. Um belo dia, vai derreter e sumir sem deixar traço. O senhor nunca sentiu essa angústia?

---

4. Limpar os ouvidos das pessoas da família é um costume japonês. [N.T.]

— Pois é... — disse ele, constrangido, mexendo na gaita das mangas do blusão. — Você não acha que... talvez... talvez por você escrever romances... acaba pensando essas bobagens? Desculpe, não foi isso que eu quis dizer... Por passar o dia escrevendo coisas mirabolantes... talvez acabe cheia de caraminholas na cabeça.

— Então... talvez — balbuciei. — Mas não acho que tenha a ver com meus romances, não. Minha angústia é com coisas bem reais.

— Vai dar tudo certo, você vai ver — disse ele, enfaticamente. — Eu sou três vezes mais velho que você. Ou seja, já me sumiram o triplo de coisas na vida. Nada disso me causou desconforto. Nunca entrei em crise por causa dos sumiços. Só uma vez, quando a balsa desapareceu. Daí não pude nunca mais atravessar para o outro lado, fazer compras, ir ao cinema... Eu também sentia prazer em ficar todo sujo de graxa, mexendo no motor da embarcação... Não recebi mais salário. Mas nada disso importa. Eu não estou aqui, vivo, mesmo sem balsa? Depois trabalhei de guarda-noturno. No início, não foi fácil, mas logo nos acostumamos e fica até divertido. A balsa, minha antiga conhecida, virou a casa onde moro. Estou bem satisfeito com a minha vida.

— Sim, mas o senhor perdeu todas as lembranças, todas as memórias relacionadas à balsa. Agora ela é só um pedaço de ferro, boiando no mar. O senhor não fica triste com isso? O senhor não se sente inquieto dentro desta caixa oca? — questionei, levantando o olhar.

Ele tentou responder, mas as palavras não saíam direito. Por fim, conseguiu balbuciar:

— Não dá para negar que há cada vez mais vazios na ilha. Quando eu era pequeno, o ar parecia mais compacto, mais repleto. À medida que o ar se esgarçou, nossos corações também foram se puindo. Mas eu acho que esse equilíbrio ajudou na nossa adaptação. É como a lei da osmose: mesmo quando o equilíbrio diminui, ele nunca chega a zero. Então, vai ficar tudo bem!

Depois disso, ele balançou a cabeça afirmativamente, diversas vezes. Lembrei-me das tantas ocasiões que, quando eu era pequena, eu lhe fazia perguntas difíceis — "Por que os dedos ficam amarelos quando descascamos tangerina?", ou "Quando a pessoa fica grávida, para onde vão o estômago e os intestinos?", etc. — e ele demorava para responder, apertando as rugas do rosto, como se estivesse com dor de cabeça.

— É mesmo. Vai dar tudo certo.

— Vai, sim. Eu garanto. Esquecer tudo, perder tudo, não é uma infelicidade. Além disso, as pessoas perseguidas pela polícia secreta não são aquelas que não conseguem esquecer?

Tentei ainda forçar os olhos e perscrutei a superfície da água, mas, com a iminência da escuridão noturna, as pétalas de rosa se tornaram invisíveis.

## Oito

Haviam se passado quase três meses desde que eu perdera a voz. A máquina de escrever estava sempre entre meu amante e eu. Só conseguimos ficar em silêncio se estamos na alcova fazendo amor. Do contrário, eu já vou esticando as mãos até a máquina para martelar as teclas. Para mim, é muito mais rápido datilografar do que escrever à mão.

Quando os sintomas da afasia se manifestaram, de início eu forçava a voz, em vão. Tentei diversas coisas: alcançar a garganta com a língua, prender a respiração até sentir os pulmões doerem, contorcer os lábios... Depois compreendi que de nada adiantavam meus esforços e passei a depender apenas da máquina de escrever. Afinal, meu amante é instrutor de datilografia, e eu, datilógrafa.

— O que você quer de aniversário?

Quando me perguntava alguma coisa, ele, sem querer, dirigia o olhar para minhas coxas. Ali estava a máquina de escrever.

TEC-TEC-TEC

Quero fita para a máquina.

Ele enviesou a cabeça enquanto segurava meu ombro esquerdo e leu o que estava escrito.

— Fita de máquina? Que falta de imaginação — ele riu.

TEC-TEC-TEC-TEC

Mas é que eu fico com medo que falte.
Sem fita na máquina, não tenho como falar com você.

Eu gostava do calor da mão dele no meu ombro quando conversávamos. Chegava a esquecer a tristeza de ter perdido a voz.

— Tá bom, então. Vou à papelaria e compro para você todo o estoque de fita para máquina.

TEC-TEC

Obrigada.

O efeito das letras datilografadas no papel é muito diferente do som das palavras quando saem da nossa boca.

Depois de enchermos a página com exercícios, o verso da folha fica todo em relevo. Sempre acho que a letra J vai perder o equilíbrio e cair de bunda no chão. A letra M parece ter uma parte faltando no meio e ficou assim, em zigue-zague. À medida que fui me acostumando com a máquina, eu me sentia mais íntima das letras, mas nunca deixei de pensar que o J e o M precisavam de um conserto.

Lembro-me até hoje de quando ele me ensinou a trocar a fita da máquina no curso de datilografia. Eu ainda estava no nível básico, fazendo aqueles exercícios de repetição com combinações de duas, três, quatro letras…

— Olá, pessoal! Hoje, vamos aprender a trocar a fita da máquina! No início, é meio complicado, mas depois que aprendemos fica muito fácil. Prestem atenção!

Nós nos reunimos em torno da mesa dele. Primeiro, ele enfiou o dedo numa fresta lateral. O tampo da máquina se abriu com um som metálico.

Não esperava que o interior de uma máquina de escrever se revelasse tão interessante. As alavancas dos tipos, as engrenagens e roldanas, os diversos formatos de pinos, as travas negras de graxa, todos os elementos se encaixavam uns nos outros, criando em conjunto um espaço complexo.

— Vamos descartar esta fita usada. — Ele removeu o rolo da máquina e puxou o resto da fita, que, com um som sibilante, veio deslizando por entre as engrenagens, pinos e travas. — Entenderam como tirar o rolo usado? Então agora vamos inserir o rolo novo… Prestem atenção, pois o rolo tem de estar virado para cima… daí vocês encaixam aqui, no pino da esquerda. Agora é preciso segurar firmemente a ponta da fita com a mão direita… cuidado para não deixar a fita escapar! Há dois pontos importantes: lembrar qual é o lado certo para inserir a fita e por onde ela passa antes de chegar ao rolo da direita. É como colocar a linha na máquina de costura. Primeiro se passa a fita por este gancho… em seguida, em torno desta rodinha… então, por trás deste pino… depois se volta um pouquinho…

O procedimento era mesmo complicado. Impossível aprender assim, de primeira. Meus colegas também pareciam perdidos.

Mas o dedo do professor não estava nem aí, e ia vencendo corretamente todas as etapas do procedimento.

— Pronto!

Ao final, a fita nova estava perfeitamente enroscada em meio a todos aqueles obstáculos. Nós suspiramos em uníssono.

— Entenderam como se faz? — Ele nos olhou, com as mãos na cintura.

Os dedos de sua mão estavam limpos, sem nenhum resquício de graxa ou de tinta. Eram sempre limpos.

Demorei para aprender a trocar o rolo da máquina. Cada vez que eu tentava, a fita ficava emperrada; quando conseguia passar a fita por todas as engrenagens, ao datilografar, as letras não apareciam — um fracasso atrás de outro. Passei o resto do curso torcendo para que a fita não chegasse ao fim enquanto eu estivesse fazendo os exercícios.

Hoje em dia, consigo trocar a fita mais rápido e melhor do que ele. Desde que a máquina se tornou minha voz, gasto um rolo a cada três dias. Não descarto os rolos velhos. Tenho a impressão de que, se eu acariciar a sequência de letras gravadas na fita, um dia minha voz voltará.

Nesse ponto, mostrei o manuscrito a R. As folhas escritas à mão haviam se acumulado à medida que eu ia escrevendo, e a pilha agora estava tão pesada que, em vez de eu ir até o escritório dele, resolvi pedir que ele viesse até a minha casa para dar uma olhada.

Levamos bastante tempo discutindo o manuscrito. Lemos tudo linha por linha. Discutimos se uma frase ou outra era necessária para a história. Pesamos cada uma das palavras e debatíamos se não haveria soluções melhores: "bloco" em vez de "caderno", "saquê" ou "vinho de arroz", "enxergar" ou "olhar", etc. Algumas vezes chegamos à conclusão de que faltava um parágrafo; outras, de que precisávamos eliminar diversas páginas.

Sentado no sofá, R ia virando as páginas em silêncio. Tocava o canto inferior esquerdo do papel como se o acariciasse e segurava firmemente o superior direito entre os dedos. Ele sempre manuseia meus manuscritos com cuidado. Fico tensa ao observá-lo enquanto lê. Fico sempre com medo de não ter escrito um romance à altura do cuidado que ele tem com as folhas.

— Bom, acho que por hoje é o bastante…

Terminada a leitura do dia, ele tirou do bolso do casaco a carteira de cigarros e o isqueiro. Eu prendi as folhas cheias de palavras com um clipe.

— Quer mais chá?

— Uma xícara de chá bem forte, por favor.

— Bem forte, claro.

Fui à cozinha, cortei o bolo e refiz o chá.

— Esta é a sua mãe? — perguntou ele, apontando para uma fotografia acima da lareira.

— Sim.

— Era muito bonita. Você se parece com ela.

— Eu? Não. Meu pai sempre dizia que a única coisa que eu herdei da minha mãe foram os dentes fortes, sem cáries.

— É bom ter dentes fortes.

— Enquanto trabalhava, minha mãe deixava uma tigela com peixinhos secos em cima da mesa, os quais ia petiscando. Eu ficava ao lado dela no meu cercado. Se eu começava a chorar, ela botava um peixinho seco na minha boca sem dentes. Lembro até hoje o gosto dos peixinhos, misturado com o cheiro de serragem e de pó de granito. Era uma coisa horrorosa.

Ele arrumou os óculos e deu uma risadinha.

Comemos o bolo em silêncio. Acontecia com frequência, após uma acalorada discussão sobre o manuscrito, de ficarmos sem saber o que dizer. Não que eu me sentisse desconfortável na presença dele. R tem uma tranquilidade contagiante na maneira como respira. O único aspecto da vida de R que eu conheço é essa postura calma que tem quando se senta para ler. Não sei nada de sua infância, se tem irmãos, o que faz aos domingos, que tipo de mulher aprecia, qual seu time de beisebol, nada. O tempo que passamos juntos é preenchido apenas pela leitura de manuscritos.

— Você ainda tem obras de sua mãe? — perguntou, após saborear o silêncio.

— Não muitas. Só as que ela deu expressamente para mim ou para o meu pai — respondi, olhando para a fotografia — na foto, ela usa um vestido solto de verão. Estou no colo dela, com um sorriso tímido. Ela acaricia minhas pernas com suas mãos de escultora. As juntas de seus dedos eram especialmente largas, de tanto segurar as ferramentas pesadas do ofício. — Ela não gostava de ficar com as obras depois de prontas. Tenho a impressão de que, quando eu era pequena, havia mais esculturas dela por todas as partes da casa. Que eu me lembre, ela se livrou rapidamente da maioria depois da intimação da polícia secreta. Será que ela teve um mau pressentimento? Eu era pequena, não lembro muito bem.

— Onde ficava o ateliê dela?

— No porão. Antes de eu nascer, ela tinha uma casinha na aldeia perto da nascente do rio, mas parece que depois ela se transferiu totalmente para cá.

Cutuquei o chão com as pantufas.

— Não tinha notado que a casa tem um porão.

— Não é simplesmente um porão. A casa foi construída à beira do rio, então a entrada fica na parte sul, mas a parte norte foi construída, por assim dizer, abaixo do nível da água. Os alicerces de pedra estão no leito do rio.

— Não é simples construir uma casa assim.

— Minha mãe gostava do som da água. Não do barulho violento das ondas do mar: ela gostava do som gentil da correnteza do rio. A casinha onde antes ficava seu ateliê também era à beira do rio. As três coisas que não podiam faltar quando ela estava trabalhando eram o meu cercado, os peixinhos secos e o som da água.

— Isso também é uma combinação complicada! — Depois de brincar com o isqueiro na palma da mão, ele acendeu um cigarro. Por fim, um pouco constrangido, pediu: — Se você não se importar… poderia me mostrar o porão?

— Claro, vamos lá.

Ele expirou a fumaça do cigarro como um suspiro de alívio.

— Dá para sentir o frio vindo de baixo.

— Posso ligar a estufa. É uma velha salamandra, demora um pouquinho para começar a aquecer.

— Não precisa. O frio que vem do rio é um frio agradável.

Descemos juntos até o porão. Um pouco encabulado, ele segurou meu braço enquanto seguíamos pela escada escura.

— É maior do que eu pensava — comentou, contemplando o ambiente.

— Depois que minha mãe morreu, meu pai nunca mais quis vir aqui. Eu também quase nunca venho.

Desde que a família Inui tinha desaparecido, eu não pusera os pés no porão novamente.

— Sinta-se à vontade. Quer que eu lhe mostre alguma coisa?

Ele foi caminhando pelo porão, olhando uma coisa de cada vez. Olhou as tralhas que estavam em cima da mesa de trabalho; as prateleiras com as ferramentas (na prateleira mais alta, as esculturas da família Inui nos observavam enfileiradas); a porta que dava para os fundos; as cadeiras de madeira...

— Se quiser abrir as gavetas, folhear os cadernos de esboços, fique à vontade.

Ele se pôs a inspecionar um caderno com a mesma seriedade que aplicava à leitura de meus manuscritos.

Cada vez que ele se movia, subia um pouco de poeira e serragem. As partículas dançavam na luz que vinha da janela alta. Lá fora, fazia um belo dia de sol. De vez em quando, ouvia-se o som das carpas saltando no rio.

— E isto, o que é?

Finalmente, ele chegara à cômoda das gavetinhas.

— É o lugar onde minha mãe guardava seus objetos secretos.

— "Objetos secretos"?

— É. Como dizer? Coisas de diferentes tipos, coisas que eu não conheço.

Não sabia muito bem como explicar. Ele foi abrindo as gavetinhas uma a uma. Todas estavam vazias.

— Não há mais nada aqui.

— Quando eu era pequena, cada gavetinha dessas tinha um objeto. Quando minha mãe fazia uma pausa no trabalho, ela ia me mostrando cada uma das gavetinhas, contando histórias, explicando...

— Por que agora estão vazias?

— Pois é. Não sei. Um dia, quando fui ver, já não tinha mais nada. Talvez naquela confusão toda de quando a polícia secreta veio buscar a minha mãe, as coisas tenham sumido de alguma maneira…

— Você acha que a polícia secreta apreendeu os objetos?

— Não. Eles nunca entraram aqui. As únicas pessoas no mundo que sabiam dessas gavetas éramos eu e a minha mãe. Nem meu pai sabia da existência delas. Acho que ela deu um jeito nas coisas alguns dias antes de ser levada embora. Eu tinha menos de dez anos, não era capaz de compreender o significado do que era guardado aqui. Mas acho que, quando minha mãe recebeu a convocação, pressentiu a gravidade do que estava acontecendo. Ela pode ter destruído tudo, ou escondido em outro lugar, ou confiado aos cuidados de alguém.

— Hmm...

Ele estava debaixo da escada, um pouco curvado para não bater com a cabeça. Ficou mexendo em um dos puxadores. Fiquei um pouco preocupada, achando que ele se sujaria de ferrugem.

— Você lembra que coisas havia aqui?

Ele me encarou. As lentes dos seus óculos refletiam a luz da janela.

— Às vezes eu me esforço para lembrar. Esses momentos em que minha mãe me mostrava as gavetinhas eram muito importantes para mim. Mas nunca me vem nada. Lembro com perfeição o rosto dela, a sua voz, a sensação do ar do porão… o conteúdo das gavetas, não. As imagens ficam fora de foco nessa parte. Os contornos das memórias parecem ter derretido.

— Não precisa ser nada muito preciso. Não lhe ocorre nada, nem algum pequeno detalhe?

— Então... — Olhei fixamente para a cômoda. O que um dia fora um móvel elegante havia perdido o verniz. Os puxadores haviam enferrujado. Estava coberto de uma grossa camada de poeira. Uma aparência miserável. Quando minha mãe não estava olhando, eu às vezes colava adesivos nos móveis. A madeira acabou danificada quando os adesivos foram arrancados. — A coisa mais importante para ela... — comecei a dizer, depois de muito pensar — ficava aqui nesta altura, na segunda gaveta de cima para baixo. Era uma lembrança de minha avó. Uma pedrinha verde. Bem pequena, do tamanho de um dente. Dura como um dente. Naquela época, eu estava trocando a dentição, então comparava tudo com dentes.

— Era bonita, a pedrinha?

— Acho que sim. Minha mãe punha a pedra no dedo e ficava olhando para ela sob a luz do luar. Mas digo isso levando em consideração a reação dela, porque, para mim, aquilo não tinha significado nenhum. Não me lembro de sentir nenhuma emoção: não achava lindo, não achava que ficava bem no dedo de minha mãe, não desejava ter uma coisa daquelas. Lembro que era uma coisa fria ao toque. Diante deste móvel, minha memória é como o bicho-da-seda que dorme em seu casulo.

— Bom, isso é assim mesmo. É como todos se sentem diante das coisas sumidas.

R arrumou os óculos. Depois perguntou:

— Essa pedrinha verde que você citou... por acaso... não era uma esmeralda?

Da primeira vez eu não entendi o que ele falou. Então voltou a dizer:

— Es... me... ral... da.

R continuou repetindo as quatro sílabas diversas vezes. De repente, os sons da palavra encontraram, em algum lugar do meu peito, um eco até então despercebido.

— É, acho que sim. Es-me-ral-da. Sim, é isso mesmo — eu disse, assentindo com a cabeça. Mas como é que você sabe?

Um momento de silêncio se instalou entre nós. Em vez de responder, R refez o trajeto de inspeção das gavetinhas. Cada vez que ele abria uma delas, ouvia-se um som de madeira contra madeira. Ao chegar às gavetas da quarta fileira, ele abriu a primeira à esquerda e parou.

— Aqui tinha perfume, não?

Já ia perguntar de novo "mas como é que...", mas consegui segurar o impulso.

— Ainda tem o cheiro do perfume.

Ele me empurrou gentilmente em direção à gaveta.

— Você não sente um cheiro?

Aproximei o nariz da gaveta e respirei fundo. Lembrei que minha mãe, uma vez, tentara me fazer sentir um cheiro, exatamente como R, diante daquela gaveta. Mas tudo o que senti foi o ar gelado entrando em minhas narinas.

— Não... não sinto nada. Desculpe.

— Não há do que se desculpar. É muito difícil se lembrar das coisas que sumiram.

R fechou a gavetinha do "perfume" e piscou os olhos.

— Eu me lembro. Lembro-me da beleza da esmeralda. Do aroma do perfume. O meu coração não esquece nada.

# Nove

Com o avanço do inverno, a ilha se cobriu de uma atmosfera pesada. O sol emitia uma luz tênue. Ao anoitecer, havia sempre ventania. As pessoas na rua enfiavam as mãos nos bolsos dos casacos, encolhiam os ombros e andavam com pressa.

Por toda parte se viam os caminhões da polícia. Às vezes iam com a lona verde-escura abaixada, tocando a sirene, costurando a toda velocidade por entre os outros veículos; outras, passavam de carroceria descoberta, a marcha lenta, sacolejando a pesada carcaça. Das frestas da lona fechada, ocorria de se entrever o sapato de alguém, um canto de uma mala, a barra de um casaco.

As batidas de caça à memória estavam cada vez mais violentas. Ninguém mais recebia intimações com antecedência, como nos tempos de minha mãe. Eram sempre operações-surpresa. Os caçadores de memórias conseguiam abrir qualquer porta e levavam armamento pesado. Pisoteavam as casas invadidas em busca de aposentos secretos. Investigavam nas despensas, debaixo das camas, atrás dos roupeiros. Quando achavam um esconderijo, arrastavam para fora os fugitivos. Também aqueles que ajudaram a acobertar os refugiados iam presos nos caminhões.

Nenhum objeto mais teve sumiço desde as rosas; no entanto, passou a ser comum ouvir do desaparecimento de pessoas — alguém do bairro vizinho, um conhecido de uma colega da época da escola, um parente distante do peixeiro, etc. Alguns eram levados, outros conseguiam escapar; e havia aqueles que, depois de escapar, eram descobertos e levados.

Ninguém buscava se informar melhor sobre os estranhos eventos. Todos sabiam que o destino dessas pessoas era ruim, e que ficar falando de certas coisas poderia atrair suspeitas e perigo. Se um dia uma casa amanhecia vazia, os transeuntes se limitavam a espiar furtivamente pela janela e rezar pela vida das pessoas sumidas; em seguida retomavam seu caminho. Todos nesta ilha se acostumaram, ao longo dos anos, a perder alguma coisa de tempos em tempos.

— Vou lhe contar uma coisa agora. Se o senhor não quiser que eu continue, peço que me avise para parar.

— Quê? — disse baixinho o velho balseiro, a mão em vias de cortar o bolo de maçã parada no ar. — Não me venha com essas suas conversas complicadas.

Ele parecia incomodado. Resmungou:

— Como é que eu vou saber que não quero ouvir se eu não sei o que é?

— Pois é, mas depois de eu contar, será tarde demais. Preciso saber antes se o senhor não quer que eu conte. É que depois eu vou precisar que o senhor guarde o mais absoluto segredo. Preciso saber agora se o senhor pode guardar esse segredo. Se o senhor não puder, é só avisar. Não tem importância. Daí o segredo fica só comigo. Nada além disso. Não se sinta na obrigação de ouvir. Não precisa fazer cerimônia comigo. Não precisa se preocupar se vai ficar bem ou mal se o senhor aceitar ou não. Preciso saber, com toda a sinceridade, se quer ouvir e se pode guardar segredo.

Ele largou a faca e uniu as mãos no colo. A água na chaleira estava a ponto de ferver. A manteiga derretida que cobria a superfície do bolo reluzia no sol que entrava pela escotilha da cabine da primeira classe. Ele se virou para mim, fitou-me nos olhos e disse:

— Pode contar.

— O senhor vai se envolver com um problema difícil e perigoso.

— Estou de pleno acordo.

— Pode correr risco de vida.

— Não me resta mais muito de vida.

— Tem certeza que quer ouvir?

Ele mudou a posição dos dedos entrelaçados.

— Absoluta. Pode falar.

— Quero ajudar uma pessoa. Quero arrumar um esconderijo para ela. — Olhei para ele, tentando adivinhar o que estaria pensando. O rosto permanecia impassível. Ele apenas aguardava que eu prosseguisse. — Sei muito bem o que aconteceria se esse segredo fosse revelado... coisas terríveis. Mas, se eu não fizer nada, vou perder outra pessoa importante na minha vida. Como aconteceu com minha mãe. Será que o senhor pode me ajudar? Sozinha, não consigo. Preciso da ajuda de alguém de confiança.

Um vento forte soprou, e a balsa começou a ranger. Os dois pratinhos empilhados tilintaram.

— Posso perguntar uma coisa?

— Claro.

— Qual a sua relação com essa pessoa que você quer ajudar?

— É meu editor. A primeira pessoa que lê meus romances. A que melhor entende o quanto de mim está no que eu escrevo.
— Certo. Estou à disposição.
— Obrigada.
A mão do velho repousava em seu joelho. Toquei de leve aquela mão riscada de rugas.

Depois de conversarmos, eu e o balseiro chegamos à conclusão de que o lugar mais seguro era uma parte da casa que meu pai antigamente usava para armazenar livros, um vão que fica entre o térreo e o andar de cima. O carpinteiro criara ali um compartimento onde meu pai guardava livros e papéis que ele usava mais raramente. No chão do escritório, havia um quadrado de um metro de lado que podia ser levantado, abrindo um alçapão que dava entrada ao depósito.

Era um cômodo estreito e comprido, com três tatames de superfície[5] e um metro e oitenta de pé-direito. R, alto daquele jeito, não conseguiria ficar de pé lá dentro sem bater com a cabeça no teto. Tem instalação elétrica, mas não tem hidráulica nem janelas.

O porão é maior e mais confortável, mas os vizinhos sabem que ele existe. Alguém que se anime a atravessar a velha ponte pode, inclusive, entrar nele pela porta dos fundos. Se algum dia alguém vier fazer uma busca na casa, o primeiro lugar que vão querer ver será o porão. No caso do depósito de livros, ninguém sabe que ele existe e, da vez que a polícia secreta veio buscar as coisas do meu pai, não suspeitaram que ali havia um

---

5. Equivalente a menos de seis metros quadrados. [N.T.]

alçapão. Eu precisava escolher um lugar recôndito para fazer com que R desaparecesse da face da Terra.

Fizemos uma lista das próximas tarefas em uma página em branco do diário de bordo da balsa.

*Minhas tarefas*
1. *Dar um jeito na papelada do depósito (cuidado, pois a maioria tem a ver com pássaros);*
2. *Faxina do depósito, desinfetar o depósito (R não pode ficar doente);*
3. *Colocar um tapete cobrindo o alçapão (sem estampa chamativa para não despertar interesse);*
4. *Extensão, lâmpada, colchão, térmica, bule, xícara, pratinhos, produtos de primeira necessidade (não comprar nada novo, usar o que já tenho para não chamar atenção);*
5. *Achar uma maneira discreta de trazer R para minha casa (é a tarefa mais difícil).*

*Tarefas do balseiro*
1. *Instalar exaustor (sem ventilação não é possível abrigar uma pessoa);*
2. *Arrumar uma maneira de ter água;*
3. *Colocar papel de parede espesso (isolamento térmico e acústico);*
4. *Construir um banheiro (com o mínimo de barulho possível);*
5. *Fazer amizade com R (que só vai poder se comunicar com o velho e comigo).*

Discutimos os mínimos detalhes. Repensamos diversas vezes todo o processo para assegurar que não havíamos nos descuidado de nada. Tentamos imaginar o que poderia dar errado e pensamos em soluções para esses casos. O que fazer se alguém perguntar para que estamos comprando material de construção. Se o cachorro do vizinho farejar uma pessoa diferente na casa. Se R precisar fugir antes de a reforma ficar pronta. Imaginamos diversas hipóteses ruins.

— Vamos descansar um pouco. Venha comer uma fatia de bolo. — O velho despejou água quente no bule, esperou pela infusão e cortou duas fatias do bolo de maçã que sobrara. — Na vida, grande parte das coisas que nos preocupam não passam disso mesmo — apenas preocupações.

— Será?

— Sim. Pode deixar comigo. Vou fazer tudo direitinho.

— Claro. Vai dar tudo certo.

Ele me serviu a fatia maior. Continua me tratando como uma menina em fase de crescimento, que precisa comer bastante para ficar forte. Ao lado do pratinho, pôs um guardanapo de papel, de um branco imaculado. A toalha fora engomada, e sobre a mesa havia um vasinho com um galho de um arbusto das colinas carregado de frutinhos vermelhos.

Relemos a lista de tarefas para ter certeza de que tudo havia sido memorizado. Em seguida, o balseiro arrancou as duas folhas do diário e as queimou no fogão. Assim, não deixávamos provas. As folhas se cobriram de chamas, escureceram, encolheram e, em seguida, se desmancharam. Ambos ficamos contemplando as chamas em silêncio. Sabíamos que, dali em diante, tudo seria muito difícil, mas também nos sentíamos mais tranquilos. A cabine aquecida tinha um aroma de bolo.

Os trabalhos começaram no dia seguinte. Dividi os papéis de meu pai em pequenos maços e os queimei em etapas, como quem está se livrando de velhas revistas de moda, no pátio dos fundos. Transferi para o escritório um tapete que estava no quarto de hóspedes. Consegui reunir um sortimento completo de itens de uso diário com o que eu já tinha em casa.

Já a reforma do depósito não foi assim tão simples. Corria o boato de que os caçadores de memórias tinham o registro de todos os carpinteiros da ilha, com ordem expressa de comunicar à polícia secreta aqueles que recebessem encomendas suspeitas. Além disso, se alguém ficasse sabendo que estávamos fazendo uma obra sem contratar ajuda, isso também levantaria suspeitas.

O simples trabalho de trazer até minha casa as ferramentas e os materiais necessários à reforma já bastou para me deixar muito estressada. O velho balseiro usou diversos estratagemas para transportar as coisas sem que ninguém percebesse. Trouxe ripas e canos enfiados no blusão, pregos e dobradiças em uma sacola enrolada na cintura, diversas ferramentas nos bolsos. Quando entrou aqui em casa, soltou um suspiro de alívio.

— Enquanto vinha para cá de bicicleta, as coisas se chocavam umas nas outras, era como se meus ossos estivessem desconjuntados! — contou, rindo, enquanto esticava a coluna.

Trabalhou com precisão, delicadeza, paciência e rapidez. Trouxe consigo um desenho que fizera em outra folha do diário de bordo da balsa, que consultou brevemente, e em seguida se concentrou nas tarefas listadas. Abriu buracos nas paredes, passou um cano e o conectou ao encanamento da casa por dentro do forro do teto do térreo. Instalou novas tomadas. Cortou a chapa de madeira compensada, depois pregou. Tentei ajudá-lo no que podia, ou ao menos não atrapalhar.

Para que os vizinhos não ouvissem as marteladas, deixei tocando um disco de música sinfônica. O velho aguardava os momentos adequados para pegar o martelo, quando a orquestra chegava aos crescendos da partitura. Continuamos o trabalho em silêncio, sem fazer pausa para o almoço.

A reforma só terminou no entardecer do quarto dia. Sentamo-nos no centro do cômodo e contemplamos o resultado. Ficou um quarto muito melhor do que eu imaginara. Estava modesto e aconchegante. Foi acertada a decisão de usarmos um papel de parede simples, de cor creme. Era um lugar pequeno, então procuramos arrumar as coisas de forma compacta. Havia uma cama, uma escrivaninha, uma cadeira e, a um canto, uma divisória onde ficava o vaso sanitário. Acima do vaso, um reservatório de água; o vaso em si estava conectado à fossa da casa, no térreo. Eu precisaria repor a água do reservatório todos os dias.

O velho teve ideia de construir um sistema de comunicação que consistia em uma mangueira de borracha ligada a funis nas duas pontas. Era possível conversar aproximando a boca ou o ouvido do funil.

Eu tinha acabado de lavar os lençóis e o cobertor, que estavam limpinhos e macios. A escrivaninha e a cadeira cheiravam a madeira nova. A lâmpada tinha uma luz alaranjada. Desligamos a luz, subimos a escadinha de três degraus e empurramos o quadrado que fechava o alçapão. Não era fácil passar pela pequena abertura. Era preciso encolher os ombros e fazer uma leve rotação do corpo; em seguida, erguer o peso do próprio corpo com os braços. O velho me deu a mão para me ajudar a sair.

No início, fiquei preocupada se R, que é um homem grande, não acharia complicado ficar entrando e saindo por aquela portinha; no entanto, em seguida, ocorreu-me que ele provavelmente não sairia de lá de dentro com tanta frequência.

Fechamos o alçapão e o cobrimos com o tapete. O piso do escritório voltou a ter uma aparência comum, como tantos outros. Caminhei por cima do tapete, indo e vindo diversas vezes. Nada fazia pensar que abaixo de nós havia um recinto oculto.

# Dez

— Consegui um esconderijo para você. Acho que você devia ir logo para lá.

Soltei isso no meio de uma conversa sobre trabalho, sem mudar o tom de voz. Tentei fazer soar como se estivesse perguntando se ele não queria ir a algum lugar almoçar.

A recepção da editora estava cheia de gente e de ruído. Risos, xícaras tilintando, toques de telefone. Aproveitei o rebuliço para dizer rapidamente o que precisava.

— É um lugar confiável e seguro. Arrume logo suas coisas.

R largou no cinzeiro o cigarro e me encarou, sem piscar.

— Um esconderijo para mim?

— Sim, para você.

— Como conseguiu? Não é fácil encontrar um lugar desses.

— Não importa. Você precisa se esconder antes que analisem seu DNA.

Ele me interrompeu:

— Eu já aceitei o meu destino.

— Que destino?

— Não revelei o meu segredo à minha esposa. Ela está grávida. O nascimento é daqui a quatro semanas. Não posso deixá-la sozinha, e não posso levá-la comigo para um lugar clandestino. Ninguém aceita esconder uma mulher grávida.

— Se você se esconder sozinho, os três se salvam. Você, sua mulher e o bebê.

— De que adianta me esconder? Não sabemos quando eu poderia sair do esconderijo. Talvez nunca...

A fumaça do cigarro subia do cinzeiro e dançava entre nós. R batucou a escrivaninha três vezes com o isqueiro, como que para se acalmar.

— Ninguém sabe o que vai acontecer. Os caçadores de memórias também vão desaparecer um dia. Tudo desaparece desta ilha.

— Nunca tinha pensado assim.

— Mas é claro. No momento, você deve se concentrar em fugir dos caçadores de memórias. Sei que deve estar preocupado com sua esposa, mas ela pode contar com a ajuda dos que ficarem. Eu também posso ajudá-la. Para poder rever sua esposa e seu filho, você precisa estar vivo. E se for preso pela polícia, quem é que vai editar o meu romance?

Nesse momento, percebi que minha voz tinha aumentado de volume. Respirei fundo e tomei um gole de café.

O chafariz do jardim fora desligado e o laguinho estava coberto de folhas secas. Um gato preto dormitava equilibrado no murinho de tijolos. As flores do canteiro estavam murchas. O vento levantava os restos de papel que alguém havia jogado no chão.

— E onde fica esse seu esconderijo? — perguntou ele, os olhos fixos no isqueiro que segurava.

— Ora. Não posso dizer.

Essa era a resposta que eu e o velho, depois de uma breve discussão, tínhamos achado mais correta para o caso de ele perguntar. Continuei:

— É perigoso saber demais. Quanto mais você souber, mais informações estarão em risco. Por segurança, é melhor sumir como se você tivesse sido tragado pelo ar, sem preparar nada, sem dizer nada a ninguém. — R assentiu com a cabeça. — Pode confiar. Não há o que temer. Pode deixar tudo comigo.

— Você se envolveu com algo muito perigoso por minha causa.

O manuscrito estava espalhado em cima da mesa. A caneta-tinteiro de R e o meu lápis rolavam de uma folha para outra. Ele apagou o cigarro e me fitou nos olhos. Não me pareceu hesitante ou confuso — pelo contrário, tinha um olhar tranquilo e sóbrio. De vez em quando, dependendo da luz, uma sombra de tristeza se insinuava em seu rosto.

— Eu tenho interesse em que você fique vivo, para editar meus romances. — Pensei em sorrir, mas senti uma paralisia, como se tivesse o rosto gelado, e minha boca não se moveu direito. — Vou explicar como procederemos. Depois de amanhã, quarta-feira, esteja às oito horas da manhã em frente às catracas da estação central. Sei que é muito pouco tempo para se preparar, mas tem de ser depois de amanhã. Quando se tem mais tempo, acontece de se fazer coisas desnecessárias. Não há necessidade de grandes preparativos. Pense apenas que vai precisar se deslocar com facilidade. Ponha as mesmas roupas de sempre e leve apenas a maleta de couro que sempre traz para o trabalho. Se depois você precisar de alguma coisa, eu dou um jeito de pegar com sua esposa. Compre o jornal na banquinha da estação e fique lendo em frente à creperia à direita. Nesse horário, a creperia vai estar fechada, mas não tem importância. Após algum tempo, um velho passará por você. Ele vai estar de calça de veludo cotelê e jaqueta, carregando um pacote da padaria. O pacote é um sinal para segui-lo. Não fale com ele. Depois de confirmar com o olhar que o identificou, é só ir atrás dele.

Falei tudo de uma vez só.

Na manhã de quarta-feira, estava chovendo. Era uma chuva torrencial, como se a ilha tivesse sido engolida por um redemoinho. Não se enxergava nada pela janela, só a chuva caindo.

Não sabia se isso era bom ou ruim para os nossos planos. Se, por um lado, talvez ajudasse para despistar a polícia secreta, por outro, isso dificultaria o deslocamento de R e do velho balseiro até aqui em casa. Fosse como fosse, eu não tinha nada a fazer a não ser aguardar.

Aumentei ao máximo a chama do fogão, enchi o bule com água fervente, e fiquei a postos para abrir a porta assim que os avistasse. Ia toda hora à janela da frente para ver se estavam chegando. Em um dia normal, minha casa fica a quinze minutos a pé da estação central, mas, com essa chuvarada, não tinha certeza de quanto tempo levaria.

Às oito e vinte e cinco, tive a impressão de que os ponteiros do relógio começaram a se mover mais lentamente. Fui para a entrada da casa e fiquei espiando a rua pela porta, ao mesmo tempo que conferia o relógio da sala de jantar. Quando o vidro ficava embaçado, limpava-o com a manga do blusão. Logo o blusão ficou todo molhado.

Só o que se via era um paredão de chuva. Não se enxergavam nem as árvores do jardim, nem a cerca da frente, nem o poste da telefônica, nem o céu. Tudo se escondia atrás de uma sufocante cortina cinza. Comecei a rezar pela boa travessia de R e do velho balseiro. Fazia muito tempo que eu não rezava.

Eles só foram aparecer depois das oito e quarenta e cinco. Destranquei a porta e entraram correndo. Estavam completamente encharcados. Pingava água dos dois como se a chuva fosse dentro de casa. O cabelo empapado grudava na testa, as roupas tinham mudado de cor, os sapatos chapinhavam. Levei-os até a sala de jantar e os fiz sentarem diante da estufa.

Os dois continuavam agarrados ao jornal e ao saco de pão, que, com a água da chuva, tinham se transformado em massas indistintas, semelhantes a um esfregão. O pão não estava em condições de ser comido.

R tirou o casaco, largou-se em uma cadeira, fechou os olhos e tentou recuperar o fôlego. O velho, preocupado em aquecer o fugitivo, mudou a estufa de lugar, trouxe um cobertor e ajeitou-o nas costas de R. Cada vez que ele se mexia deixava um rastro molhado no chão. Os dois corpos fumegavam.

Lá fora, a chuva fazia um barulho ensurdecedor. Ficamos olhando a estufa em silêncio. Tínhamos muito a dizer uns para os outros, mas, cada vez que um de nós tentava falar, parecia que a palavra ficava emperrada no peito. Do buraquinho redondo da estufa, enxergava-se lá dentro uma chama de vermelho puro, oscilando sem parar.

— Foi tudo bem — disse o velho, como que falando sozinho. — A chuva nos escondeu.

R e eu levantamos a cabeça.

— Que bom que chegaram sãos e salvos.

— Mesmo assim, pensando que talvez estivessem nos seguindo, tomei a precaução de dar uma volta maior.

— Afinal, o esconderijo é na sua casa? Nunca que eu imaginaria — comentou R.

Falávamos em voz baixa. Era como se temêssemos que algo ruim acontecesse, se o silêncio do lugar fosse perturbado.

— É que eu não tenho ligação nenhuma com a rede clandestina de apoio. Planejei tudo sozinha. Deixe que eu lhe apresente este senhor, que conheço desde pequena. — Disse-lhe o nome do velho balseiro. — Ele sempre esteve muito ligado à minha família. Somos as duas únicas pessoas no mundo que sabemos que você está aqui.

Os dois esticaram o braço debaixo dos cobertores e se apertaram as mãos.

— Não sei como agradecer.

O velho ficou sem graça e, abanando a cabeça, recolheu a mão de volta ao abrigo do cobertor.

— Vou preparar uma bebida quente.

Fiz um chá mais forte que de costume e tomei o cuidado de aquecer as xícaras antes de servir. Bebemos devagar. O silêncio tornou a preencher a sala.

Aos poucos, as roupas foram secando. O cabelo de R voltou a ficar sedoso, e as bochechas do velho ficaram rosadas. A chuva continuou violenta. Quando as três xícaras esvaziaram, eu falei:

— Então vou lhe mostrar o seu quarto.


Fomos ao escritório. Levantei o tapete, depois o alçapão. R soltou um "oh!", surpreso. Murmurou:

— Parece uma caverna flutuando no espaço!

— Peço desculpas por ser tão pequeno, mas acho que aqui é totalmente seguro. Ninguém vai ver você do lado de fora. Também tem isolamento acústico.

Descemos os três pela escada: primeiro o velho, depois eu, e em seguida R. Com os três lá dentro, o lugar parecia de fato pequeno. R largou a maleta, que estava pesada e estufada, em cima da cama. A maleta geralmente guardava manuscritos e provas de edição, mas naquele dia devia conter outro tipo de coisa.

O velho explicou a R como usar a estufa elétrica, o banheiro, o telefone de funil. R concordava com a cabeça.

— Se precisar de alguma coisa no futuro, é só pedir, que ele providencia para nós! Não há nada que ele não saiba fazer — eu disse, apontando para o velho.

Dei-lhe uns tapinhas nas costas. O velho ficou ainda mais sem jeito. Começou a coçar a cabeça branca. R riu um pouco.

Após as explicações, o velho e eu subimos de volta ao escritório. R precisava descansar, depois de um dia de tanta tensão. Ele também precisava de tempo para processar todas as separações que haviam ocorrido tão repentinamente em sua vida.

— Ao meio-dia, vou trazer seu almoço. Se precisar de alguma coisa, é só falar pelo funil.

— Obrigado.

Fechamos o alçapão e estendemos o tapete. Mas, por algum tempo, não conseguimos sair do escritório. Ficamos ali, olhando para os próprios pés. Na minha cabeça, ainda ecoava o "obrigado" que ele havia dito. Naquele momento, a sua voz me parecera como uma bolha de ar que, lentamente, subira do lodo do fundo de um lago, oscilante, até a superfície.

# Onze

Dez dias se passaram desde que R se refugiara no aposento secreto. Ainda não tínhamos nos acostumado com os novos hábitos de uma vida radicalmente diferente. Ainda faltava decidir qual o melhor horário para trocar a água da térmica, para descer as refeições, o intervalo de dias para mudança dos lençóis, e muitos outros detalhes cotidianos.

Mesmo sentada à escrivaninha, ficava o tempo todo pensando se lá embaixo estava tudo bem; isso me distraía e eu não conseguia avançar com o romance. Será que ele não queria conversar? Não, pelo contrário, queria que o deixassem em paz. Mudava de ideia diversas vezes, com o funil na mão. Tentei aguçar o ouvido para conseguir escutar alguma coisa, mas não vinha nenhum som do esconderijo. Esse silêncio me fazia sentir de forma ainda mais definitiva a presença dele abaixo do assoalho.

Ainda assim, os dias corriam com regularidade. Às nove horas, eu levava ao escritório uma bandeja com o café da manhã e uma térmica com água quente. Então batia no assoalho. Ele me passava o reservatório de plástico vazio para eu reabastecer com água. O almoço era às treze horas. Se precisava que eu lhe comprasse alguma coisa, R me passava uma lista e o dinheiro, e eu providenciava tudo à tarde, quando saía para minha caminhada. Quase sempre eram livros, mas também comprei lâminas de barbear, goma de mascar com nicotina (já que naquele quartinho ele não podia fumar), cadernos, água tônica e outras coisas. De dois em dois dias, ele tomava um banho de bacia. De resto, eram longas noites esperando o tempo passar.

Às vezes, na hora de recolher os pratos do jantar, eu descia para conversar. Ou, quando conseguia comprar um doce diferente, levava-o para comer com ele. Sentávamos na cama, eu servia o doce e deixava em cima da escrivaninha, e íamos comendo e conversando por horas a fio.

— Você já está se sentindo mais tranquilo?
— Sim. Muito obrigado por tudo.

R vestia um blusão preto simples. Na prateleira da parede, havia um espelho, um pente, uma latinha de pomada, uma ampulheta e um patuá. Ao lado do travesseiro, uma pilha de livros. Uma autobiografia de um compositor que se suicidou, um manual de astronomia, um romance histórico tendo por pano de fundo a erupção de um vulcão nas serras do norte. Todos eram livros velhos.

— Se precisar de alguma coisa, avise. Não faça cerimônia.
— Estou muito confortável, obrigado.

No entanto, dava para ver, pela maneira como se movia, que R ainda não se sentia à vontade em seu novo lar. Cada vez que se levantava, batia em alguma coisa — na lâmpada, na parede do banheiro, no teto — e estava sempre encolhido, com as mãos nos joelhos, como que pedindo licença. A cama era muito pequena, e não tinha nada ali — música, flores, etc.

— para dar uma alegrada no cômodo. O ar do seu entorno e o ar do recinto oculto se estagnavam sem se misturar.

— Coma mais.

Apontei para os biscoitos em cima da escrivaninha. Era mais difícil conseguir doces no inverno. O velho balseiro tinha feito os biscoitos com um pouco de aveia que ganhara de um amigo seu, agricultor.

— São uma delícia.

Engoli um biscoito de uma só vez.

— O velho podia ser cozinheiro, ele faz coisas tão gostosas...

Dividimos os biscoitos: dois para R e quatro para mim. Ele disse que não precisava de muito porque, como não estava se exercitando, não ficava com fome. Não houve maneira de convencê-lo a comer mais.

A estufa não era muito potente, mas não fazia tanto frio. Eu podia ouvir a respiração de R no silêncio do cômodo. Espiei de lado o seu rosto, cujos contornos se destacavam na luz alaranjada da estufa.

— Posso perguntar uma coisa?

— Claro.

— Qual é a sensação de nunca se perder nenhuma memória?

Ele arrumou os óculos e segurou a garganta.

— Que pergunta difícil.

— Você não fica com o coração transbordando, lotado de coisas?

— Não, isso não acontece. O coração humano não tem limite de capacidade. Ele aceita coisas de todos os tamanhos e formas, na quantidade que for.

— Então você tem guardadas intactas no coração todas as coisas que já sumiram desta ilha?

— Não sei se intactas. As memórias não são algo que se acumule simplesmente. Elas vão se transformando, mudando de lugar com o tempo, desaparecendo aos poucos. Claro, a forma como as coisas desaparecem da sua memória, quando há um sumiço, é completamente diferente.

— Qual é a diferença? — perguntei, mexendo nas unhas.

— As minhas memórias não são, por assim dizer, arrancadas com raiz e tudo. Mesmo as coisas esquecidas deixam algum traço em algum lugar do coração. Como pequenas sementes. Se algo as desperta, voltam a crescer. Mesmo quando a memória em si desaparece, ela deixa em seu lugar alguma coisa: um tremor, uma dor, um prazer, uma lágrima.

Ele escolhia cuidadosamente as palavras — como se cada uma fosse investigada pela língua, antes de sair pelos lábios.

— Às vezes fico imaginando como seria observar seu coração, tê-lo entre as mãos. É um órgão de consistência gelatinosa que cabe na palma da mão. Não pode apertar muito, pois se desmancha; mas tem de segurá-lo firme, pois escorrega. Como ele vem de dentro do seu corpo, de um lugar recôndito, é muito quente. Quando fecho os olhos, sinto o calor do seu coração e, uma a uma, todas as coisas que eu perdi me vêm ao espírito. Posso imaginar que todas as suas memórias estão na palma da minha mão. Não seria uma sensação maravilhosa?

— Você quer se lembrar das coisas que perdeu?

— Não sei. Na verdade, não sei nem do que exatamente eu devia me lembrar. Quando uma coisa me some, o sumiço é completo. Não fica nada para trás. Tenho de continuar vivendo com um coração oco, cada vez com mais buracos. Por isso, imagino o seu coração como algo gelatinoso, mais resistente, translúcido, que muda de aparência conforme a luz que nele incide.

— A julgar pelos seus romances, não consigo imaginar seu coração como um oco cheio de buracos.

— É cada vez mais difícil escrever romances nesta ilha. Cada vez que há um sumiço, sinto como se as palavras fossem se distanciando rapidamente. Acho que só consegui continuar até agora porque você se lembra das coisas e me ajuda a escrever.

— Fico feliz por ser útil.

Estendi minhas mãos com as palmas para cima. Ficamos os dois olhando fixamente para o côncavo das mãos, como se ali houvesse algo. Mas quanto mais olhávamos, mais ficava claro que ali só havia um imenso vazio.

No dia seguinte, recebi um telefonema da editora. Era o senhor que haviam designado para substituir R como editor de meus livros.

Ele era bem mais velho, baixinho e magrinho. Tinha uma cara tão genérica que era difícil saber o que estaria pensando. Além disso, falava balbuciando e eu não conseguia entender tudo o que dizia.

— Você tem uma previsão de quando estará pronto o novo romance?

— Desculpe-me, mas não faço ideia.

Ocorreu-me que R nunca me perguntava sobre prazos.

— Ao ler o manuscrito, pareceu-me que a trama chegou a um ponto muito delicado. Você precisa continuar escrevendo com grande dedicação para resolver os impasses criados. Quando tiver um volume razoável de páginas, por favor, entre em contato. Estou ansioso para saber o que vai acontecer.

Debrucei-me sobre a mesa para tentar escutar melhor. Então perguntei como quem não quer nada:

— O senhor sabe me dizer o que aconteceu com R, meu editor anterior?

— Bem… — Ele emudeceu e pude ouvi-lo beber um gole de água. — Esse… ele… sumiu.

A parte do "sumiu" ele articulou com clareza.

— Sumiu?

Resolvi apenas repetir o que ele dissera, por medo de deixar escapar algum ato falho.

— Então… é isso. Você não recebeu nenhuma mensagem dele?

— Eu? Não — enfatizei balançando a cabeça.

— Foi tudo repentino. Todo mundo está chocado. Um belo dia, ele não veio. Não mandou mensagem por ninguém, não deixou nota de despedida. Em cima de sua mesa, só havia o seu manuscrito, devidamente arrumado numa pilha.

— Não me diga.

— Digo sim. Se bem que, de uns tempos para cá, pessoas desaparecerem de uma hora para outra não causa mais o espanto de antes.

— Não tinha me dado conta. Ele não aparentava ser…

— Pois eu também estou pasmo.

— Ele me emprestou uns discos, agora não tenho a quem devolver.

— Posso guardá-los se você quiser. Pode ser que algum dia…

— Ah, quero sim. E se o senhor descobrir o paradeiro dele, eu gostaria de ser informada.

— Pode deixar. Se eu souber de alguma coisa…

Quem ficou de falar com a esposa de R foi o velho balseiro. Ele pode se deslocar pela cidade com uma caixa de ferramentas na garupa da bicicleta sem levantar suspeitas — afinal, faz consertos nas casas das pessoas, e ninguém acharia estranho vê-lo conversando com a senhora R.

Ela fora para a casa dos pais assim que R sumiu — não por causa do sumiço, mas, sim, porque já planejara que o parto seria lá. Os pais da senhora R tinham uma farmácia nas colinas do norte, em uma aldeia onde antigamente ficavam as fundições, agora desativadas. Com o fim da atividade industrial, a aldeia vivia às moscas.

O ponto de contato ficava em uma escola abandonada da cidade. Nos dias de fim zero — dez, vinte e trinta de cada mês —, a senhora R deixava as coisas que queria mandar para o marido escondidas dentro do abrigo meteorológico desativado que ficava no pátio da escola. O velho ia lá, pegava o que encontrava e deixava em seu lugar as coisas que, de sua parte, R enviava para ela.

— Tudo fica mais triste no inverno, mas em especial a aparência desolada daquela aldeia — comentou o velho da primeira vez que foi lá. — Quando contornamos a colina, um vento gelado bate na nossa cara. Acho que é lá que nasce o vento norte. Nas ruas, não tem ninguém. Devo ter visto mais gatos que gente. As casas são antigas, de madeira. Metade está abandonada. Depois que a fundição fechou, acho que todo mundo saiu de lá. A fundição é um prédio muito triste, abandonado. Lembra um ferro-velho. Ou um parque de diversões desativado. De onde quer que se olhe, parece que aquela chaminé está sempre nos seguindo. É como se a fundição tivesse morrido de fraqueza sob muitas camadas de ferrugem.

— Não sabia que tudo estivesse desse jeito. Quando eu era pequena, gostava de olhar naquela direção à noite, pois o horizonte ficava tingido de laranja — comentei, enquanto servia um chocolate quente.

— Houve uma época em que todo mundo queria trabalhar na fundição. Muitos, muitos anos atrás. Para nós, é melhor que o lugar esteja abandonado. Assim, não chamamos a atenção da polícia secreta.

O velho levantou a caneca com as duas mãos.

— O que o senhor achou da mulher? — perguntei.

— Aparentou estar muito cansada. Disse que ainda não estava conseguindo lidar com todos os acontecimentos. Compreensível, não? O marido sumir logo na hora do nascimento do primeiro filho, tudo ao mesmo tempo, é para derrubar qualquer um. Mas também me pareceu ter a cabeça no lugar. Uma mulher forte. Não ficou fazendo perguntas, não quis saber onde o marido está, nada disso. Só concordou e agradeceu.

— É mesmo? Acho que agora ela pode ficar mais tranquila, até a hora do parto...

— Acho que sim. A farmácia talvez não tenha muitos clientes. Pudera, naquele lugar... Enquanto estive lá, só entrou uma velha muito acabadinha, que queria um mercurocromo de duzentos ienes. É um estabelecimento simpático, mas bastante gasto pelo tempo. A porta de entrada, o assoalho, a vitrine... Deu vontade de oferecer os meus serviços e consertar diversas coisas. A senhora R estava no caixa atrás do balcão e só dava para ver a sua barriga quando ela se movia. As caixas de remédios das prateleiras me pareceram desbotadas e cheias de poeira. O lugar tem um odor amargo misturado com cheiro de talco. Fiquei com um leve aperto no coração enquanto conversava com a senhora R.

Ele terminou de beber o chocolate e pareceu lembrar-se de alguma coisa. Tirou o cachecol do pescoço e o enfiou no bolso da calça. Enchi a chaleira de água e botei no fogão para ferver. As gotinhas que caíram na chapa evaporaram com um chiado.

— E o abrigo meteorológico, funcionou?

— Deu tudo certo. É uma escola pequena, mas não se vê vivalma. Não apenas não se vê ninguém, como também não há sinal de que alguém tenha, algum dia, estado lá. Não se tem a sensação de que o lugar já foi frequentado por crianças. É um lugar asséptico. Não quis me demorar ali. Voltei logo para cá.

Ele tirou de baixo do blusão uma sacola de pano na qual havia um saco plástico e um envelope branco.

— Isto é o que havia.

— Ah.

O saco plástico tinha roupas e revistas. O envelope estava bem recheado e havia sido fechado firmemente com cola.

— O abrigo meteorológico está abandonado há um bom tempo. A tinta está descascando e o trinco da porta está tão enferrujado que é difícil abrir. Mas dei um jeitinho e abri. Os instrumentos de medição estão todos estragados. O termômetro não tem mais mercúrio e o ponteiro do higrômetro está torto. Bom, pelo menos isso indica que nunca ninguém vai ir lá espiar. As coisas para o senhor R estavam escondidas no fundo, conforme combinado.

— Obrigada. Desculpe por todo esse incômodo. Ter de correr esse perigo...

— Imagine! Não há do que se desculpar.

Ele sacudiu a cabeça com a caneca na boca e quase derramou chocolate na roupa.

— Em vez de ficar agradecendo, leve logo a encomenda para o senhor R.

— Sim, pode deixar.

Peguei o plástico e o envelope e me dirigi ao andar de cima. As coisas ainda tinham o calor do corpo do balseiro.

# Doze

Quando o vi pela primeira vez, no primeiro dia de aula do curso de datilografia, fiquei um pouco espantada. Ele não tinha cara de professor de datilografia. Não sei bem por quê, mas imaginava que encontraria uma professora mulher — uma senhora metida a grã-fina, com uma voz empostada e dedos nodosos.

Mas era um homem jovem. Tinha um corpo padrão e vestia roupas bem cortadas, de cor discreta. Não que fosse um homem bonito, mas tinha um rosto de traços expressivos — sobrancelhas, pálpebras, lábios, queixo. Era um rosto contido, sereno, mas de uma sutileza sagaz, notável principalmente no desenho das sobrancelhas.

Lembrava mais um professor de direito, um pastor evangélico (afinal, o curso era realizado no prédio da igreja) ou um técnico de edificações. No entanto, era instrutor de datilografia. Sabia tudo de máquinas de escrever.

Eu nunca o vi batendo à máquina. Estava sempre caminhando entre as mesas dos alunos, ajeitando a posição dos dedos de um, a maneira de mexer na máquina de outro.

Quando terminávamos um exercício, ele corrigia com uma caneta vermelha.

De vez em quando, havia um teste. Precisávamos datilografar um número x de palavras em um dado espaço de tempo. Ele ia para a frente da classe e tirava um cronômetro do bolso do casaco. Ficávamos esperando ele dar o sinal que indicava o início do teste, com os dedos posicionados nas teclas. Os textos-modelo eram em inglês. Acho que era ele mesmo quem escrevia os textos. Às vezes eram cartas comerciais; outras, ensaios e artigos acadêmicos.

Eu sempre ia mal nos testes. Quando era só um exercício, datilografava muito bem. Na hora do teste, os dedos não se mexiam mais. Trocava o G pelo H, o B pelo V. Houve uma vez que comecei o teste com os dedos no lugar errado e enchi a página com uma salada de letras.

O que me incomodava era aquele silêncio especial do início do teste: todos paravam de respirar, como quando, na igreja, não se ouve nenhuma oração nem o som do órgão. Aqueles segundos em que todos concentravam a mente nos dedos me deixavam muito dispersa.

Eu alucinava, imaginando que o cronômetro na mão dele exalava o silêncio, como um gás. O aparelho era gasto pelo uso, de um prateado fosco, com uma agulha muito fina. O dedão, em espera, posicionado para acionar o mecanismo. A correntinha balançava na altura de seu peito.

O gás emanado de sua mão direita se espalhava pelo chão da sala, preenchia todos os cantos do lugar, subia na direção de meus dedos, cobria minhas mãos. Sentia o corpo gelar, a respiração difícil. Se eu mexesse os dedos um pouco que fosse, o silêncio se romperia como uma membrana e as coisas se desorganizariam. Meu corpo todo era a batida de meu coração.

No momento de máximo desconforto, quando eu achava que não conseguiria mais aguentar, ele sinalizava o início — sempre no meu momento-limite. Era como se o cronômetro funcionasse medindo meus batimentos cardíacos.

— Já!

Era o único momento em que a voz dele ecoava alta. A um só tempo, ouvia-se o som de todas as máquinas. Só os meus dedos, assustados, recusavam-se a sair de seu torpor.

Havia algum tempo, desejava vê-lo batendo à máquina. Achava que seria uma cena linda. Ele, numa máquina reluzente, polida, com o mais branco e imaculado dos papéis, se sentaria empertigado, a datilografar usando para cada tecla apenas o dedo correto. Só de imaginar isso, eu me punha a suspirar. No entanto, até hoje, não realizei a fantasia. Mesmo depois de nos tornarmos amantes, continuei sem vê-lo em ação. Ele não gostava de usar a máquina na frente dos outros.

Já fazia uns três meses que eu tinha começado o curso quando, um dia, nevou tanto (nunca vira tanta neve na vida!) que o trem parou, os ônibus pararam, e a cidade ficou encolhida debaixo de uma espessa camada branca.

Eu havia saído de casa cedo para não me atrasar para a aula. Estava a pé. No trajeto até a igreja, caí diversas vezes. A sacola de pano em que estava o livro-texto ficou toda molhada. O telhado da torre também estava coberto de neve.

Naquele dia, ninguém mais apareceu para a aula, só eu.

— Que nevasca, hein! Achei que ninguém fosse vir.

Como sempre, ele estava vestido de forma impecável. A roupa não tinha nenhum vinco nem respingo de neve.

— Não posso faltar, senão meus dedos esquecem tudo.
Tirei o livro-texto da sacola encharcada.

Talvez por causa de toda aquela neve, o silêncio era imenso. Sentei-me à quarta mesa a contar da janela. Podíamos escolher onde sentar por ordem de chegada. Cada máquina apresentava suas particularidades: algumas tinham o toque mais duro, outras, algumas varetas de tipo tortas ou outros pequenos defeitos. Normalmente, ele ficava sentado à sua mesa, na frente do quadro, mas naquele dia ficou de pé ao meu lado.

Primeiro, datilografei uma carta comercial. A carta solicitava a uma empresa estrangeira o envio prévio do manual de instruções de uma máquina de fazer geleia. Ele ficou olhando meus dedos, vendo como se moviam. Cada vez que eu levantava o olhar do livro-texto, notava de relance algum detalhe da roupa dele, ou seus sapatos, o cinto, as abotoaduras.

Carta é uma coisa complicada de datilografar. Tudo é padronizado: o espaço entre linhas, as margens, a disposição das partes do texto na folha. Eu sempre me confundo, mas é ainda mais difícil com o professor olhando tão de pertinho. Fiz tudo errado.

Ele não deixava passar nada. Curvava-se, aproximava o rosto da máquina e apontava o lugar do erro. Nada havia de ameaçador na sua maneira de agir, mas eu me sentia sob seu poder, como que acuada e sem conseguir escapar.

— Você não está fazendo pressão suficiente com o dedo médio da mão esquerda. É por isso que o E fica sempre com a parte de cima faltando.

Ele apontou no papel a letra E mal batida e, em seguida, segurou o meu dedo médio.

— Este seu dedo é meio torto…

— Sim. Quando eu era pequena, desloquei o dedo jogando basquete.

Percebi que eu estava com a voz embargada.

— Bom, então com esse dedo você precisa bater mais de cima...

Ele esticou meu dedo e o levantou; depois, ainda o segurando, fez com que ele batesse diversas vezes:

e e e e e e e e e ...

Quando segurou a ponta do meu dedo, senti como se meu corpo inteiro tivesse sido abraçado, meu peito, oprimido. Ele tinha a mão dura e fria. Não estava segurando com força, mas era como se eu fosse incapaz de me libertar dele, como se a carne de sua mão e a da minha estivessem grudadas.

Sentia seus ombros, seu cotovelo, suas coxas, muito próximos de meu corpo. Ele não parecia querer largar o meu dedo. Continuava me fazendo teclar:

e e e e e e e e e ...

O único som a ecoar naquela sala era do aço da letra E batendo no papel. A neve voltou a cair. As pegadas que eu deixara em meu trajeto até ali desapareceram. Ele aproximou ainda mais o seu corpo do meu. O cronômetro caiu de seu bolso e rodou pelo chão. *Será que quebrou?*, eu pensei; em seguida, ocorreu-me que eu devia me preocupar com o que ele estava tentando fazer e não com o cronômetro.

Os sinos da torre tocaram. Eram cinco da tarde. O som dos badalos reverberou nas janelas, atravessou nossos corpos sobrepostos e foi engolido pela neve. Nada se movia. Eu não conseguia me mover nem respirar. Era como se eu estivesse presa dentro da máquina de escrever.

Decidi mostrar primeiro o manuscrito a R, antes de levá-lo ao novo editor. R não podia mais escrever seus comentários direto na minha cópia, mas, de resto, mantivemos o procedimento habitual. Eu desci para o recinto oculto e, como a escrivaninha era muito pequena para duas pessoas, sentamo-nos os dois na cama e, usando um caderno de esboços como prancheta, íamos lendo juntos as folhas.

Para ele, era bom ter alguma coisa para fazer. Mesmo encerrado naquele ambiente pequeno, era saudável acordar de manhã sabendo o que teria de ser feito ao longo do dia e, antes de dormir, analisar se tudo se dera de forma satisfatória, e planejar o dia seguinte. Ter a gratificação de sentir que o dia havia rendido alguma coisa, de que se trabalhou e de que se produziu, sem excessos.

— Se não for incômodo… — disse ele, um dia, enquanto recebia a bandeja com o jantar. Estava um pouco constrangido. — Você não teria alguma tarefa para mim? Alguma atividade que eu possa fazer? Qualquer coisa em que eu possa ser útil… Para me distrair.

— Você quer dizer, fora a edição do romance? — perguntei, olhando-o pela abertura quadrada do alçapão.

— Sim. Claro que não há muito que eu possa fazer, enclausurado aqui, mas qualquer coisa é melhor do que nada. Qualquer bobagem. Sei que até para isso você vai ter trabalho. Mas é que na situação atual eu não consigo fazer nada sem você.

Ele baixou o olhar e fitou a comida na bandeja. Cada vez que falava, a sopa de batata balançava no prato.

— Não dá trabalho nenhum. Não precisa fazer tanta cerimônia. Amanhã trago alguma coisa para você fazer. É uma boa ideia. Matamos dois coelhos com uma cajadada. Então coma enquanto está quente. Desculpe, é a sopa de batata de sempre. É que este ano a safra não foi boa. Na despensa, só tenho batatas e cebolas que armazenei no outono. Não há outros vegetais.

— Imagine, essa sopa está ótima.

— É a primeira vez que elogiam minha comida! Obrigada.

— Então aguardo minhas tarefas.

— Certo. Até amanhã.

— Até amanhã.

Ele fez um sinal com a cabeça enquanto segurava a bandeja e se encolhia para passar pela estreita abertura. Esperei que ele descesse a escada e fechei o alçapão.

E foi assim que a atribuição de tarefas a R passou a compor minha rotina diária. Ele organizava meus comprovantes de pagamento, apontava meus lápis, passava minha agenda a limpo e numerava as folhas de meus manuscritos. Recebia cada tarefa com satisfação. Por mais simples que fosse o pedido, sempre fazia tudo com extremo esmero.

A nossa vida diária mostrava-se segura e protegida. Tudo parecia estar indo de acordo com o planejado. Não houve nenhum problema que não soubéssemos resolver. O velho balseiro vinha nos visitar com frequência, e R logo se acostumou com o esconderijo.

Mas, independentemente de nossa vida tranquila, o mundo lá fora estava desmoronando. Desde o fim das rosas, passara-se um tempo sem sumiços. Então houve dois desaparecimentos seguidos: das fotografias e das frutas.

Eu estava pronta para juntar todas as fotografias que tinha em casa (inclusive a de minha mãe que estava no porta-retratos em cima da lareira) e queimá-las no jardim, mas R insistiu que eu não fizesse isso.

— As fotografias servem para guardar as suas memórias. São um bem insubstituível. Se você queimá-las, não tem mais volta. Não faça isso!

— Não tem nada que eu possa fazer. O sumiço já aconteceu.

— Sem as fotos, como você vai se lembrar do rosto de seu pai e de sua mãe? — perguntou, com uma expressão séria.

— O que desaparece é a fotografia, não é meu pai nem minha mãe. Claro que não vou esquecer o rosto deles.

— Pode ser só um pedaço de papel, mas nele fica guardado algo muito profundo. Luz, vento, ar, o amor e a alegria das pessoas retratadas, seus pudores, seus sorrisos. Você tem de guardar essas coisas. É para isso que se tiram fotografias.

— Sim, sei disso. Eu adorava minhas fotos. Cada vez que olhava para elas, ressuscitavam minhas mais queridas lembranças. Sentia saudades, tristeza, um aperto no coração… As fotografias eram a bússola mais confiável que eu tinha para andar na floresta das minhas lembranças, das minhas parcas lembranças. Mas agora preciso renunciar a tudo isso. É desolador e doloroso perder essa bússola, mas não sou capaz de impedir um sumiço.

— Mesmo que seja incapaz de impedir, isso não quer dizer que você precisa queimar suas fotos. As coisas importantes da vida continuam sendo importantes, por mais que o mundo mude à nossa volta. A essência das coisas não muda. Se você guardar suas fotos, elas vão lhe trazer alguma coisa. Você não pode deixar que sua memória fique cada vez mais oca e vazia...

— Mas... — eu disse, balançando a cabeça, triste. — É que já não sinto mais nada olhando para elas. Não sinto saudades, tampouco um aperto no peito. Para mim, são apenas papéis lustrosos. O meu coração já está oco no antigo lugar para fotos. Ninguém sabe como reverter isso. É assim que funcionam os sumiços. Acho que você não é capaz de entender...

Ele baixou os olhos, com o rosto abatido.

— Esse novo oco que surgiu no meu coração — continuei — pede que eu queime as fotos. Esse oco, que deveria ser um ponto em que eu não sinto mais nada, me empurra, me incita a queimá-las, de uma forma que chega a doer. Essa ânsia só vai passar depois que eu queimá-las todas. Então provavelmente nem sequer me lembrarei mais do significado da palavra "fotografia". Mesmo assim, se a polícia secreta me pegar escondendo fotografias, sofrerei as consequências. Eles intensificam as buscas após cada sumiço. Se eu me tornar suspeita, você também corre perigo.

Ele já não respondeu mais nada. Tirou os óculos, segurou as têmporas e deu um fundo suspiro. Eu me levantei, peguei o envelope com as fotografias e fui para o pátio dos fundos, onde havia um incinerador.

O sumiço das frutas foi mais simples. Um dia, acordamos e todas as árvores da ilha estavam perdendo seus frutos. Vindos de todos os lados e distâncias, ouviam-se sons de coisas despencando: Ploft! Ploft! Ploft! Na serra do norte, onde havia muitos pomares, as frutas caíam como granizo. Grandes como bolas de beisebol, pequenas como feijões azuki, as que tinham casca dura, as que tinham casca colorida, todas se estatelavam no solo, sem vento e sem aviso. Todas iam ao chão, cedendo uma a uma dos galhos.

Quando saíamos à rua, elas acertavam nossa cabeça. Se nós nos distraíamos, pisando alguma delas, escorregávamos e caíamos. Depois a neve escondeu todas as frutas.

Foi então que percebemos que haveria menos comida para os meses de inverno.

## Treze

Fazia muito tempo que não nevava. No início, a neve parecia areia branca dançando ao vento; então a areia começou a engrossar e, num instante, a paisagem toda se cobriu de branco. Havia neve na menor das folhas das árvores, sobre as luminárias dos postes, nos beirais das janelas, a perder de vista. Era uma neve que não derretia nunca.

Na paisagem nevada, os caçadores de memórias se tornaram uma presença cotidiana. Em toda parte, lá estavam eles com seus longos sobretudos e coturnos. Os quentes casacões eram de um tecido espesso e macio. A lapela e a barra das mangas eram forradas de pele. A peça inteira era do mesmo tom de verde, um verde-escuro. Nenhuma loja da ilha vendia roupas de tão boa qualidade. Era possível reconhecê-los na multidão unicamente pela vestimenta.

Muitas vezes a polícia secreta cercava um quarteirão inteiro com seus caminhões e realizava uma busca minuciosa em todas as casas. Isso podia ou não trazer "resultados". Ninguém sabia qual seria o próximo quarteirão a ser investigado. Passei a acordar com qualquer barulhinho. Olhava para o tapete mergulhado no escuro, imaginava R lá embaixo contendo a respiração, e rezava para que a noite se passasse sem maiores incidentes.

Os habitantes da ilha evitavam sair de casa sem motivo e aproveitavam o fim de semana para limpar a neve da calçada. À noite, fechavam as cortinas cedo. A vida de todos se tornou discreta e silenciosa, como se os corações também estivessem adormecidos sob a neve.

A nossa caverna secreta também não estava livre de sentir os efeitos da atmosfera opressiva que se armara lá fora. Um incidente veio nos revelar o quão frágil era esse pequeno espaço que tentávamos proteger da influência externa: um belo dia, o velho balseiro foi levado pela polícia.

— Eles devem ter percebido alguma coisa. O que faremos? — eu disse, olhando lá para baixo, pelo alçapão.

Minha voz estava mais alta que de costume. Eu tremia tanto que quase não consegui descer a escada. Tropecei e me joguei na cama.

— Logo eles estarão aqui. Precisamos achar um lugar mais seguro. Mas onde? Temos de agir logo. Quem sabe na casa dos pais de sua esposa? Não! Lá é o primeiro lugar que eles vão querer revistar. Ah, já sei! Naquela escola desativada. A escola do abrigo meteorológico. O prédio tem diversas salas — salas de aula, laboratórios, biblioteca, refeitório —, é perfeito para se esconder! Vamos logo!

R sentou-se a meu lado na cama e me enlaçou com o braço. A pressão da mão dele em meu ombro me fez perceber como eu tremia. Era como se ele estivesse tentando me fazer parar de tremer com o calor de seu corpo.

— A primeira coisa que você vai fazer é tentar se acalmar. — Ele disse isso articulando as palavras lentamente, enquanto soltava um por um os meus dedos da mão, que agarravam com força o joelho dele. — Se eles soubessem da existência do esconderijo, não teriam detido o balseiro. Teriam vindo direto aqui e posto a casa abaixo até me achar. Ainda não é o caso de sairmos daqui. Eles ainda não sabem. Seria pior sairmos por aí correndo estabanados. Isso, sim, despertaria suspeitas. É isso que eles querem: provocar pânico. Entendeu?

Assenti com a cabeça.

— Mas, então, por que será que decidiram prender o velho?

— Não tem nada que possa ter despertado suspeita? Algo que possa ter sido descoberto numa batida policial? Ele pode ter sido detido em uma barreira. Ou talvez eles tenham encontrado alguma coisa em uma busca na balsa?

— Acho que o velho não tinha nada que nos incriminasse.

Mesmo com a massagem que R fizera, meus dedos ainda estavam dormentes da força com que eu os fechara.

— Então não precisa se preocupar. Eles não têm nenhuma pista que aponte para o meu paradeiro. Podem ter detido o velho por outro motivo qualquer. Estão sempre em busca de mais informações. Mesmo quando não há uma investigação em curso, eles prendem as pessoas e as interrogam, em busca de novas pistas. Alguém que cultiva rosas escondido, ou que ultimamente tem comprado mais pão do que sua família seria capaz de comer... ou se um dia passaram por uma janela e viram um vulto suspeito, essas coisas. Agora precisamos esperar, quietos. É a melhor coisa a fazer.

— É, talvez você tenha razão.

Suspirei fundo.

— Tomara que não tenham feito nada com o velho...

— Feito o quê?

— Que não o tenham torturado. Afinal, são caçadores de memórias... capazes de tudo. Mesmo o velho, com toda a força que tem, pode ser que não suporte a tortura e acabe falando.

— Você está se preocupando sem motivo.

Ele me abraçou com mais força. Nossos pés estavam tingidos de vermelho pela luz da estufa. O exaustor ligado gemia como um bichinho.

— Claro que, se você quiser que eu saia daqui, eu posso sair — comentou ele, com uma voz serena.

— Eu não disse nada disso! Não tenho medo de ser presa. Tenho medo de que você desapareça. É por isso que estou tremendo.

Neguei com a cabeça diversas vezes. O atrito do meu cabelo contra o blusão dele fazia um som abafado. Ele continuou a me abraçar. Nada havia naquela sala, sem luz natural nem comunicação com o mundo externo, que servisse para marcar a passagem das horas. Era como se eu estivesse afundada na espiral do tempo.

Não sei quanto tempo ficamos ali, parados. O corpo dele me aqueceu e eu parei de tremer. Levantei-me de seu abraço.

— Desculpe por ter perdido o controle.

— É normal. O velho balseiro é uma pessoa muito querida.

Ele abaixou a cabeça.

— Só me resta rezar.

— Eu também vou rezar.

Subi a escada e abri o ferrolho do alçapão. Antes de sair, olhei para trás. R estava parado na mesma posição, sentado na cama, olhando para a chama da estufa.

No dia seguinte, decidi ir ao QG da Polícia Secreta. Não contei a R porque sabia que ele se oporia. Eu sabia muito bem que era arriscado ir até lá. Mas não consegui ficar quieta em casa sem fazer nada. Mesmo se eu não conseguisse falar com o velho, talvez ficasse sabendo de alguma coisa, ou me deixassem mandar uma mensagem para ele. Seria uma maneira de ajudá-lo.

Depois da nevasca do dia anterior, a manhã começara ensolarada. A neve acumulada estava fofa, e ia até as canelas quando caminhávamos. As pessoas na rua caminhavam com dificuldade — afinal, ninguém tem coturnos de neve bons como os da polícia secreta. Todos andavam curvados, com cautela, agarrados a seus pertences, como velhos ruminantes perdidos em pensamentos.

A neve entrou em meus sapatos e logo molhou minhas meias. Na sacola, eu levava um pequeno cobertor, um aquecedor de mão, dez pastilhas para garganta e cinco pãezinhos que eu assara naquela manhã mesmo. O QG da polícia ocupava um prédio que antes fora um teatro, na avenida por onde passa o bonde. O acesso à entrada era uma larga escadaria de pedra flanqueada por pilares esculpidos. No telhado, ficava hasteada a bandeira da polícia secreta, mas, como não havia vento, ela se encontrava caída, enroscada no mastro.

Dos dois lados da entrada, estavam de pé, com as pernas afastadas e as mãos para trás, dois guardas, imóveis, que fitavam o vazio. Fiquei na dúvida se deveria primeiro falar com um deles ou passar direto. A enorme porta de madeira maciça encontrava-se fechada. Parecia tão pesada que eu duvidei ter força para abri-la sozinha. No entanto, os dois guardas me ignoravam solenemente, como se não tivessem permissão para falar comigo. Criei um pouco de coragem e me dirigi ao da direita:

— Por obséquio… eu queria visitar um detido, como deveria proceder?

Ele não mexeu um músculo do rosto. Era um homem muito pálido, e bem mais jovem do que eu. A pele da lapela e das mangas do casaco estava encharcada de neve derretida. Decidi tentar o da esquerda.

— Posso entrar?

A ausência de reação foi idêntica. Dei de ombros e resolvi puxar a maçaneta. Como eu imaginava, a porta era muito pesada. Pendurei a sacola no ombro, segurei a maçaneta com as duas mãos e puxei com toda a força. Daí, a porta se moveu um pouquinho. Os dois guardas continuaram não me ajudando.

O hall de entrada tinha o pé-direito alto. Estava na penumbra. Não avistei nenhum uniforme da polícia. De vez em quando, passava apressada uma ou outra pessoa como eu, à paisana, sempre com o semblante carregado. Não se ouviam conversas, risos ou música, apenas passos nervosos.

A escadaria que levava ao mezanino traçava uma curva graciosa. Atrás da escadaria, um elevador de design elegante era a muda testemunha do tempo em que o prédio fora um teatro. À esquerda, havia uma pesada escrivaninha antiga e uma cadeira. Do teto pendia um gigantesco lustre de cristal, mas, talvez por estar sujo, a luz que emitia não estava à altura de sua majestade. Havia flâmulas da polícia ao lado do painel do elevador, acima do telefone de parede, nas pilastras da escadaria, por toda parte.

Sentado à escrivaninha, um policial escrevia algo furiosamente. Achando que talvez fosse o recepcionista, respirei fundo e me dirigi a ele.

— Tenho um conhecido a quem gostaria de entregar algumas coisas, como devo proceder?

Minha voz ecoou até o teto e, em seguida, foi tragada pelo ar do saguão.

— "Entregar"? "Coisas"?

O homem interrompeu o que estava fazendo e, enquanto girava a caneta-tinteiro entre os dedos, repetiu minhas palavras como se estivesse tentando se lembrar do significado de um termo filosófico com o qual não tivesse muita intimidade.

— Isso. Não é nada de mais. Algumas roupas e comida.

Tentei me acalmar, pensando que ao menos esse policial havia interagido comigo, ao contrário do que ocorrera com os dois guardas da porta.

O homem tampou a caneta com um estalido metálico, arranjou os papéis que estavam na mesa de maneira a abrir espaço e, onde não havia papel, repousou as duas mãos. Em seguida, encarou-me sem expressão. O silêncio do homem estava me deixando nervosa, então, para preencher o silêncio, acabei acrescentando:

— Se possível, gostaria de falar com ele.

— E com quem a senhorita deseja falar?

As palavras eram polidas, mas o tom da voz era monocórdico, inescrutável. Disse duas vezes o nome do velho.

— Não temos ninguém aqui com esse nome.

— Mas como o senhor sabe, se não verificou em lugar nenhum?

— Não preciso verificar. Sei o nome de todos que estão aqui.

— Mas não chega diariamente um monte de gente? Como sabe o nome de todos?

— Esse é o meu trabalho.

— Esse senhor foi preso ontem. Por favor, não poderia verificar? Ele deve estar aqui.

— Seria perda de tempo.

— Mas então para onde o levaram?

— Este não é o único prédio da polícia. Temos diversos outros departamentos em outras partes da cidade. Uma coisa posso assegurar: esse senhor que a senhorita está buscando não se encontra aqui. É só o que posso dizer.

— Então me diga em que outro departamento ele está.

— Cada um de nós tem seus encargos e funções. A divisão das tarefas é complexa e detalhada. Não há como verificar tão facilmente como a senhorita diz.

— Mas eu não disse nada sobre ser fácil. Só queria entregar umas coisas para ele.

O homem franziu a testa como quem suspira internamente. A lâmpada de mesa, polida e reluzente, iluminava as suas mãos nodosas, com veias salientes. Os papéis de cima da escrivaninha estavam cheios de números e letras que eu não compreendia. Viam-se também pilhas de fichas, pastas, corretor líquido, um estilete, um grampeador, todos dispostos de maneira eficiente e ordeira.

— Parece que a senhorita não entendeu como funciona nossa organização.

Ele disse isso como se estivesse falando sozinho e desviou o olhar para um ponto atrás de mim. Isso era um discreto sinal para que dois policiais se aproximassem. Os dois pararam do meu lado, um na esquerda e outro na direita. Tinham menos insígnias do que o homem da escrivaninha, então imaginei que deveriam ser de hierarquia inferior.

Tudo o que se passou em seguida foi sem que trocassem uma única palavra, como se houvesse um protocolo fixo para casos como aquele. Fui levada pelos dois guardas, que me conduziram ao elevador e, em seguida, até uma sala no fim de um corredor.

Fiquei um pouco confusa porque a sala a que me levaram era absolutamente deslumbrante. Havia um belíssimo sofá de couro, as paredes ostentavam antigos gobelins e as janelas tinham elegantes cortinas drapeadas. Uma empregada de uniforme me trouxe uma xícara de chá. Achei tudo aquilo muito estranho. O que fariam comigo? Nessa hora, lembrei-me do carro de luxo que viera buscar minha mãe e decidi que deveria me preparar para o pior. Sentei-me no sofá e depositei minha sacola de pano no colo.

— Pedimos sinceras desculpas, senhorita. A senhorita teve todo o trabalho de se deslocar até aqui, em um dia de tanta neve! Sentimos muitíssimo. No entanto, cumpre-me informá-la que não nos é possível conceder visitas nem receber encomendas.

Sentado à minha frente, um homem baixinho e de aspecto mirrado se desdobrava em cortesias. No entanto, a observar as insígnias e medalhas que trazia no uniforme, compreendi que não devia ser de muito baixo escalão na hierarquia. A única coisa em seu corpo que tinha expressividade eram seus grandes olhos. Os dois guardas que me trouxeram até ali estavam de pé, um de cada lado da porta.

— Mas por quê?

Pensei comigo mesma que, desde que chegara a esse lugar, não tinha mais parado de fazer perguntas.

— Essas são as regras — disse ele, levantando as sobrancelhas.

— As coisas que eu trouxe não têm nada de mais. Vocês podem revistar, se quiserem.

Virei a sacola de cabeça para baixo e despejei seu conteúdo sobre a mesa. A latinha das pastilhas e o aquecedor metálico fizeram barulho ao se chocar.

— A senhorita não precisa se preocupar. Esse senhor a que se refere está devidamente abrigado em um quarto aquecido e vem sendo bem alimentado — explicou, sem descer os olhos aos objetos em cima da mesa.

— Mas esse senhor esquece direitinho das coisas que somem! Ele é só uma pessoa idosa que deseja viver tranquilamente os anos que lhe restam. Depois do sumiço das balsas, ele se aposentou. Não há motivo para ele ser preso.

— Essa decisão não compete à senhorita, e sim a nós.

— Mas o senhor poderia me esclarecer o teor da decisão?

— Mas quantas perguntas inconvenientes para uma moça! Ele pressionou as têmporas com os dedos.

— Nosso trabalho é sigiloso. Não à toa, somos a Polícia Secreta do Estado.

— O senhor não poderia ao menos me deixar vê-lo? Para saber se ele está bem.

— Mas é claro que ele está bem. Não foi a própria senhorita que disse que não há motivo para ele ser levado pelos caçadores de memórias? A senhorita sabe de alguma coisa que levaria a pensar que a sua integridade física corre perigo?

Respondi que não. No entanto, estava determinada a não me deixar enganar pela conversa-fiada do homem. *Ele acha que sou criança?*

— Então a senhorita não tem nada com que se preocupar. Esse senhor está apenas nos ajudando com algumas questões. Faz três refeições por dia, recebe mais comida do que consegue consumir. Os cozinheiros que trabalham conosco são formados nos melhores restaurantes. Ele nem sequer conseguiria comer isso que a senhorita trouxe.

Ele olhou de relance as coisas que eu despejara na mesa, como se fossem um desagradável monte de lixo.

— Imagino que o senhor também não possa me informar quando ele estará liberado para voltar para casa?

— Infelizmente, são as regras. Ao que parece, a senhorita começa a entender como elas funcionam. — Ele deu um sorrisinho e descruzou as pernas. As medalhas de seu peito chacoalharam. — Nossa principal missão é promover os desaparecimentos de forma rápida e apagar as memórias associadas às coisas que sumiram, quando elas não são mais necessárias. Não é prudente ficar guardando memórias inúteis do passado. A senhorita não acha? Se o dedão do pé gangrena, ele deve ser extirpado sem demora. Do contrário, o paciente pode perder a perna inteira. Com as memórias é a mesma coisa. No entanto, as lembranças e o coração humano não têm forma nem substância. As pessoas são capazes de guardar memórias em segredo. Como nosso trabalho é lidar com o intangível, precisamos proceder com muita sensibilidade. É um trabalho de grande sutileza, de grande delicadeza. Precisamos localizar segredos impalpáveis, analisá-los, selecioná-los e dar-lhes um destino adequado. Para realizarmos essa tarefa, precisamos nos proteger com o sigilo. Eis o motivo por trás das regras. — Depois desse monólogo, o homem tamborilou as unhas da mão esquerda sobre a mesa.

Da janela se podia ver o bonde passar. Quando o bonde dobrou a esquina, a neve que se acumulara em cima do vagão escorregou e foi ao chão. Mesmo fraco, o sol de inverno ofuscava quando refletido na neve alva. Uma fila de clientes esperando para retirar dinheiro havia se formado na frente do banco do outro lado da rua. Era tão extensa que começava dentro e terminava fora do prédio da agência. As pessoas estavam encolhidas de frio e esfregavam as mãos.

A sala estava bem aquecida. Fora o tamborilar das unhas do homem, nada mais se ouvia. Os dois guardas continuavam imóveis e em silêncio. Baixei o olhar para meus sapatos sujos. A essa altura, as meias já estavam secas.

Compreendi que não havia mais nada que eu pudesse perguntar. Revisei tudo o que tinha falado e ouvido desde que chegara àquele lugar, e pensei que era impossível saber se o velho estava bem e o que tinha acontecido com ele. Resignada, recolhi os objetos de cima da mesa e os devolvi à sacola de pano. Os pães, quentinhos quando eu saíra de casa, agora estavam gelados.

— Bem, senhorita, agora é minha vez de fazer perguntas. — Ao dizer isso, o homem retirou da gaveta da mesa uma folha de papel. Era um formulário em papel cinza reluzente. Havia campos para nome, endereço, profissão, histórico escolar, histórico de doenças, religião, certificados, altura, peso, número de calçado, cor do cabelo, tipo sanguíneo e diversas outras informações. Ele me ofereceu uma caneta esferográfica que tirou do bolso. — Por favor, tenha a bondade. Use esta caneta.

Foi então, pela primeira vez desde que chegara ali, que eu senti uma ponta de arrependimento por ter ido. Ao preencher aquela ficha, na verdade eu estava aproximando um pouco mais a polícia secreta de R. Eu devia ter desconfiado, desde o início, que era isso que me aguardava. Mas não podia deixar transparecer minha hesitação — isso, sim, seria perigoso. Afinal, eles sabiam perfeitamente, e havia muito tempo, tudo aquilo que eu estava escrevendo ali — ao menos, desde que minha mãe fora levada. Eles não estavam atrás do meu endereço e nome completo: estavam me testando! Eu precisava agir tranquilamente.

Olhando o homem nos olhos, peguei a caneta de sua mão. Não tinha nada ali muito complicado. Concentrei meus esforços em não deixar que minha mão tremesse. Escrevi devagar, com deliberação. A caneta era de excelente qualidade e deslizava graciosamente sobre o papel.

O homem apontou para a xícara de chá.

— Tome enquanto não esfria.

— Muito obrigada.

Não era chá. No primeiro gole, já percebi isso. O cheiro era diferente, o gosto também. Era uma bebida que eu nunca tinha provado na vida. O cheiro lembrava o tapete de folhas secas de um bosque. Era uma combinação complexa de acidez e amargor. Não tinha um gosto ruim, mas precisei reunir coragem para engolir. E se fosse alguma droga? Um soro hipnótico da verdade, ou algo que permitisse sequenciar meu DNA?

O homem à minha frente e os guardas da porta me observaram detidamente. Engoli o líquido e terminei de preencher o formulário.

O homem passou os olhos pela folha de papel e esboçou um tênue sorriso.

— Obrigado.

Quando devolveu a caneta ao bolso, todas as suas medalhas voltaram a chacoalhar.

À noite, nevou. A tensão toda por que eu passara, aliada ao efeito daquela bebida, impedia-me de dormir. Sentia-me estranha, com os nervos à flor da pele. Pensei em escrever, estendi uma folha na escrivaninha, mas nenhuma palavra me veio ao espírito. Sem outra coisa para fazer, fiquei olhando a neve cair por uma fresta da cortina.

Arrastei um dicionário e um livro de provérbios que estavam em cima da escrivaninha, e peguei o funil de comunicação que ficava escondido sob os livros.

Perguntei, baixinho:

— Está dormindo?

— Não, ainda acordado.

Junto com a voz de R, ouvia-se o som das molas do colchão. O funil do quarto dele ficava ao lado da cama.

— O que houve?

— Nada. Só não consigo dormir.

O funil de alumínio era bastante velho. Eu tinha lavado bem antes de usá-lo para o telefone, mas ainda carregava o cheiro dos temperos da cozinha.

— Está nevando.

— Nevando? Não tinha notado. Como tem nevado ultimamente!

— Sim, este ano muito mais do que em outros.

— Aqui neste cômodo chega a ser difícil de imaginar que esteja nevando…

Eu gostava de ouvir a voz de R pelo telefone de funil. Era como uma fonte de água que brotava do fundo da terra. O cano de borracha filtrava todo o som supérfluo, e o que chegava a mim era uma voz transparente, leve, como um fluido celular. Apertei o funil contra a orelha esquerda, de maneira a não perder nem uma gota daquele líquido.

— De vez em quando, ponho a mão na parede e fico imaginando o lado de fora, como se fosse possível sentir alguma coisa pelo tato. A direção do vento, a temperatura, a umidade, em que ambiente da casa você está, o som do rio, esse tipo de coisa. Mas é claro que não consigo sentir nada. A parede é só uma parede. Ela não transmite nada do outro lado. Este cômodo está totalmente isolado do exterior. É uma caverna cavada no espaço.

— A paisagem mudou muito desde que você foi morar aí. Está tudo diferente por causa da neve.

— Diferente como?

— Como é que eu posso dizer... é difícil. Bom. Para começar, tudo o que se vê na rua tem neve por cima. É uma quantidade de neve tão grande que não basta um dia de sol para derreter. As coisas cobertas de neve ficam todas gordinhas, redondinhas. A superfície da terra parece que encolheu. O céu parece menor. Assim como o mar, as colinas, os bosques, o rio. E todo mundo também anda encolhido.

— É mesmo?

Ele deve ter se mexido, porque ouvi novamente as molas do colchão. *Será que ele está deitado?*

— Agora estão caindo flocos grandes. É como se as estrelas estivessem despencando do céu. Neva sem parar. Os flocos de neve giram, voam, reluzem, chocam-se no ar. Consegue imaginar?

— É difícil. Justamente porque deve ser muito bonito.

— Sim, é. Será que em uma noite como esta está ocorrendo alguma operação de caça às memórias? As memórias não se apagam no frio da neve?

— Claro que há caça às memórias. As memórias são mais resistentes do que você imagina. Os corações que não esquecem também são resistentes.

— É mesmo?

— Você parece decepcionada.

— Sim, porque se houvesse uma maneira de ajudar você a esquecer, você não precisaria estar aí preso.

— Ah, entendi.

A voz dele era um murmúrio, um suspiro.

Quando falávamos pelo telefone, era preciso aproximar o funil do ouvido na hora de escutar, e da boca na hora de falar. No momento de alternar entre a fala e a escuta, havia pequenas pausas de silêncio. A mais simples das interações parecia cheia de cuidado, como se as palavras tivessem sido aquecidas antes de se abrir a boca.

— Se continuar a nevar assim, amanhã as pessoas terão de limpar a calçada com uma pá. — Estiquei o braço e afastei um pouco a cortina para olhar lá fora. — O caminhão da prefeitura passa às segundas e quintas para recolher a neve. Depois a neve recolhida é lançada ao mar, no porto em que está ancorada a balsa do velho. Quando a neve chega ao porto, já está suja, com uma aparência horrível. Ao cair na água, as ondas a engolem e ela desaparece.

— Não sabia que lançavam a neve ao mar.

— É o lugar ideal para se desfazer dela. Mas o que será que acontece com ela depois que cai na água? Quando observava, do convés da balsa, a neve caindo na água, sempre tentava imaginar. O paradeiro da neve.

— Mas ela não derrete em seguida?

— Derrete, fica salgada, mistura-se à água do mar, depois vai vagando em torno dos peixes, balançando as algas...

— Acho que sim. É engolida pelas baleias, enche as marés...

Aproximei o funil do ouvido e apoiei os cotovelos na escrivaninha. Ele continuou:

— Bom, seja como for, ela derrete. Ela não tem "paradeiro".

— Verdade.

R deu um pequeno suspiro.

As janelas das casas da rua estavam todas escuras. Não vinha som de carros da avenida, não havia vento, não se ouviam sirenes. A cidade inteira dormia. A única coisa desperta era a voz dele no meu ouvido.

— Por que será que pensamos em sono quando olhamos a neve?

Houve uma pausa. Então ele disse:

— "Sono"?

— Sim, sono. Não é estranho?

— Não, não é estranho.

— Não estou dizendo nada de profundo. É uma observação casual, modesta, corriqueira. Um pensamento simples como um resto de bolo de morango que alguém deixou no prato e largou na mesa da cozinha.

Aproximei o funil do ouvido, mas do outro lado só havia silêncio. Continuei com minha argumentação:

— Vamos pensar no bolo de morango. A pessoa deveria comer toda a fatia, ou jogar o que sobrou no lixo? Talvez dar para o cachorro? Quando olho para a neve, penso em mim na cozinha com esse tipo de hesitação. Algo em que pensamos sem motivo, uma ideia repentina. Claro que o bolo de morango tem uma cobertura de chantili branca como a neve. Se eu continuar pensando nisso, a imagem do bolo vai tomar o lugar da imagem do sono... Nossa, que conversa esquisita.

— Não tem nada de esquisito. É assim que se move o coração. Mesmo o mais oco dos corações está em busca de sentimentos, de sensações.

— O sono está rolando na mesa de jantar, no lugar dos farelos de pão de ló, dos grãos de açúcar, dos garfos sujos de creme. Não é que eu esteja tentando pegar no sono. Ali, em cima da mesa, o sono tem um contorno. Minha hesitação continua. Será que devo pegar o sono com a mão e enfiá-lo na boca? Jogá-lo no lixo? Dar para o cachorro comer?

— No final, o que você faz?

— Não sei. Apenas hesito. Penso em pegar o bolo, engolir, cair num túnel de sono sem fundo… Mas e se eu não conseguir voltar do poço do sono? Tenho medo. Uma coisa é certa: passando toda essa neve, do outro lado, estão as sobras do bolo de morango.

Mesmo com todo o esmero que o velho dedicara à construção do telefone, tratava-se de um aparelho simples, e se ao menor movimento a mangueira dobrasse, ou se nós afastássemos um pouco o funil, a voz do outro lado parecia vir de muito, muito longe. Não adiantava falar mais alto. Era preciso direcionar a voz para que ela caísse direto no buraco do funil.

— Quando eu era pequena, era apaixonada pelo sono. Eu imaginava que no mundo do sono não havia dever de casa, comida ruim, aula de piano, dor, resignação, lágrimas. Aos oito anos, um dia, resolvi fugir de casa. Não me lembro mais do motivo. Deve ter sido uma bobagem insignificante, uma nota ruim numa prova… Ou estava triste porque era a única da turma que não conseguia plantar bananeira. Algo assim. Então decidi fugir para o mundo do sono.

— Que fuga complicada para uma criança de oito anos.

— Um domingo, meus pais não estavam em casa. Tinham ido ao casamento de um conhecido. A vovó estava no hospital por causa de uma pedra nos rins. Fui ao escritório de meu pai e roubei da gaveta um frasco de remédio para dormir. Eu sabia que meu pai tomava um comprimido daquele todas as noites. Não lembro quantos comprimidos tomei. Na minha cabeça, eu tinha tomado um montão, mas deve ter sido uns quatro ou cinco. Um pouquinho de água já me deixava de barriga estufada, e eu tinha de fazer força para engolir os comprimidos. Lá pelas tantas, comecei a ficar com sono. Pensei que estava indo para o mundo do sono, que nunca mais teria de voltar, fiquei contente e dormi.

R perguntou, preocupado:

— E o que aconteceu?

— Nada. Dormi. Mas não fui para o mundo do sono. Só vi uma escuridão infinita. Não, não estou descrevendo direito. Não havia escuridão. Não havia nada. Nem ar, nem som, nem gravidade. Não havia eu. Era um nada avassalador. Quando dei por mim, já estava escurecendo. Pensei: quanto tempo será que eu dormi? Cinco dias? Um mês? Um ano? Olhei ao meu redor, e a janela estava tingida da cor do poente. Então compreendi que ainda era domingo. Meus pais haviam retornado do casamento, mas não se deram conta de que eu estava dormindo. Não pensei mais nisso. Só queria saber se eles tinham me trazido uma fatia de bolo da festa.

— Mas você não se sentiu mal? Uma criança tomando remédio de adulto…

— Não… pelo contrário, dormi tanto que acordei muito bem-disposta. Cheguei a ficar decepcionada. Eu nem sei se o que eu havia tomado era mesmo remédio para dormir. Posso ter confundido com as vitaminas do meu pai. Seja como for, aquilo não tinha me levado a lugar nenhum. Como a neve que desaparece no mar.

Logo começaria a clarear. A mão que segurava o funil estava dormente. O querosene da estufa estava no fim e a chama, bem pequenininha.

— Vou tentar fazer com que você ouça o som da neve pelo funil.

Levantei-me e abri a janela. Não estava gelado como eu supunha. Só senti um pouco de frio nas bochechas. A mangueira não alcançava até a janela, mas estiquei o máximo que pude e direcionei o funil para a neve. Quando abri a janela, por um instante o choque térmico perturbou a queda dos flocos, que dançaram no ar e depois voltaram a cair.

— Está ouvindo alguma coisa?

Um floco de neve entrou pela janela e grudou no meu cabelo.

— Sim. Dá para sentir o som da neve.

A voz dele, um sussurro, espalhou-se noite adentro.

# Catorze

O velho balseiro foi liberado três dias depois. Ao entardecer, saí para minha caminhada habitual e resolvi dar uma passada pela balsa. O velho dormia no sofá da cabine da primeira classe que ele usava como quarto.

— Quando o senhor voltou?

Fui correndo até o sofá, ajoelhei-me e agarrei uma ponta do cobertor.

— Hoje de manhã.

Sua voz estava rouca e sem ânimo. A barba crescera. Tinha feridas na boca. Estava pálido.

— Ah, que bom que está são e salvo!

Acariciei o seu rosto diversas vezes.

— Lamento por ter lhe causado preocupações.

— Não diga isso! Como está se sentindo? Está com uma aparência cansada. Está ferido? Vamos ao hospital?

— Não, não se preocupe. Não é nada. Não estou ferido. Só estava um pouco cansado e resolvi dormir.

— Tem certeza? Ah, deve estar com fome! Vou preparar uma comida reforçada! Espere um pouco.

Dei um tapinha no seu peito por cima do cobertor.

Nada do que restara na geladeira tinha uma cara muito boa, mas a situação não permitia ficar escolhendo comida. Fiz uma sopa com todos os vegetais que encontrei. Também fiz chá. Coloquei o velho sentado no sofá, prendi um guardanapo em sua gola, e dei-lhe a sopa de colher. Depois de umas três colheradas, quando vi que ele estava mais calmo, resolvi perguntar:

— Mas, afinal, o que a polícia secreta queria com o senhor?

— Ah, com relação a isso não precisamos nos preocupar. Eles nem desconfiam da existência do esconderijo. Tenho certeza disso. Eles queriam saber de um caso de fuga.

— Fuga?

— Sim. No fim do mês passado, um grupo de pessoas fugiu da ilha em um barco parado no pontal do farol. Tentavam escapar dos caçadores de memórias.

— Mas como conseguiram fazer isso? Nenhuma das embarcações da ilha funciona. Já faz tanto tempo que os barcos desapareceram. Esta balsa, por exemplo. Ela não se move mais. Além do quê, ninguém se lembra mais de como operar um barco.

— Bem, as pessoas que fugiram lembram. Lembram o som do motor, o cheiro de gasolina, a forma das ondas quando o barco corta os mares. — O velho limpou a boca com o guardanapo, tossiu um pouquinho e continuou falando: — Um deles deve ter sido, antigamente, empregado do estaleiro ou marinheiro. Só assim para terem conseguido o feito extraordinário de fugir de navio. Ninguém até hoje tinha pensado na possibilidade de se refugiar além-mar. Todos só pensam em se esconder. A polícia secreta está em polvorosa.

— E eles acharam que o senhor era cúmplice?

— Sim, desconfiaram. Todos os que um dia trabalharam com barcos foram detidos. Fui interrogado diversas vezes, sobre os mais insignificantes assuntos. Tive de olhar não sei quantas fotografias de gente que eu não conheço, registraram minhas digitais, perguntaram o que eu estava fazendo em datas e horários específicos de meses anteriores, examinaram meu corpo todo... Chega a ser impressionante a quantidade de coisa que eles arrumam para investigar. Mas é claro que eu não disse nada sobre o esconderijo. Estão tão preocupados com o navio de fugitivos que nem têm tempo para pensar em mais nada.

Mexi a sopa e peguei com a colher um pedaço de cenoura e um pouco de salsinha picada. Cada vez que eu levava a colher à sua boca, o velho baixava a cabeça, constrangido.

— Que coisa horrível, envolver pessoas que não têm nada a ver com isso.

— Não foi nada. Só estou um pouco cansado. Como eu não tinha nada a ver com o assunto, não tinha nada a esconder, então o interrogatório foi fácil. É só aguentar firme para não perder a paciência. Eles são frios e incansáveis. Parece que nunca vão parar de fazer perguntas.

— Como será que essa gente conseguiu preparar um navio para zarpar sem chamar a atenção da polícia secreta?

— Pois é... não sei muito bem. Só sei que conseguiram preparar, sem que ninguém percebesse, um barco que estava no estaleiro. Acho que não conseguiram, claro, partes novas para a embarcação, nem as ferramentas adequadas para a reforma. Quando os barcos sumiram, todas as embarcações tiveram os motores extraídos, desmontados, e as peças, lançadas ao mar. Devem ter construído um motor com peças de outras máquinas. A polícia secreta me interrogou sobre isso, mas, como eu esqueci tudo sobre barcos, não tinha nada para responder.

Servi o chá e entreguei-lhe a caneca. Da escotilha se via o mesmo mar de sempre. O vento não estava tão forte, mas as vagas oscilavam altas. Algas flutuavam entre uma onda e outra. A noite se aproximava na linha do horizonte. O velho segurou a caneca com as duas mãos, ficou um tempo olhando para o chá e, em seguida, tomou tudo de uma só vez.

— Eles devem ter sentido medo de sair pelo mar afora no meio da noite.

— Acho que sim. E nem deve ser bem um barco, mas um amontoado de peças, uma engenhoca pouco confiável.

— Quantas pessoas eram, será?

— Pois é... eu não sei. Mas acho que deve ter sido acima da lotação. Há muito mais gente tentando escapar do que o que cabe em um barco.

Olhei pela escotilha e imaginei um barco atracado. Devia ser uma embarcação pequena, de madeira, do tipo que os pescadores usavam antigamente, com uma parte coberta, um telhado frágil. A tinta descascando, o casco coberto de algas e cracas, o motor sem potência, a fuselagem danificada. Um barco cheio de passageiros, amontoados uns nos outros.

Como o farol não funciona mais, no embarque a única iluminação seria a lua. Não seria possível sequer ver as expressões dos rostos. Se fosse uma noite de nevasca, nem luar haveria. As pessoas seriam um aglomerado de sombras, cobrindo o convés. Se o barco fosse sacudido com força pelas ondas, as pessoas cairiam às dezenas no mar, como espigas de milho que se debulham.

A embarcação, sobrecarregada, não poderia se deslocar com grande velocidade. Também não seria possível acelerar ao máximo, pois o motor faria muito barulho. O maior perigo seria se fossem descobertos pela polícia secreta. O barco avançaria lentamente em direção ao horizonte, como se titubeasse. Todos agarrados às bordas com uma das mãos, a outra trazida ao peito, rezando para que conseguissem se afastar do pontal sem maiores incidentes.

Pisquei e a vista da escotilha voltou a ser o mar inquieto, com algas boiando entre as vagas. Havia muitos anos eu não via um barco em pleno mar. No dia do sumiço, minhas memórias relacionadas a barcos se congelaram em um instante e foram tragadas para o fundo do pântano do meu coração. Não tinha sido fácil imaginar os fugitivos atravessando o oceano.

— Será que chegaram ao outro lado?

— O que é certo é que conseguiram se afastar da costa. Mas o mar é violento no inverno. Se o barco afundou, não havia ninguém por perto para salvá-los.

O velho largou a caneca na mesinha lateral e limpou a boca com um guardanapo.

— Mas para onde podem ter ido? Não se enxerga nada do outro lado do horizonte — observei, apontando para o mar.

— Não sei. Algum lugar deve haver onde as pessoas de corações indeléveis possam viver em paz. Mas nunca ninguém voltou de um lugar assim para contar.

O velho dobrou o guardanapo e o depositou sobre o cobertor.

Além da volta do velho balseiro, tivemos mais um motivo de alegria. O primeiro filho de R nasceu, um menino saudável, pesando 2,947 quilos.

O velho ainda não estava cem por cento de saúde, então nesse dia fui eu ao abrigo meteorológico. Não dava para ir de bicicleta, por causa da neve alta; e dinheiro eu não tinha para chamar um carro. O jeito era ir a pé.

Quando cheguei do outro lado da colina do norte, avistei a fundição. Depois disso, era só seguir reto. Passei por um restaurante com a grade abaixada, um grande conjunto de casas de um só andar, um posto de gasolina, um campo abandonado e outros lugares, até avistar, imponente, a grande torre. Como o velho dissera, parecia a múmia de um gigante de ferro que morrera de inanição.

Foi um sufoco andar pelas ruas desertas, cobertas de neve. Estatelei-me no chão diversas vezes. De quando em quando, uma velhinha ou outra passava por mim de moto com o rosto enrolado em uma manta. A moto era sempre antiga e barulhenta. Também cruzei com alguns gatos encardidos.

Por fim, cheguei à escola abandonada. A essa altura, já passara muito do meio-dia. O pátio era uma única superfície branca. Não havia pegadas. A neve estava intacta. Passei pelas barras de ginástica, pela gangorra, pela tabela de basquete. Avistei um cercado com uma casinha para a criação de animais (talvez coelhos?), tudo vazio. O prédio da escola tinha três andares. As janelas se enfileiravam idênticas e ordeiras.

Nada se movia em nenhum lado para o qual se olhasse. Não havia vento, não havia vivalma. Só o que se ouvia era minha própria respiração entrecortada. Aquele era o lugar para onde iam as coisas que se tornavam desnecessárias.

Bafejando em minhas mãos por cima das luvas, caminhei em direção ao abrigo meteorológico, que ficava exatamente no canto oposto diagonal de onde eu estava. Senti um pouco de medo de pisar aquela neve alta e muito alva. A meio trajeto, virei para trás para ver se minhas pegadas me seguiam direitinho.

O abrigo meteorológico também estava coberto por um morro arredondado de neve. Como o velho tinha me dito, puxei a porta com delicadeza, levantando-a um pouco, e ela abriu com um rangido. Lá dentro não havia muita luz. Uma aranha tecera sua teia. Enxerguei alguma coisa atrás do termômetro e do higrômetro. Era um pacote pequeno, amarrado com barbante, com roupa de baixo, livros de bolso, uma caixa de doces e, em cima de tudo, um desenho de um bebê.

Quem será que fizera o desenho? O papel era firme, do tamanho de um cartão-postal. O desenho fora feito com lápis de cor e representava o rosto de um bebê de olhos fechados. O cabelo era macio e castanho, as orelhinhas, pequenas e perfeitas, os olhinhos estavam bem fechados. Vestia uma capa de crochê azul-clara. Não era um desenho profissional, mas o autor se preocupara em traçar cada fio de cabelo, cada detalhe do crochê.

Atrás do desenho, lia-se:

> Nasceu no dia 12, às 4h46min. A parteira disse que foi o parto mais tranquilo a que ela já assistiu. O bebê é saudável. Fez xixi na minha barriga. Eu havia comprado botões cor-de-rosa e azuis para as roupas do bebê. Hoje preguei os botões azuis nas roupinhas. Não precisa se preocupar conosco. Acredito que um dia você poderá abraçá-lo. Até lá, estarei à sua espera.

Li a mensagem da esposa de R umas três vezes. Depois passei o cartão de volta por baixo do barbante do pacote. Quando fechei a porta do abrigo, a neve acumulada no topo caiu nos meus sapatos.

Como o alçapão não estava trancado, fui entrando sem bater. R estava de costas, compenetrado, fazendo algo na escrivaninha, e não me viu chegar. Era sua tarefa do dia polir toda a prataria que eu tinha em casa.

Fiquei um momento em silêncio, observando suas costas. Será que era só impressão minha, ou ele havia encolhido desde que se instalara ali? A pele, que não pegava mais sol, estava muito pálida, e ele também emagrecera, porque nunca tinha muito apetite. Mas não era exatamente essa a impressão que eu tive naquele momento: era uma mudança mais abstrata. Os traços dele pareciam menos definidos, o sangue, mais ralo, os músculos, mais retraídos.

Isso talvez fosse sinal de que seu corpo se adaptava ao esconderijo. Ele estava enclausurado naquele pequeno recinto, com pouca ventilação, aonde nenhum som chegava, presa constante do medo de ser descoberto. Talvez o corpo tenha se obrigado a renunciar a tudo que era supérfluo, deixar o que havia em excesso evaporar. Talvez a carne fosse perdendo energia em compensação pela capacidade de o coração guardar tudo.

Lembrei-me de um programa de tevê, um show de horrores cuja principal atração era uma criança que tinha sido vendida pelos pais ainda pequena para ser colocada em uma caixa de madeira com um único buraco por onde saía a sua cabeça. Os braços e pernas ficavam presos na caixa, imobilizados; com o passar dos meses e dos anos, sem nunca poder sair da caixa, nem para comer, nem para dormir, o corpo da criança se deformara e endurecera. Ela já não podia mover braços nem pernas, e era exibida como um curioso inseto.

Ao observar R, não consegui não pensar naquela bizarra criatura com os membros débeis, as juntas que eram como calombos duros, as costelas protuberantes, os cabelos baços e o olhar vago.

Ele continuava a polir a prata e não percebera minha presença. Encurvado, como que a rezar, esfregava cuidadosamente um garfo. Dava atenção a cada detalhe do desenho do cabo, deslizando um trapo pelas reentrâncias. Sobre um jornal velho, perfilavam-se um açucareiro, uma pá de bolo, um lava-dedos e algumas colheres de sopa.

O serviço de prata fazia parte do enxoval da minha mãe. Ela usava quando tinha convidados especiais. Havia muito tempo as peças não viam a luz, encerradas no fundo do armário de louça. Por mais que R polisse aqueles objetos, não consigo imaginar uma ocasião em que poderiam ser usados. Nunca convido ninguém para jantares em minha casa, nem tenho mais minha babá, que sabia fazer iguarias à altura dessas coisas.

Logo compreendi que não era tão fácil inventar novas tarefas para R — tarefas que não cansassem demais, mas servissem para esquecer o tédio. Desisti de tentar arrumar tarefas úteis. A ideia de pedir que polisse a prataria me parecia perfeita para a situação.

— Se a polícia secreta entrasse aqui agora, você não interromperia o trabalho nesse garfo?

R soltou um "ah!" de susto e se virou. O garfo em sua mão esquerda espetava o ar.

— Desculpe, abri a porta sem bater.

— Imagine. Eu é que não me dei conta.

— Eu ia avisar que estava aqui, mas fiquei olhando como você estava compenetrado limpando esse garfo.

— Não tinha intenção de me desligar tanto.

Arrumou os óculos, envergonhado, e largou o garfo em cima do trapo.

— Posso entrar?

— Claro. Sente-se aqui perto.

Fui até a cama, desviando, na ponta dos pés, das peças de prata alinhadas no chão.

— São objetos de alta qualidade. Hoje em dia, não se encontram mais para comprar.

Ele virou-se na cadeira para falar comigo.

— Você acha? Eram um tesouro para minha mãe.

— Dá até gosto esfregar.

— Por quê?

— Gosto de ver como o brilho volta aos poucos, à medida que vou desfazendo a pátina do tempo. E o brilho da prata não é um gritante, é um brilho contido, melancólico. Quando seguro um objeto de prata com as duas mãos, parece que estou segurando a própria luz. Como se o brilho estivesse me contando algo. Então sinto vontade de acariciar a luz.

— Nunca pensei que a prata tivesse esse efeito.

Olhei para o trapo azul-marinho que estava sobre a mesa. R abria e fechava a mão, para relaxar os músculos. Comecei uma de minhas histórias:

— Ouvi dizer que, antigamente, nas mansões dos bem-nascidos, havia sempre diversos serviçais apenas para polir a prata. Imagino esses serviçais em um salão de pedra, com uma janela para o pátio interno, noite e dia dedicados unicamente a polir a prata. Agrupam-se em torno de uma mesa no meio de uma sala, uma mesa comprida e estreita. Todos têm uma meta diária de peças a polir. Como a prataria não pode se sujar com o bafo ou a saliva dos serviçais, é estritamente proibido conversar. Todos trabalham em silêncio. O salão de pedra é gélido e nunca pega sol, nem ao meio-dia. Só há uma lâmpada com luz oscilante, um mínimo de luz necessário para se saber se a prata está limpa. Um serviçal superior — uma espécie de copeiro — verifica um a um se os objetos de prata estão polidos corretamente. Ele ergue cada um sob a luz, contra a parede escura, e observa minuciosamente, por todos os ângulos, se não faltou polir alguma parte. Ao encontrar a menor manchinha, ele devolve a peça e manda polir de novo. Quando uma peça precisa ser devolvida, a meta do dia seguinte é dobrada. Todos são obrigados a passar a noite polindo. Enquanto o copeiro faz seu trabalho, os serviçais aguardam, amedrontados, cabisbaixos, o resultado da inspeção... Desculpe! Acho que me entusiasmei. Que história sem pé nem cabeça.

— Não, eu gostei.

— Gostou dessa história sem graça?

— Não é sem graça — rebateu, balançando a cabeça.

Assim de perto, ele dava uma real impressão de fraqueza e fragilidade. Quando vivia lá fora, ele me parecia mais equilibrado, com suas partes do corpo funcionais e integradas. Não havia falhas entre elas. Agora, eu tinha a impressão de que, se cutucasse sua clavícula, ele desabaria como uma marionete.

— Mas o pior — continuei — é que, depois de muito tempo trabalhando no polimento da prata, os serviçais perdem a voz. Depois de anos trabalhando das sete da manhã às sete da noite naquele salão gélido, sem ver a luz do sol, as pessoas não conseguem mais falar. Quando saem para a rua, depois do trabalho, esquecem a própria voz. Mas, como esses empregados não têm instrução e eles não sabem fazer outra coisa na vida a não ser polir prata, continuam trabalhando naquilo. Em troca do salário, da sobrevivência, talvez achem que a perda da voz seja um preço razoável. Cada vez que um deles perde a voz, o salão de pedra mergulha ainda mais no silêncio. O único som é o do atrito do pano contra o metal.

Mas por que será que isso acontece? Será que o brilho da prata tem o poder de roubar a voz das pessoas?

Peguei do chão uma grande bandeja para doces. Era a bandeja em que minha mãe servia chocolates em dias de festa. Mas eu não podia comer. A minha babá dizia que em criança que come chocolate cresce bicho no peito. A borda da bandeja era finamente decorada com desenhos de parreiras. A peça ainda aguardava a sua vez na fila para as carícias de R. Entre os cachos e as vinhas, a poeira se acumulara.

— É uma história plausível — comentou R, após algum tempo.

O funil do telefone estava jogado ao lado do travesseiro. A colcha, que eu acabara de lavar, ainda estava bem engomada. No calendário, os dias passados estavam marcados com um xis. As prateleiras, que na chegada de R eram uma triste visão do vazio, tinham cada vez mais objetos e vida. Depois de percorrer o quarto com o olhar, eu disse:

— Você não precisa limpar essas coisas a toque de caixa. Não se aplique tanto.

— Sei que não há pressa.

— Não me invente de desaprender a falar.

— Não se preocupe. Eu nunca esqueço nada.

— Ah, é mesmo.

Nós dois nos olhamos e rimos um pouco.

Na hora de sair, entreguei-lhe o pacote do abrigo meteorológico. Ele ficou olhando em silêncio o desenho da criança. Pensei em lhe dizer alguma coisa, mas não sabia muito bem o quê — tudo o que me ocorreu pareceu-me insensível. Fiquei calada.

Não que ele me parecesse tomado de emoção. Estava só com o olhar baixo, concentrado, como quando lia meus manuscritos ou polia prata. Por fim, eu não aguentei o silêncio e disse:

— Parabéns pelo nascimento.

— Sim, fotos também já desapareceram — murmurou.

— "Fotos"? — perguntei, sem entender.

Depois de pensar um pouco, eu lembrei, de forma muito vaga, que em outros tempos havia uma coisa chamada "foto", um papel brilhoso em que se imprimia a imagem das pessoas.

— É mesmo, antigamente havia fotos…

Ele começou a ler a mensagem escrita atrás do desenho.

— É um menino muito gracioso.

Esperei que ele terminasse de ler e disse:

— As fotos sumiram, mas acho que eu ainda tenho um porta-retratos. Vou buscar para você.

— Obrigado.

## Quinze

Um dia, o desastre aconteceu. De uma hora para outra, a máquina de escrever enguiçou.

Bati diversas vezes nas teclas, mas as barras dos tipos não se moveram. As varetas tremiam, como pernas de gafanhotos com cãibra. Ninguém me obedecia. Nem as letras de A a Z, nem os números de 1 a 0, nem a vírgula, nem o ponto-final, nem o ponto de interrogação — todos se negaram a me ouvir.

Até a noite anterior, quando eu escrevera BOA NOITE para o meu amante, a máquina parecia normal. Não derrubei a máquina nem deixei nada cair nela. Ainda assim, quando acordei no dia seguinte, constatei, incrédula, que não conseguia mais escrever uma letra que fosse. Claro que já tinha sido consertada antes — uma alavanca torta, o rolo que precisava de óleo, etc. —, mas a máquina em si sempre fora precisa e resistente.

Na esperança de que ela voltasse a funcionar, botei-a no colo e resolvi experimentar bater com força, uma a uma, todas as teclas. Meu amante tinha se ajoelhado a meu lado e ia acompanhando o processo. A, S, D, F, G, H, J, K. Quando cheguei ao L, ele segurou meu braço com força.

— Pare com isso, vai estragar mais ainda a máquina! Deixe-me ver.

Ele a pegou com as duas mãos, abriu o tampo, puxou e cutucou, com ar sério, diversas peças mecânicas.

Eu queria perguntar "E aí?", mas a voz, é claro, não me saía. Agora, ainda por cima, não podia escrever. Por força do hábito, datilografei o ar com meus dedos.

— Parece grave. Vai ter de ir para o conserto.

Olhei no rosto dele. Teclas no ar: AH, O QUE VOU FAZER?

— Vamos à sala de cima da do curso de datilografia. É uma espécie de oficina improvisada de consertos e depósito de peças. Lá há ferramentas que podemos usar para consertar a máquina ou, se isso falhar, podemos pegar outra máquina para você. A igreja possui um grande estoque de máquinas. Não precisa se preocupar.

Não sabia, até então, que havia um depósito na torre da igreja. Sabia que ali ficava o mecanismo do relógio que dava as horas todos os dias às onze da manhã e às cinco da tarde. No entanto, nunca tinha ido lá.

Na verdade, desde pequena, eu sempre tive medo do som dos sinos. Por isso nunca tinha tido vontade de subir até a casa de máquinas do relógio.

O som do carrilhão era alto, solene. Reverberava por muito tempo no ar. Como um gemido de morte. Era um som que preenchia toda a cidade, estava em toda parte. Posso estar no curso de datilografia, escolhendo legumes na feira, abraçada com o amante na cama — quando o carrilhão toca, sinto meu corpo enrijecer, meu coração bater mais forte, meu peito se angustiar.

Imaginava que, para fazer todo aquele estrondo, o relógio da torre devia ter enormes engrenagens, grossas correias, pesados amontoados de metal, e que cada vez que o ponteiro avançasse um minuto, todas aquelas partes precisariam se mover pesadamente, numa intrincada dinâmica. E que, chegadas as onze horas da manhã e cinco horas da tarde, a potência das correias atingiria um clímax de tensão, puxando o eixo do carrilhão com muita força. Tinha certeza de que, se entrasse ali distraída, poderia ser mastigada pelas engrenagens, enforcada pelas correias, esmagada pelos grandes amontoados metálicos. Aquele som me amedrontava tanto que, mesmo adulta, ainda tinha esses delírios infantis.

A casa de máquinas estava trancada. Meu amante tirou do casaco um molho de chaves, escolheu uma delas sem hesitar, e abriu a porta. Quando mexeu no bolso, vislumbrei o cronômetro que ele sempre trazia consigo.

O mecanismo do relógio era um pouco diferente de como eu imaginava. Ainda que, atrás do visor, realmente houvesse engrenagens, alavancas, molas e outras peças mecânicas, em termos de proporção tudo era muito menor do que eu supunha. O que ocupava quase todo o espaço era uma montanha de máquinas de escrever.

De pé junto à entrada, levei um tempo contemplando todo o recinto. Cheguei a ficar confusa pela surpresa de encontrar um número tão grande de máquinas.

— Vamos, entre.

Ele pegou minha mão e eu entrei. Atrás de mim, a porta se fechou com um ruído.

O teto era baixo. Fora um poço de luz, não havia janelas. Era uma sala fria e empoeirada. A cada passo, as frestas entre as tábuas rangiam e, de vez em quando, o salto do meu sapato ficava preso em algum prego saliente.

Aproximei-me do relógio. Era muito maior do que visto de longe. Entre o vidro e o visor, havia um espaço no qual os ponteiros se moviam. Era possível tocá-los. O ponteiro era tão grande que poderia continuar se movendo, mesmo se eu montasse nele. Os elaborados números romanos também eram enormes. O xii tinha o tamanho de cinco cabeças minhas.

Lá embaixo, avistava-se diminuto o jardim da igreja. Estava tão longe que dava vertigens. O relógio rangia sem parar. O espaço tinha cheiro de óleo.

No topo da torre, ficavam os sinos. Não sei exatamente como, mas o carrilhão estava interligado ao relógio de maneira a tocar na hora prevista. Antigamente, imagino que os sinos foram dourados; agora, tinham escurecido para um cinza-camundongo. Fazendo jus ao imenso estrondo de quando badalavam, os sinos eram sólidos, maciços, majestosos. Olhei para o telhado da torre espantada que a estrutura suportasse todo aquele peso sem vir abaixo.

— Venha cá. Sente-se aqui.

No centro da sala, havia uma mesa e uma cadeira. Eram os únicos móveis daquele lugar, velhos e simples. Alguém os havia espanado recentemente. Ele perguntou o que eu achava daquele ambiente.

— Gostou?

E, dizendo isso, largou minha máquina estragada em cima da montanha das outras que se juntavam ali. A pilha desmoronou um pouco, fazendo uma barulheira dos infernos.

Eu não estava ali para apreciar a decoração. Eu precisava era de uma máquina que funcionasse. *A troco do que ele quer saber se eu gostei do lugar?*, pensei, indignada, enquanto me acomodava na cadeira.

Ele estava de bom humor. Não tirava o sorriso do rosto, todo solícito e animado.

— O que achou?

Estava determinado em ouvir minha opinião sobre aquele lugar. Resolvi sorrir e assentir com a cabeça para lhe agradar.

— Tinha certeza de que você iria gostar — disse, satisfeito.

Ficava nervosa sem uma máquina por perto. Era como se me faltasse alguma coisa nas mãos. Dei-me conta de que estava mais vulnerável agora, sem a máquina, do que quando perdera a voz. Isso me deixou ainda mais angustiada. *Mas por que será que ele ainda não começou a consertar a máquina?*

Não tinha como comunicar meu sofrimento. Olhei à minha volta — não havia papel nem caneta à vista. Arrependi-me de não ter trazido nada de casa. Ele dissera para não me preocupar com isso, pois logo a máquina estaria consertada, e me fez tirar o bloquinho e a caneta esferográfica do bolso antes de sairmos.

Cutuquei o ombro dele e apontei para a minha máquina de escrever, largada na pilha de máquinas. Ele não fez menção de se virar e tirou do bolso o cronômetro, que se pôs a polir com um pedaço de veludo. Fiquei sem saber se ele não tinha entendido o que eu queria dizer ou se estava irritado por eu apressá-lo.

De lá de baixo, subia o som de conversas. Ouvia-se também o riso de crianças. Estavam se reunindo na igreja. Ensaio do coral? Bazar beneficente? A igreja ficava logo ao lado da torre, mas o som parecia vir de longe, de outra parte da cidade.

Esperei, esperei, e ele continuava a polir o cronômetro. Incrível como ele podia dedicar tanto tempo a uma coisa tão pequena. Poliu ranhura por ranhura do botão, elo por elo da corrente, cada reentrância das letras gravadas. Não deixava passar um único detalhe.

— Hoje o nível intermediário tem prova, então estou caprichando no polimento. Ah, eu me lembro de como você não gostava desses testes! Sempre ia mal...

Disse isso com o olhar baixo. Sem olhar para mim. Eu não esbocei reação.

Olhei à minha volta mais uma vez. Tirando o lado em que ficava o relógio, todas as outras paredes estavam cobertas de máquinas de escrever. Os amontoados de máquinas chegavam até a minha altura. Quantas máquinas havia ali? Não seria capaz de calcular. Nunca tinha visto tantas máquinas juntas num lugar.

Havia de todos os tipos. Máquinas sólidas, pesadas; pequenas, como de brinquedo; de teclas quadradas; de teclas ovais; com base de madeira; sofisticadas e caras; simples, modestas... Estavam umas empilhadas nas outras, encaixadas em diferentes ângulos, sem espaço entre si. Minha máquina olhava para mim de cima de uma das pilhas, do jeito como ele a deixara antes. As máquinas da base do amontoado tinham alavancas tortas, capas deformadas. Mesmo as que não pareciam avariadas estavam cobertas de ferrugem e poeira.

Será que todas essas máquinas estavam ali aguardando conserto? Era uma quantidade muito grande de máquinas. As que não tinham mais salvação poderiam ter sido descartadas... Levantei-me e me aproximei da pilha. Então tive uma ideia. *Por que não pensei nisso antes? Acho que é porque fiquei assoberbada ao ver de supetão essa abundância de máquinas. Basta escolher uma delas e voltar a falar com ele como antes.*

Escolhi uma máquina nova, sem avarias. Bati nas teclas, insistentemente, mas elas não se moveram. A do lado estava com a fita toda emaranhada. A seguinte, com metade das teclas faltando. Outra, com o rolo descarrilhado. Outra...

Experimentei diversas, nenhuma funcionava. Não me dei por vencida. Achei uma lá no meio mais inteira e comecei a puxar. No entanto, isso alterou o equilíbrio da pilha, que ameaçou desmoronar.

— Eu, se fosse você, desistia — sugeriu ele, sem se virar, ainda polindo o cronômetro. — Nenhuma dessas máquinas funciona.

Foi então que percebi mais uma obviedade. Naquela torre, não havia papel. Não havia nem folhas de ofício, nem bloquinho de notas, nada. Não adiantava ficar procurando uma máquina que funcionasse.

Quando entendi que não havia ali nenhum meio de tirar as palavras de dentro de mim, foi aí mesmo que as palavras se multiplicaram, emperradas no meu peito, e comecei a sentir falta de ar.

*Conserte logo essa máquina!*

Sem que eu me desse conta, meus dedos datilografavam o ar: CONSERTE LOGO ESSA MÁQUINA! Os dedos sem teclas para bater dançavam desorientados no vazio. Desesperada, busquei de cima da pilha a minha máquina e a coloquei na frente dele.

*Por que você não conserta a minha máquina? Qual o problema com ela? A angústia está me matando.*

Segurei os ombros dele com toda a força, na esperança de que, assim, ele entendesse o que eu queria dizer.

Ele deu um grande suspiro, embrulhou o cronômetro no pano e o depositou sobre a mesa.

— A sua voz não volta nunca mais.

Não conseguia entender por que ele estava me dizendo aquilo. O meu problema imediato não era a voz, e sim a máquina de escrever.

*A máquina não tem conserto?*
Tentei escrever alguma coisa. As varetas dos tipos não se moveram um milímetro.
— A sua voz está presa dentro da máquina. Ela não estragou, ela simplesmente cumpriu sua função. Depois de aprisionar sua voz, a máquina é selada.
*Selada. Selada? Selada!* A palavra girava no redemoinho do meu coração.
— Olhe à sua volta. Não é uma visão incrível? Todas essas máquinas de escrever são vozes. Vozes que nunca mais farão o ar vibrar, presas nesses objetos, esperando pela morte por inanição. E hoje, a sua voz se junta ao grupo!
Ele pegou minha máquina e a jogou de volta sobre a pilha. Ouviu-se um furioso tilintar de metais entrechocando-se. Era como o som de uma pesada porta sendo fechada, encarcerando a minha voz. Mexi os lábios mudos para perguntar:
*Por quê? Por que você está fazendo isso?*
— Deixe de ser burra. Não adianta mais fazer força para falar.
Ele tapou minha boca com a mão esquerda. Era uma mão gelada. Tinha um vago aroma de metal. Seria o cheiro do cronômetro?
— Esqueça que um dia você teve voz. No início, você vai estranhar. Vai mexer a boca, vai querer escrever à máquina. Vai procurar um bloquinho e uma caneta. Mas logo você vai entender que tudo isso é inútil. Para que você quer falar, afinal? Não precisa mais. Agora, enfim, você me pertence.
Os dedos de sua mão viajaram pelo meu rosto e deslizaram para a minha garganta. A mão acariciou uma a uma as saliências da cartilagem de minha traqueia. Era como se estivesse verificando se minha voz havia mesmo desaparecido.

Eu quis gritar com todas as forças. Empurrá-lo e sair correndo. No entanto, estava paralisada, meu corpo enrijecido. Os dedos dele eram como arame enroscando-se em meu pescoço.

— Entendeu agora por que sou professor de datilografia? — perguntou ele, sem largar minha garganta.

*Não sei! Não estou entendendo nada!*

Tentei virar o pescoço, mas ele não me soltou.

— No curso de datilografia, vocês aprendem a mexer os dedos como eu mando. A letra T com o indicador esquerdo, o I com o dedo médio direito, o Q com o dedo mínimo esquerdo, o ponto-final com o anelar direito… Todas as letras correspondem a um movimento padronizado. Os alunos se dedicam a aprender esses movimentos. É proibido mover os dedos livremente. Ninguém pode dar um jeitinho para não seguir as regras, nem inventar regras novas, nem ter pensamentos novos. As mulheres sentadas diante de mim não têm nenhuma opção a não ser mover-se na ordem e direção que eu indicar. Se alguma delas não cumpre um detalhe que seja, posso puni-la da maneira que eu quiser. Posso mandar repetir a letra que errou mil vezes, ou humilhá-la diante da turma, para fazer dela um exemplo. Eu sou livre para decidir o que fazer com ela. Os dedos de vocês não têm poder nenhum diante de mim.

*Quanta bobagem. Eu só fiz um curso de datilografia com você. Apenas isso.*

— Não precisa de voz para datilografar.

Ele apertou minha garganta. As pontas dos dedos afundaram na carne, como se ele estivesse espremendo o último resquício de voz que havia ali.

— Ninguém fala durante a aula de datilografia. Ninguém conversa com os colegas enquanto está batendo à máquina.

É preciso se concentrar no que as pontas dos dedos estão fazendo. As pontas dos dedos aprendem regras, mas a voz não tem regras. Isso é o que mais perturba o meu coração. Você não acha lindo quando tudo é silêncio, e só o que se ouve é o bater das máquinas, todos concentrados em seguir minhas ordens? No entanto, quando a aula acaba, os dedos se afastam das teclas, e você começa a falar tudo o que lhe vem à cabeça. "Quero comer uma fatia de bolo." "Conheço um café que tem bolos ótimos." "No próximo sábado, você estará livre?" "Quem sabe podemos ir ao cinema?" Eu não suporto ouvir a sua voz! Os dedos perdem a disciplina que havia pouco observavam, e agora vão mexer no fecho da bolsa, arrumar o cabelo, pegar no meu braço.

*O que tem de mais nisso? Eu posso falar o que eu quiser, mexer meus dedos como bem entender. Você só manda em mim na aula de datilografia.*

— Ainda bem que eu consegui apagar a sua voz! Você sabia que, se cortamos as antenas de um inseto com uma tesoura, ele imediatamente fica quietinho? Torna-se hesitante, começa a andar em círculos, para de se alimentar. É a mesma coisa. No momento em que você perde a voz, perde também a capacidade de dar forma a si mesma. Mas não precisa se preocupar. Você vai ficar presa aqui para sempre. Vai viver com essas vozes todas que aguardam a morte por inanição presas dentro dessas máquinas de escrever. A partir de agora, tenho total controle sobre você. Você vai se acostumar, não é difícil. É como aprender a datilografar.

Finalmente, ele largou meu pescoço. Joguei-me sobre a mesa, ofegante. Minha garganta doía.

— Já vai começar a aula do grupo intermediário. Vou descer.

Ele guardou o cronômetro no bolso do casaco.

— A prova de hoje é um texto de medicina. Bem difícil. Vai ser divertido. Então fique aqui quietinha, esperando.

Ele fechou a porta. A fechadura girou, pesada, e em seguida se ouviram os passos dele se distanciando. Eu fiquei ali, sozinha.

*Então, no fim, minha heroína também acabou presa em uma sala secreta!*, pensei, enquanto arrumava os papéis em cima da escrivaninha. Botei o peso em cima do manuscrito e desliguei a luz. Eu tinha, a princípio, planejado escrever uma história de amor em que a narradora, em busca de sua voz, faria uma peregrinação com seu amante por fábricas, faróis, laboratórios de patologia, depósitos de papelarias, até encontrar o que fora perdido. No entanto, não era a primeira vez que uma história minha tomava um rumo diferente daquele inicialmente planejado; então não me preocupei muito e fui dormir.

No dia seguinte, quando acordei, os calendários tinham sumido.

Busquei pelos calendários que havia em casa e só encontrei uns três ou quatro. Eram todos daquele tipo que as lojas distribuem no fim do ano, com propaganda. Nenhum deles guardava um significado especial para mim. Pensei que R não ficaria tão perturbado com o sumiço dos calendários como ocorrera quando as fotos desapareceram. Afinal, o que é um calendário senão uns números enfileirados em uma folha de papel? Claro, no início pode ser que haja alguma confusão, mas as pessoas vão encontrar outras maneiras de contar os dias.

Queimei os calendários no incinerador do pátio. O fogo rapidamente transformou tudo em cinzas. No final, sobraram apenas os espirais de arame.

Havia muita cinza acumulada no fundo do incinerador. Era uma camada fofa de detritos que se desfaziam em nuvens de poeira quando eu batia com o atiçador. Ao observar as cinzas, pensei que o sumiço de uma coisa não é digno do estardalhaço que a polícia secreta faz. A maioria das coisas desaparece ao queimar. Não importa a forma que tinham antes: depois de queimadas, as coisas se tornam cinzas que são levadas pelo vento.

Viam-se colunas de fumaça subindo dos pátios dos vizinhos. A fumaça era tragada pelas nuvens baixas. Tinha parado de nevar, mas continuava muito frio. As crianças passavam encapotadas, com expressão de tédio, carregando mochilas nas costas. O cachorro do vizinho, sonolento, esticou a cabeça para fora da casinha e enterrou o focinho na neve.

O ex-chapeleiro me cumprimentou, do outro lado da cerca.

— E como vai o velho balseiro? Faz tempo que não o vejo por aqui...

— Não esteve muito bem, mas agora melhorou.

De início, fiquei assustada. Achei que ele soubesse alguma coisa sobre a detenção do velho. Mas depois pensei que era coisa da minha cabeça. Ele respondeu:

— Quem é que não fica mal com esse frio que está fazendo...

A senhora que vivia na casa ao lado se meteu na conversa:

— É mesmo. Ainda por cima, as lojas do nosso bairro estão desabastecidas e, para comprarmos qualquer coisa, temos de fazer fila... Trinta minutos parado na neve são suficientes para gelar até a alma.

O velho que trabalhava na prefeitura e que morava do outro lado também quis entrar na discussão:

— Uns três dias atrás, meu neto foi operado das amígdalas e queria comer flã. Procurei por todos os lugares e não achei para comprar.

— Flã? Virou iguaria de luxo. Com o frio, as galinhas pararam de botar ovos. Ontem fiquei uma hora na fila e só consegui comprar quatro.

— E eu que, para achar uma couve-flor, tive de ir a cinco mercadinhos diferentes! Ainda por cima, só achei uma já bem prejudicada, meio escura...

— A vitrine do açougueiro vai ficando cada dia mais vazia. Antigamente, tinha uma cortina de linguiças que não permitia que enxergássemos o interior da loja. Agora, só se vê uma tripa ou duas penduradas. E depois das dez não sobra mais nada, já compraram tudo.

Todos foram acrescentando causos de comidas difíceis de conseguir. A senhorinha que morava duas casas mais adiante disse:

— E não é só comida. Está cada vez mais difícil conseguir querosene para a estufa. Esses dias acabou o querosene aqui em casa já de noite, um frio insuportável, e ainda por cima eu tenho um problema de coluna que piora no inverno, daí perguntei à vizinha se ela não me emprestava o querosene só para aquela noite, para eu não ficar sem; sabem o que ela disse? Que não! Nem piscou.

— Ih, impossível mesmo pedir qualquer coisa para eles. Passam por nós na rua e não dão nem oi; se pedimos uma contribuição para a associação de moradores, fazem que não é com eles, se acham grandes coisas.

Não conheço direito o casal de quem falavam. São os da casa do lado leste, que tem um cachorro. Devem ter uns trinta e muitos anos. Só sei que trabalham juntos e não têm filhos.

A conversa migrou de escassez de produtos para fofocas do casal em questão, sobre os quais, aparentemente, só havia coisas ruins a dizer. Eu não queria ficar ali ouvindo, mas, enquanto não arrumava uma desculpa para voltar para dentro de casa, fiquei tirando com o atiçador a neve que se acumulara em cima da cerca. De vez em quando, concordava com a cabeça, fingindo que estava prestando atenção. O cachorro, como que sabendo que falavam de seus donos, começou a latir.

O ex-chapeleiro, por fim, disse:

— Mas então... quando será que chega a primavera?

A velhinha com problema de coluna arriscou:

— Periga nem ter primavera.

— Como assim? — reagiram todos.

O velho fechou a jaqueta até em cima. Eu peguei o atiçador e voltei a mexer na neve.

— Normalmente, a essa altura, o vento já teria mudado de direção. As árvores estariam começando a criar brotos novos. O mar já deveria ter ficado mais claro. E, ainda por cima, não parou de nevar. Tudo muito estranho.

— Sim, mas esse tipo de coisa acontece uma vez a cada trinta anos, não?

Ela massageou o quadril por cima da roupa e respondeu:

— Acho que não é assim tão simples. Pensem bem. Não há mais calendário. Ninguém mais pode acompanhar o passar dos meses na folhinha. Ou seja, os meses não vão mais vir. Não vai mais ter primavera.

— Mas, então, o que vai acontecer?

— Sem primavera, depois não haverá verão. Se os campos continuarem cobertos de neve, como é que faremos para plantar o que comer?

— Ah, eu não aguento mais o frio. E nem há mais querosene para comprar!

Todos se puseram a expressar suas preocupações. Começou a soprar um vento gelado. Um carro todo sujo de lama passou chacoalhando lentamente pela rua.

O ex-chapeleiro, meio que para se convencer, disse à velhinha com dores na coluna:

— Ih, mas que bobagem. Isso daí é excesso de preocupação. Que calendário, que nada. Calendário é só um monte de papel. Paciência. As coisas vão melhorar.

Todos concordaram.

— Isso mesmo! Vai passar.

No fim, a velhinha tinha razão. O tempo passou e a primavera não veio. Estávamos presos na neve, junto com as cinzas dos calendários.

# Dezesseis

Decidimos comemorar o aniversário do velho balseiro no recinto oculto com R.

Encabulado, o velho tentou me dissuadir da ideia:

— Nem existe mais folhinha, como é que eu vou saber se a data está certa? Não precisa ficar se preocupando com o aniversário de um velho.

Mas sempre se comemoraram os aniversários das pessoas da minha família, desde antes de eu nascer. Não tínhamos como saber exatamente quando caía o aniversário do velho, mas eu me lembrava de que era na época em que as cerejeiras floresciam, e sentia que estávamos mais ou menos próximos dela. Além do quê, seria bom também para trazer um pouco de diversão para a vida sem graça de R.

Passei uma semana indo todos os dias ao mercado na tentativa de conseguir tudo de que precisava para a festa. Os vizinhos tinham razão: as prateleiras das lojas andavam vazias, e havia filas em todas as partes para comprar víveres. Produtos de melhor qualidade estavam mais caros, então, quase não se conseguia mais comprar. Mas tratei de ir pacientemente a diversas lojas atrás do que precisava.

Na entrada do verdureiro, havia um cartaz que dizia: "Amanhã, às nove horas, receberemos vinte quilos de tomates e quinze quilos de aspargos." Havia meses que eu não via tomates nem aspargos. Com eles, eu poderia fazer uma salada fresca. Saí de casa com umas duas horas de antecedência, mas, ao chegar à loja, já havia uma fila considerável. Contei diversas vezes quantas pessoas estavam na fila, pensando se valeria a pena esperar. Quando chegou minha vez, restavam uns poucos tomatinhos verdes no fundo da caixa e aspargos com as pontas amassadas. Bem, isso era melhor do que nada — havia gente atrás de mim na fila que nem isso conseguiria.

A peregrinação pelos outros mercadinhos rendeu um molho de cheiro-verde para enfeitar os pratos, uns cogumelos mirradinhos, cujo nome desconheço, um punhado de feijões com caruncho, três pimentões vermelhos e três verdes, e um aipo murcho.

Acabei dando o aipo a uma velha pedinte, que se aproximara, muito educada:

— Com licença, senhorinha, essas folhas na sua sacola, por acaso são aipo? Será que você não pode me dar algumas? Caí na neve e perdi a carteira. Não sei mais o que fazer. Com toda essa neve, está cada vez mais difícil para uma velha como eu. Veja meu cesto, está vazio.

Ela me mostrou um cesto de vinil trançado. Realmente, estava vazio. Eu poderia não ter dado trela à velha e seguido o meu caminho, mas o cesto vazio me deixou triste. Acabei lhe dando o aipo inteiro.

Nos dias que se seguiram, vi a mesma velha no mercado mostrando o cesto vazio aos transeuntes. Andei por toda parte atrás de mais aipo, mas não achei em lugar nenhum.

O mercado estava sempre cheio de gente. Entre uma barraca e outra, a neve cobria os detritos — restos de verduras, escamas de peixe, tampinhas de suco, sacolas plásticas. As pessoas passavam agarradas em suas compras, com olhos atentos, na esperança de encontrar mais alguma coisa para levar. Ouviam-se conversas, risos e discussões.

Ainda me faltavam alguns itens. Manteiga para o bolo, vinho, temperos, frutas para o ponche, flores, uma toalha de renda, guardanapos novos... Não consegui nem metade de tudo isso. E ainda tinha de sobrar algum dinheiro para o presente.

Foi fácil conseguir carne e peixe, porque sou amiga do açougueiro e do peixeiro. O açougueiro me disse que havia conseguido para mim a melhor carne de frango, muito macia, e trouxe do fundo da loja um pacote muito bem-feito, fechado a laço de barbante, que mais parecia um presente.

O peixeiro me mandou escolher um dos peixes vivos que estavam em uma tina. Fiquei um bom tempo escolhendo e, por fim, apontei para um peixe de uns quarenta centímetros, com pintas nas barbatanas.

— A senhorita tem muito bom gosto. Esse peixe tem a carne firme e é muito saboroso. Hoje em dia, quase não se consegue mais pescá-lo. Que sorte!

Enquanto falava, o peixeiro agarrou o produto, que se debateu em sua mão, largou-o em cima da tábua e deu-lhe uma paulada na cabeça. Depois tirou as escamas e as entranhas com capricho. Voltei para casa abraçada nesse tesouro.

No dia da celebração, o velho chegou na hora combinada. Vestia o seu único terno e uma gravata listrada. O cabelo tinha gel e estava bem penteado.

— Obrigada por vir! Vamos entrando.

Talvez porque estivesse preocupado com o nó da gravata, ele, a toda hora, levava a mão à gola da camisa. Agradeceu e se curvou inúmeras vezes.

Assim que desceu da escada e pôs os pés no assoalho do esconderijo, o velho soltou um "ah!" de espanto.

— Mas que maravilha!

— Mesmo sendo pequeno, até que ficou ajeitadinho, o senhor não acha? Claro que R também me ajudou.

Tínhamos guardado nas prateleiras tudo o que não seria usado na festa. Eu trouxera uma mesa complementar comprida, que colocáramos entre a estante e a cama. Só com isso, quase todo o espaço estava ocupado. A comida, fumegante, já estava posta sobre a escrivaninha decorada com flores do campo que eu colhera pela estrada. Eu havia tentado cobrir as manchas da toalha velha com os pratos. Os talheres, guardanapos e copos estavam dispostos com capricho.

— Sente-se. Seu lugar é ali.

Foi complicado para o velho e eu nos acomodarmos. Tivemos de caminhar na ponta dos pés para não pisar em nada, tomando cuidado para não bater nos pratos nem derrubar as flores. R nos ajudou a chegarmos à cama, onde nos sentamos. Ele ficou com a única cadeira do recinto.

R abriu o vinho. A garrafa era velha e toda lascada, e a bebida, turva como água com sabão. Um vinho clandestino, produzido no pátio dos fundos da ferragem, mas o único que consegui. Nas taças de cristal, sob a luz do alçapão, ele adquiriu um brilho rosado, o que melhorou um pouco sua aparência.

— Vamos brindar!

Não precisamos esticar muito os braços para que encontrássemos as taças uns dos outros.

— Feliz aniversário! — eu e R dissemos.
— Saúde! — respondeu o velho.
— Saúde!
O cristal tilintou delicadamente.
Fazia muito tempo que não nos sentíamos tão alegres. R estava mais falante do que de costume; o velho tinha o rosto todo enrugado de tanto sorrir; e eu, com um só gole de vinho, já sentia que havia enrubescido. Era como se tivéssemos esquecido o lugar onde estávamos. Ainda assim, se um de nós se distraía e dava uma risada mais alta, levávamos todos a mão à boca, assustados.

O peixe foi um evento à parte. Eu o havia cozido no vapor com saquê e ervas frescas, disposto em uma travessa oval.

— Acho que não sei servir sem desmanchar o peixe... sou muito desajeitada. Pode me ajudar?

— Nada disso! É a anfitriã quem deve servir o prato principal.

— É um lindo peixe.

— Sem dúvida. Tinha lindas pintas na barbatana, mas com o vapor elas desapareceram...

— Ele tem um amassado aqui na cabeça.

— É onde o peixeiro lhe deu uma paulada. Estava vivo quando escolhi. Deve estar uma delícia, bem fresquinho. Ficaria melhor se eu tivesse conseguido um pouco de aipo para aromatizar.

— Sirva o melhor pedaço para o aniversariante!

— Mas é claro! Tome cuidado com as espinhas.

— Obrigado!

Conversamos por horas sem parar. O som das vozes, do chocar dos pratos e das taças de vinho e o rangido das molas da cama enchiam o pequeno aposento, sem ter para onde ir.

Além do peixe, havia sopa de feijão, salada, cogumelos na manteiga e arroz com frango. Eram comidas simples, sem fartura. R e eu cuidamos para que o prato do velho não ficasse nunca vazio e para lhe dar a melhor parte de tudo. Ele comeu aos pouquinhos, saboreando cada garfada.

Depois do jantar, recolhemos os pratos e foi a vez do bolo.

— Peço desculpas… só consegui fazer um bolo pequeno.

Coloquei o bolo na frente do velho. Era um bolinho mixuruca, tão minúsculo que cabia num pires, sem decoração nenhuma, nem creme de leite, nem chocolate, nem morangos.

— Imagine. Não há bolo no mundo pelo qual eu me sentiria mais grato do que este.

Ele rodou o prato para contemplar o bolo por todos os ângulos.

— As velinhas!

R tirou as velas do bolso e as fincou uma a uma — com cuidado, para o bolo não se desmanchar. Como eu não consegui a quantidade ideal de ovos, manteiga e leite, era um bolo farelento, frágil. Depois R acendeu-as com um fósforo. Esticou o braço até o interruptor e disse:

— Vou apagar a luz.

Com a escuridão, nós instintivamente nos aproximamos mais do bolo iluminado. Eu sentia o calor do fogo em meu rosto.

Ao nosso redor, espraiava-se a escuridão, envolvendo-nos macia como um tecido. Ali, não se sentia o frio, o barulho da rua, o vento. Nossas respirações faziam oscilar a chama das velas.

— Agora, o aniversariante vai apagar as velinhas!

Ele soprou-as com delicadeza, como se tivesse medo de que o bolo fosse levantar voo.

— Parabéns!

— Feliz aniversário!

— Comprei uma lembrancinha para o senhor.

R acendeu a luz e eu peguei um pacote que escondera debaixo da colcha. Era um conjunto em cerâmica para a bancada do banheiro: uma saboneteira, um porta-barbeador e um recipiente para talco.

— Você não devia ter gastado seu dinheiro com presentes...

Seguindo a praxe, o velho recebeu o pacote com as duas mãos, cerimonioso, como se fosse colocá-lo em um altar.

— Ah, que elegante! — disse R.

— O senhor pode pôr na bancada da pia do banheiro, na balsa. Não acha que vai ficar bem?

— Mas é claro! Vou usar com muito gosto. E isto aqui, esta coisa fofa, para que serve?

O velho pegou o pompom do talco e o aproximou dos olhos, perplexo.

— É um talco pós-barba, para a pele não ficar irritada. Deixe que eu lhe mostro.

Apliquei um pouco de talco no queixo do velho, que apertou os olhos como se quisesse esconder os cílios nas órbitas e entortou a boca como se estivesse morrendo de cócegas.

— Ah, que agradável essa sensação!

Ele passou a mão no queixo diversas vezes, como se não quisesse que a sensação do talco passasse. R deu uma risada enquanto tirava as velinhas do bolo.

Depois de comermos o bolo, que rendeu umas três garfadas para cada um, ficamos bebericando lentamente o chá. Então R disse:

— Eu também tenho um presente para o senhor.

O velho disse, constrangido:

— Como assim? O senhor, preso aqui, perdendo seu tempo pensando em um pobre velho? Mas que absurdo!

— Eu também quero expressar minha gratidão de alguma maneira. Mas é uma coisinha de nada... espero que não se importe.

Ele tirou da gaveta da escrivaninha uma caixa de madeira, mais ou menos do tamanho do bolo que eu tinha feito. O velho disse um "oh!" de surpresa. Ficamos contemplando atentamente o objeto.

A caixa era marrom-escura, envernizada, e tinha entalhado um padrão geométrico de losangos. A base apresentava quatro pés delicados como unhas de gato. A tampa tinha dobradiças e um cristal azul incrustado no centro. Dependendo do ângulo pelo qual se olhava, o cristal reluzia com cores diferentes. Não era uma peça fora do comum, mas certamente dava vontade de abrir para ver o que havia dentro.

— Eu tenho esta caixa há muito tempo. Usava para guardar alfinetes de gravata e abotoaduras. Peço desculpas por não ser algo novo. Mas não existem mais caixinhas como esta à venda.

Dizendo isso, ele abriu a caixa. Por um instante, tive a impressão de que o objeto emitia uma luz cálida. O velho e eu nos olhamos e prendemos a respiração. As dobradiças rangeram, e, de dentro da caixa, começou a sair música.

Será que aquilo era música? A caixa era forrada com feltro e a tampa tinha um espelho por dentro. Não havia nenhum mecanismo à vista. Não havia nenhum disco tocando, nenhum instrumento musical escondido. Ainda assim, ela produzia uma melodia.

Parecia, na verdade, uma cantiga de ninar, uma trilha de filme antigo ou um hino de igreja. Não conseguia lembrar onde eu a tinha ouvido. Talvez fosse algo que minha mãe cantava *a bocca chiusa* pela casa... O timbre não era de um instrumento de corda, não era de um instrumento de sopro — era um timbre diferente de tudo o que eu já ouvira. Enquanto escutava atentamente, tive a impressão de que lá no recôndito do pântano sem fundo do meu coração, lá para onde vão as memórias das coisas que somem, algo estava sendo revolvido, e vinha boiando em direção à superfície.

— De onde está saindo esse som? — perguntou o velho, que recuperou a voz antes de mim.

De fato, o maior mistério era a fonte da música.

— Da caixa, ué.

— Mas é uma caixa. Não tem ninguém tocando, não tem nada se mexendo. Como pode? É um truque de mágica?

R começou a rir das minhas perguntas.

Nesse meio-tempo, a melodia começou a ficar mais lenta. A música parecia ter perdido o equilíbrio, as notas soavam derretidas, entrecortadas. O velho, com uma expressão angustiada, inclinou a cabeça e olhou para o espelho da tampa. Chegou um momento em que, no meio da melodia, a última nota se calou irreversivelmente. O silêncio de antes retornou ao recinto.

— O que aconteceu? Ela quebrou? — murmurou o velho, preocupado.

— Não, ainda funciona.

R virou a caixa de ponta-cabeça e girou três vezes uma chave que havia no fundo. A caixa voltou a tocar com a mesma animação de antes.

— Mas o que... — eu e o velho dissemos em uníssono.

— Parece bruxaria. E o senhor está me dando esse objeto fantástico? Tem certeza?

O velho fez menção de pegar a caixa, mas, como se tivesse medo de quebrar o encanto ao tocá-la, devolveu em seguida as mãos ao colo. Esse movimento se repetiu algumas vezes.

— Bruxaria? Não... Isto aqui é uma caixinha de música.

— Caixinha…
— De música?
— Isso mesmo.
— O som é tão delicado!
— O nome parece saído de uma fábula.

O velho e eu repetimos diversas vezes: "Caixinha de música, caixinha de música"…

— É um objeto de decoração que possui um mecanismo de corda que toca música. Não se lembram de ter visto nenhuma? Mesmo vendo esta agora, não vêm outras memórias de caixinhas de música? Aposto que nesta casa havia uma ou duas… Em uma prateleira da sala, escondida em uma gaveta, em um canto da penteadeira… De vez em quando, alguém se atinava da existência da caixinha, dava corda… e, até a corda acabar, ouvia-se a caixa repetir uma melodia saudosa…

Eu bem que queria ser simpática a R e dizer que me lembrava, mas, por mais que me esforçasse, nada me voltava do passado ao olhar para aquela caixa misteriosa.

— Então isto aqui é uma coisa que já sumiu? — perguntou o velho.

— Sim. Sumiu há muito, muito tempo. É da época em que eu estava começando a me dar conta de que não me esquecia das coisas como as outras pessoas. Talvez o sumiço das caixinhas de música seja o que me fez compreender isso… Não lembro direito. Nunca contei meu segredo a ninguém. Sabia instintivamente que devia ficar quieto. Então tentei esconder diversos objetos desaparecidos. Sempre achei muito difícil botar coisas fora. Eu queria confirmar que elas existiam pelo tato. A primeira coisa que escondi foi esta caixinha. Tirei o fundo de uma bolsa esportiva, acomodei ali a caixa e costurei o fundo de volta.

R arrumou os óculos com o dedo indicador. A caixa estava rodeada de pratinhos de bolo e xícaras vazias.

— E por que o senhor está me dando algo tão precioso?

— Justamente, das coisas que eu escondi, esta aqui me pareceu a mais adequada para o senhor. Não pretendo pagar com uma coisa tão pequena os riscos que vocês dois correram para me esconder. Quero apenas pensar que eu colaborei um pouco para impedir que os seus corações se tornassem ainda mais fracos e vazios. Não sei como fazer isso. Só tenho esperança de que, ao pegar um objeto sumido nas mãos, ao senti-lo com o tato, compreender seu peso, cheirá-lo, talvez isso produza em vocês algum efeito benéfico.

R virou de novo a caixinha de cabeça para baixo e deu corda. A música recomeçou. O espelho da tampa refletia o nó da gravata do velho e a minha orelha esquerda.

— Mas será que nossos corações estão enfraquecendo? — eu disse, direcionando o olhar para R.

— Não sei se "fraco" é a palavra certa, mas seus corações estão se transformando em algo diferente. Além disso, é uma transformação difícil de reverter. Do ponto de vista de uma pessoa como eu, é um processo que vai acabar mal.

R ficou girando a asa da xícara para a direita e para a esquerda. O velho continuava olhando fixamente para a caixa.

— Acabar mal... — murmurei, pensativa.

Eu já tinha pensado nisso mais de uma vez. Quando eu me punha a refletir sobre as mudanças que ocorriam em meu coração, as palavras que me vinham à cabeça eram "acabar", "último", "no fim", "terminar" e outras de sentido semelhante. Mas nunca chegava à conclusão nenhuma, pois ao mergulhar no pântano sem fundo do meu coração, meus sentidos se entorpeciam, e eu ficava com falta de ar. Nunca conseguia pensar nessas coisas por muito tempo. E se eu falava disso com o velho, ele só me dizia que não me preocupasse, que tudo acabaria bem, e a conversa ficava por isso mesmo.

— Ainda assim, não deixa de ser estranho ter diante de si um objeto que já sumiu. É algo que supostamente não existe mais. E aqui estamos nós, admirando esta caixinha, ouvindo sua música. Até dizer "caixa de música" em voz alta é uma coisa extraordinária.

— Eu acho que não tem nada de extraordinário. A caixinha de música está diante de nós. Ela existe. Ela tocava música antes do sumiço e, depois do sumiço, segue tocando. A corda continua durante o mesmo tempo. A melodia se repete o mesmo número de vezes. O ofício da caixa continua sendo o mesmo: tocar música. O que mudou foi o coração das pessoas.

— Sim, isso eu entendo. A caixinha de música não tem culpa de ter sumido. Mas nós não temos escapatória. Quando vemos uma coisa que sumiu, o coração se inquieta. É como se alguém lançasse algo pesado e duro dentro de um pântano de águas tranquilas. Isso cria ondas na superfície, um redemoinho no fundo, levanta o lodo. É por isso que as pessoas queimam suas coisas sumidas, jogam-nas nos rios, as enterram: elas precisam mandar as coisas sumidas para longe.

— Vocês sentiram todo esse desconforto ouvindo a música da caixinha?

R se curvou para a frente, juntou as mãos e as repousou no colo. O velho apressou-se em responder:

— De maneira alguma, não houve desconforto nenhum. Agradeço muito o presente.

— Eu acho que essa inquietação que vocês sentem com as coisas sumidas é algo que, com o tempo, vai passando. Talvez baste se acostumar de novo com a coisa. O som da caixa de música foi criado especialmente para acalmar as pessoas. Por isso sugiro ao senhor... não, eu lhe peço, que guarde a caixinha no lugar mais reservado da balsa. Uma vez por dia, vá até esse lugar e lhe dê corda. Cuidado para ninguém mais ouvir, claro. Ninguém pode ficar sabendo. Acho que vai chegar um momento em que o senhor vai aceitar o som da caixinha.

— Pode deixar. Vou cuidar muito bem dela. Vou escondê-la no armário do banheiro. Ninguém vai imaginar que há uma caixa de música entre as latas de dentifrício, os frascos de gel para cabelo, os sabonetes e os outros itens de higiene pessoal. Vou tocar a música da caixinha toda vez que estiver fazendo a barba pela manhã, usando o presente maravilhoso que ganhei hoje, e à noite, quando for escovar os dentes... Já é um luxo, um banheiro com música. Sou um velho de sorte, a essa altura da vida ainda comemorando aniversário...

O rosto do velho estava todo enrugado de emoção. Não sei se ele chorava ou ria. Botei a mão nas suas costas e comentei:

— Estava tão divertido!

— Eu nunca me diverti tanto — concordou R. — Então o senhor vai levar a caixinha? — R deslizou a caixa de música para perto do velho. A melodia ecoava nas paredes do esconderijo e dançava à nossa volta. O velho, como se tivesse medo de que ela fosse quebrar se manuseada grosseiramente, fechou a tampa com imensa delicadeza. As dobradiças rangeram e a música cessou de repente.

Foi nesse instante que a campainha tocou alucinada.

# Dezessete

Sem querer, agarrei com força o braço do velho. Senti meu corpo enrijecer. O velho passou um braço por meus ombros enquanto com a outra mão segurava a caixinha de música. R estava totalmente imóvel, com o olhar fixo no vazio.

A campainha continuava tocando ininterrupta. Ouviu-se alguém que golpeava a porta com força.

— São os caçadores de memórias — sussurrei.

Não reconheci minha própria voz.

— A porta da frente está trancada? — perguntou o velho.

— Sim.

— Bem, acho que você vai precisar abrir.

— Não é melhor fingirmos que não tem ninguém em casa?

O velho disse com veemência:

— Não. Eles arrombariam a porta. E isso levantaria suspeitas. É melhor fingirmos que está tudo bem e deixarmos que entrem e revistem tudo o que quiserem. Não se preocupe. Vai dar tudo certo.

Em seguida, dirigiu-se a R:

— Por favor, guarde isto aqui por mais algum tempo.

Largou a caixinha de música sobre a mesa. R concordou com a cabeça.

— Vamos, depressa.

Eu e o velho nos demos as mãos e subimos atropeladamente a escada. O velho se virou para trás e disse:

— Não se preocupe. Depois faço questão de vir pegar meu presente de aniversário.

Sem dizer nada, R assentiu novamente com a cabeça.

Fechei o alçapão e rezei para que ele nunca fosse aberto pelas mãos de outras pessoas.

— Polícia Secreta do Estado! Até o fim da busca, não toquem em nada. Mantenham as mãos unidas e para trás. Permaneçam calados. Obedeçam a nossas ordens. Em caso de desobediência, serão detidos.

Ao final desse anúncio, entraram de uma só vez cinco ou seis policiais. Quantas vezes já não devem ter repetido essa fala memorizada ao entrar em outros lares?

Lá fora, estava nevando muito. Havia caminhões verde-escuros estacionados na frente de outras casas da vizinhança. No silêncio da noite, podia-se sentir a tensão no ar.

O procedimento era padrão — uma busca eficiente, completa, sistemática e executada com frieza. Sem tirar os casacos e os coturnos, revistaram um a um todos os cômodos da casa: cozinha, sala de jantar, sala de visitas, banheiro. Cada policial tinha uma função determinada: um deles arrastava os móveis, outro inspecionava as paredes, outro revirava as gavetas, e assim por diante. A neve dos coturnos derreteu e manchou o assoalho.

Em obediência às ordens, nós dois ficamos do lado da pilastra da entrada, com as mãos para trás. Os policiais, mesmo concentrados em suas funções, não descuidavam de nós. Não nos atrevíamos sequer a trocar olhares. O velho, com a gravata fora do lugar, mantinha o olhar imóvel. Para me acalmar, relembrei a música da caixinha. Mesmo só tendo ouvido algumas vezes, conseguia me lembrar da melodia inteira.

— Quem é você? Por que está aqui? — perguntou um policial que parecia ser o líder.

— Ah, sempre venho aqui para ajudar na manutenção da casa, com alguns consertos e outros serviços. A senhorita me trata como se fosse um membro da família.

O velho falou tudo de um só fôlego, mas manteve a voz firme. O policial olhou-o de cima a baixo.

O homem que revistava a cozinha se dirigiu a mim:

— A pia está cheia. Você estava cozinhando?

Na pia empilhavam-se as coisas que eu tinha usado para preparar o jantar: panelas, uma frigideira, tigelas, um *fouet*. Realmente, a bagunça não condizia com a casa de uma mulher solteira. E, ainda por cima, a louça do jantar tinha ficado toda no recinto oculto. A mesa da sala de jantar estava intacta, e nada indicava que houvéssemos feito uma refeição. Será que ele notou a ausência da louça suja?

— Sim, estava cozinhando.

Minha voz saiu entrecortada. O velho se aproximou um pouco de mim.

— Preparo as refeições da semana e depois congelo.

De onde será que eu tirei essa desculpa esfarrapada? Então me ocorreu que, por sorte, a louça suja não estava na cozinha, pois havia três de cada coisa. Tentei me convencer de que não tinha nada a temer.

O homem levantou primeiro a panela em que eu cozinhara as verduras e, em seguida, a tigela em que eu fizera a massa do bolo, encarando-me por algum tempo; depois mudou o foco de sua investigação para a despensa.

O líder ordenou:

— Agora o segundo andar.

Todos os policiais se deslocaram rapidamente para o andar de cima, levando-nos junto com eles.

*Será que R está ouvindo toda essa barulheira, esse pisotear de coturnos? Deve estar encolhido no chão, abraçando os joelhos, esperando a revista acabar. Não pode se sentar na cadeira nem se deitar na cama, pois ambas rangem. Deve estar controlando a respiração para não ser ouvido. Ao seu lado, a caixinha de música faz as vezes de amuleto de proteção.*

Mesmo com menor número de cômodos, o andar de cima foi objeto de uma revista mais demorada. Até o barulho que faziam era mais violento. Traziam objetos até a luz da lâmpada para inspecioná-los, descansavam a mão no coldre do revólver e realizavam toda uma série de outros movimentos padronizados, como se cada gesto tivesse um significado oculto.

Eu estava com dificuldade para respirar. Fomos levados à janela do corredor que dava para o norte. Meus braços começaram a ficar dormentes por causa da posição em que estavam. Lá fora, o rio estava imerso em escuridão. As casas da vizinhança, também sob revista, tinham as luzes acesas. O velho tossiu.

De onde eu estava, podia enxergar o interior do escritório. Um dos policiais havia tirado todos os livros da estante e, depois de arrastar o móvel, inspecionava a parede de trás com uma lanterna. Outro havia levantado o colchão da cama e abria o fecho da capa. Um terceiro tirara meus manuscritos da gaveta e passava os olhos pelos textos. Todos pareciam ainda mais altos e fortes por causa do corte preciso dos longos casacões que vestiam. Tinham uma presença ameaçadora.

— O que é isto? — perguntou o homem que remexia meus escritos.

Eu estava nervosa porque, atrás dos dicionários da escrivaninha, ficava escondido o funil do telefone.

— É um romance.

— "Romance"?

O policial repetiu o que eu tinha dito com o nojo de quem foi obrigado a ouvir uma palavra desagradável. Com escárnio, jogou as folhas no chão com desprezo. As páginas se espalharam pela sala.

Depreendi que aquele homem era da classe de indivíduos que, em toda a sua existência, nunca leram um romance e que pretendem firmemente passar a vida sem ler, até o dia de sua morte.

Assim que perdeu o interesse pelas folhas, ele se afastou também dos dicionários.

O tapete estava todo pisoteado. Os sólidos coturnos dos policiais reluziam engraxados.

Foi então que percebi algo alarmante. O tapete estava com um canto virado — só um pouco, não chamava a atenção à primeira vista. Eu havia sido a última a sair. Eu é que me encarregara de fechar o alçapão e de cobri-lo com o tapete. *Por mais que estivesse com pressa, por que não prestei atenção no que estava fazendo? Se eles virem o canto dobrado, vão levantar o tapete e descobrir a abertura.*

Desesperada, eu não conseguia tirar os olhos do canto virado do tapete. *Vou acabar chamando a atenção para isso de tanto olhar.* Mesmo sabendo que era perigoso, não havia maneira de desviar o foco. *Será que o velho também viu?* Tentei reparar no que ele fazia. O olhar do velho estava perdido no espaço, fitando a noite pela janela.

As botas iam e vinham pelo tapete. A dobra tinha quatro ou cinco centímetros. Normalmente, ninguém daria atenção àquele pequeno detalhe, mas, no momento, era como se tudo em meu campo de visão houvesse desaparecido e meus olhos estivessem presos ao canto do tapete. A ponta virada convidava quem passasse a segurá-la entre o polegar e o indicador e puxar todo o tapete.

— O que é isto?

Era outro policial que me interrogava. Assustada, pensei que ele tinha visto a dobra do tapete e, sem pensar, levei as duas mãos à boca.

— Mas o que é isto aqui?

Ele veio em minha direção a passos largos. Para não gritar de pavor, concentrei-me em relembrar a melodia da caixinha de música.

— Fique com as mãos para trás! — esbravejou.

Juntei as mãos nas costas e entrelacei os dedos com força. Não queria que notassem que eu estava tremendo.

— Por que você não jogou isto fora?

Ele aproximou de meus olhos uma coisa pequena e retangular. Pisquei para ajustar o foco. Era uma agendinha que eu havia deixado no fundo da bolsa.

— Nenhum motivo especial. — Interrompi a melodia em minha cabeça. — Esqueci que a tinha comigo. É que eu quase nunca usei...

*Ah, ele queria saber da agenda! Nada a ver com o tapete! Estou me lixando para agendas. Não há nada de importante escrito aí. No máximo, o dia de ir buscar a roupa na lavanderia, ou o dia da semana em que passa o caminhão da prefeitura, o horário do dentista.*

— O sumiço dos calendários significa que não precisamos mais de dias da semana nem de datas mensais. Você sabe muito bem o que acontece com quem guarda coisas sumidas.

Ele folheou as páginas da agenda, mas, aparentemente, nada havia ali que despertasse seu interesse.

— Isto deve ser destruído imediatamente.

Ele tirou do bolso do casaco um isqueiro, botou fogo na agenda e a arremessou pela janela em direção ao rio. Entre os coturnos do homem, aparecia emoldurada a dobra do tapete. A agenda rodopiou na escuridão, espalhando fagulhas no ar, como fogos de artifício; em seguida, ouviu-se brevemente o som da água quando o rio a devorou. As fagulhas ainda traçaram linhas no espaço antes de sumir no breu.

Como se o som do mergulho da agenda fosse um sinal, o líder gritou:

— Alto!

Todos abandonaram imediatamente seus postos, formaram uma fila e desceram a escada. Saíram pela porta da frente, com a mão no coldre do revólver, sem dizer nada, sem recolocar os móveis no lugar, sem retornar um conteúdo que fosse à sua respectiva gaveta.

Exausta, abracei-me ao velho.

— Está tudo bem, já acabou — disse-me ele, sorrindo.

A dobra do tapete os viu partir despercebida.


Fui para a rua e vi os caçadores de memórias subindo nos caminhões e preparando-se para ir embora. Os vizinhos também observavam a manobra da porta de suas casas. Nevava no meu rosto, na nuca, nas mãos, mas eu não sentia frio. Meu corpo ainda não se recuperara da tensão e do pavor.

A neve refletia a luz dos faróis dos caminhões e das lâmpadas de rua. Mesmo com todo aquele movimento de gente, o bairro estava mergulhado em silêncio. Só se ouvia a neve caindo.

Então olhei na direção leste e vi três vultos saindo da casa vizinha. Não pude ver seus rostos, mas os três caminhavam pela neve com as costas encolhidas. Atrás deles, vinham alguns policiais com armas em punho.

O ex-chapeleiro foi para a frente de sua casa.

— Não tinha me dado conta de que eles estavam escondendo alguém.

Os outros vizinhos se aproximaram dele. De longe, eu escutava as vozes entrecortadas.

— Parece que o homem e a mulher trabalhavam juntos para uma rede clandestina de ajuda.

— Então era por isso que eles nunca falavam com ninguém.

— Olhem! Ele ainda é uma criança!

— Pobrezinho.

Eu e o velho nos demos as mãos e ficamos em silêncio observando os detidos subirem no caminhão. Entre o homem e a mulher da casa vizinha, havia um menino de uns quinze, dezesseis anos. Já era bem crescido, mas as franjas e os pompons do cachecol davam-lhe um ar infantil.

As lonas foram abaixadas e os caminhões partiram em fila. Os vizinhos se recolheram às suas casas. Só sobramos o velho e eu, um segurando com força a mão do outro. Ficamos fitando a escuridão. O cachorro do vizinho, deixado para trás, esfregava o focinho na neve e gemia.

Naquela noite, fui chorar no esconderijo. Nunca chorei tanto na vida. Eu devia estar comemorando que R não fora descoberto, mas, em vez disso, por algum motivo, meus sentimentos tomaram um rumo inesperado.

Não que eu estivesse exatamente triste. Também não chorava de alívio. Era como se todos os sentimentos que eu guardara desde que R viera morar ali estivessem saindo de mim na forma de lágrimas. Não conseguia conter o pranto. Tentei ranger os dentes, pensar que chorar daquele jeito na frente dos outros era vergonhoso, mas nada adiantava. As palavras carinhosas de R também não me consolavam. Só me restava fazer companhia para minhas lágrimas.

— Nunca pensei que seria grata por este cubículo ser tão pequeno — disse, atirada na cama.

— Por quê?

Ele estava do meu lado. Para me acalmar, tinha tentado acariciar meus cabelos e fazer massagem em minhas costas.

— É que assim ficamos mais perto um do outro. Ainda mais nesta noite, em que não consigo dormir.

O travesseiro ficara molhado e morno. Já tínhamos arrumado o quarto e recolhido a mesa auxiliar, os pratos e as outras coisas da festa. Apenas um vago cheiro doce de bolo perdurava no ar.

— Pode ficar o quanto quiser. Acho que hoje os caçadores de memórias não voltam mais.

–– Peço desculpas. Eu é que devia estar consolando você.

— Que bobagem. Você foi muito mais aterrorizada que eu. Só tive de ficar quieto aqui.

— Eles pisaram diversas vezes o alçapão. Você não ouviu os coturnos?

— Ouvi.

— Uma ponta do tapete ficou dobrada. Saí muito às pressas e não arrumei direito. Pensei que se eles vissem o canto virado seria o fim. A dobra parecia pedir para que alguém a puxasse e visse o que tinha embaixo do tapete. É tão cruel pensar que a vida de uma pessoa depende de um tapete velho. Tive de controlar o impulso de ir ajeitar aquilo. Eu queria pisar e pisar e pular na ponta do tapete até que ela se grudasse no assoalho. Mas é claro que eu não podia fazer isso. Fiquei ali parada, tremendo como um coelho na chuva.

Falava sem parar e chorava ao mesmo tempo. Não conseguia controlar meus sentimentos, nem minhas lágrimas, nem minhas palavras.

— Que horror! Peço desculpas por ter feito você passar por isso — lamentou ele, fitando a chama da estufa.

— Imagine! Não disse isso para fazer você se sentir culpado. Não estou chorando por um motivo feio como esse. Pelo contrário. Eu quis escondê-lo porque tenho medo dos caçadores de memórias. Não sei por que estou chorando. Não consigo explicar. Mas também não consigo controlar.

Levantei o rosto do travesseiro e arrumei o cabelo que estava grudado na testa.

— Não precisa ficar tentando arrumar explicação para o que não tem. Você e o velho balseiro estão em um constante estado de tensão por minha causa. Aqui comigo, você não precisa ficar se justificando.

— Acho que todo esse choro é prova de que meu coração já está fraco demais, não tem mais salvação.

— Muito pelo contrário. O seu coração está se esforçando para reafirmar sua existência. A polícia secreta pode apagar muitas memórias, mas nunca conseguirá destruí-las completamente.

Olhei para R. Estava muito próximo de mim. Ele secou minhas lágrimas com o dedo. Os dedos dele estavam quentes. Ele me abraçou.

O silêncio da noite voltara. Dava a impressão que o som da campainha e dos coturnos, agora, não passava de uma ilusão distante. O único som que eu ouvia era o bater do coração dele.

Seu abraço era leve, como se estivesse envolvendo algo frágil. Depois de algum tempo, parei de chorar. As compras do mercado, a pancada na cabeça do peixe, as velinhas no bolo, a caixinha de música, a agenda incendiada, era como se tudo tivesse acontecido em um passado remoto. Apenas aquele abraço me parecia real, presente e eterno. *Será que o coração dele está cheio das memórias que eu perdi?* — pensei, enquanto encostava o rosto em seu peito. Se eu pudesse, queria tirar as memórias daquele coração e colocá-las diante de mim para observá-las uma a uma. As memórias de dentro do coração de R devem ser tão vivas que, ao tocá-las, meus dedos ficariam úmidos. Devem ser memórias que respiram. As minhas são fracas, sem vida, como pétalas murchas que o mar devora, ou cinzas que se acumulam no fundo do incinerador. Não há como comparar as minhas memórias com as dele.

Fechei os olhos. Meus cílios roçaram na lã do blusão de R.

— O vizinho do lado leste foi levado pela polícia — murmurei. — Eles estavam escondendo um jovem. Tinha o aspecto inocente. Nunca percebi nada que indicasse que havia um outro refugiado tão perto de nós.

— Para onde será que o levaram?

A voz dele se perdia em meus cabelos.

— Eu também gostaria de saber. Fiquei espiando os caminhões se afastarem até as lanternas traseiras sumirem na escuridão. Não me importei de estar sem casaco, sem luvas, nem com a neve que me caía no rosto; fiquei olhando fixamente. Achei que, mantendo o olhar, chegaria um momento em que eu descobriria o paradeiro de minhas memórias.

Ele pôs as mãos nos meus ombros e olhou para o ínfimo espaço que nos separava.

Esperei, esperei, e nada foi revelado.

Quis dizer alguma coisa, mas ele me calou com seus lábios.

# Dezoito

Quanto tempo faz desde que fui encerrada na torre do relógio? Perdi a conta dos dias.

Claro que, como aqui há um enorme relógio, sempre dá para saber que horas são. O sino toca duas vezes ao dia, às onze da manhã e às cinco da tarde. No início, eu fazia com a unha uma marquinha por dia na perna da cadeira, mas a cadeira estava toda riscada quando comecei esse procedimento, e não consigo mais diferenciar o que são as marcas que eu fiz das que já estavam lá.

Independentemente do dia da semana ou do mês, as horas se sucedem com regularidade e indiferença. Talvez isso baste para mim, prisioneira da torre, cercada por um sem-número de cadáveres. As datas de nada me servem.

No início, achava que o local só guardasse o mecanismo do relógio e as máquinas de escrever. Com o tempo, comecei a enxergar mais detalhes do recinto.

Do lado oeste, há um ponto em que a pilha de máquinas é muito mais baixa. Há também uma porta na parede, que leva a um banheiro simples, com pia e vaso sanitário. Acima da pia, uma pequena janela. De vez em quando, subo na pia, abro a janela e olho lá para fora. Dá para ver incontáveis telhados de casas, hortas, um riacho, parques. A torre do relógio é a construção mais alta da cidade. Não há nada acima de onde eu estou — apenas o céu. É bom ficar ali um pouco e respirar o ar de fora. Mas a pia não foi feita para suportar o meu peso. O rejunte começou a rachar e surgiu um vazamento.

Outra descoberta foi o conteúdo da gaveta da mesa. Não que a gaveta encerre maravilhas, como uma marreta para quebrar a tranca da porta. Ela contém um quebra-cabeça feito de arame, percevejos, um bálsamo mentolado, uma lata de chocolate vazia, um maço de cigarros, palitos de dente, uma concha, dedeiras de borracha, um termômetro, um estojo para óculos e... acho que só. Bem, melhor que não ter nada. Os objetos são uma distração.

Passo horas tentando imaginar que trajetória cada uma daquelas coisas fez até chegar ali. Antigamente, quando o relógio não era automático, vivia nesta sala um zelador. Imagino que seu trabalho era dar corda na máquina, lubrificar as engrenagens, tocar o sino na hora marcada. Quando não estava cuidando do relógio, ajudava com os afazeres da igreja. Imagino um velhinho sem parentes, calado e sério. Suponho que os cigarros e o estojo de óculos tenham sido dele. A carteira ainda tem alguns cigarros, mas já perderam todo o aroma. A embalagem apresenta um desenho antiquado. O estojo é de pano. O velhinho deve ter morrido aqui.

Ou então brinco com o quebra-cabeça. Fico um bom tempo sem pensar em nada, apenas mexendo no arame prateado. Sinto-me melhor psicologicamente quando uso a ponta dos dedos. Ao me lembrar da angústia que senti quando me tiraram a máquina de escrever, sinto-me grata pela existência do quebra-cabeça. No entanto, de tanto fazer e refazer o trajeto do arame, agora já sei de cor a ordem dos movimentos, e cada vez que refaço o jogo levo menos tempo para resolver o enigma.

O bálsamo mentolado também é útil. Passo nas têmporas, debaixo do nariz, na nuca. O aroma penetrante me anima um pouco. Não que eu fique mais agitada; ao sentir o cheiro do mentol, é como se uma parte da minha alma fosse polida até clarear, ou como se um vento gelado me atravessasse internamente. A sensação dura mais ou menos dez minutos. Já usei metade da embalagem, então agora passei a poupá-lo.

Minha impressão da sala em que estou mudou quando ele trouxe uma cama para cá. Um sofá-cama, na verdade. Deve ter sido difícil carregá-lo pela escada estreita e cheia de curvas. No dia em que trouxe o móvel, ao abrir a porta, a primeira coisa que vi foi a parte de baixo e os pés metálicos com a tinta descascando. Ele vinha atrás, escondido pelo que carregava. Largou o móvel no chão. Ofegante, tinha as mãos vermelhas e a testa estava coberta de suor. Como quase nunca o via cansado, fiquei um pouco confusa. Tudo nele é muito contido: a roupa, o corte de cabelo, o jeito como se move, como fala. Ele decerto não previra que fosse transpirar.

Ainda assim, para ele valeu a pena trazer a cama até ali. Naquela cama, ele faz o que bem entende comigo.

É claro que o pavor que eu sinto ao ouvir o sino aqui em cima é muito maior em relação àquele que eu sentia lá embaixo. O sino está aqui do meu lado. Quando se aproximam as onze da manhã ou as cinco da tarde, eu me encolho num canto e escondo o rosto nos joelhos. Fecho os olhos e prendo a respiração, na esperança de que isso bloqueie o som. No entanto, quando o ponteiro do relógio chega à hora marcada, ouve-se um clique e o carrilhão dispara, gerando tal estardalhaço que minhas modestas tentativas de proteção se revelam totalmente vãs.

O som do sino sobe até o teto, choca-se contra as paredes, estremece o assoalho e, por um bom tempo, soterra com sua potência todo o recinto fechado, sem ter por onde sair. Cobre fisicamente todo o meu corpo, como uma onda do mar. Tento me livrar da sensação balançando o corpo, mas de nada adianta.

No primeiro dia do meu cárcere, quando deu cinco horas, tive uma alucinação de que o som ensurdecedor dos sinos eram os gritos desesperados de todas as vozes presas nas máquinas. Afinal, se todas as teclas de todas aquelas máquinas fossem batidas de uma vez só, a cacofonia não perderia em nada para o ataque sonoro dos sinos.

Já não sei mais qual das máquinas é a minha. No início, conseguia identificá-la porque, sendo mais nova que as outras, a alavanca cromada ainda brilhava e a capa estava sem manchas. Com o tempo, foi ficando coberta de poeira, desbotou e tornou-se indistinguível de muitas outras do mesmo modelo. Deve ter afundado nas ferragens.

Será que é verdade o que ele disse? Será que cada uma dessas máquinas encerra a voz de uma pessoa? As vozes, como os corpos, envelhecem, ficam fracas e morrem. As vozes da base da pilha, esmagadas pelo peso das de cima, jazem ali asfixiadas e ressequidas.

Quando me dei conta de que não me lembrava mais de como minha voz tinha sido um dia, fiquei um tanto desconcertada. Vivi muito mais tempo com voz do que sem, e não me conformava de ter esquecido tão rápido.

Talvez fosse infundada minha crença, baseada no senso comum, de que ela me pertencia por direito, dada a facilidade com que minha voz me foi arrancada. Afinal, se alguém pegasse meu corpo e o esquartejasse, misturando em seguida minhas partes com as de outros, não seria tão simples identificar, na miscelânea, a minha córnea esquerda. É a mesma coisa. Minha voz, neste momento, está enroscada, muda, em uma engrenagem interna da máquina.

    Ele faz de mim o que quer. Literalmente.
    Ele me traz as refeições, que ele mesmo prepara na copa que fica atrás da sala de aula do curso de datilografia. Nunca é nada muito elaborado, mas são sempre refeições nutritivas. Em geral são comidas moles, como carne de panela, gratin, ensopados.
    Ele larga o prato na minha frente e, do outro lado da mesa, fica me observando comer, com o queixo apoiado na mão. Nunca come nada. Só eu como.
    Até hoje não me acostumei com essas refeições. Não tem música, não tem risos, não tem conversas. É mentalmente cansativo engolir a comida sob o olhar fixo dele. Não dá vontade de comer. Sempre imagino que a comida emperra na altura das costelas e chega com dificuldade até o estômago. Lá pela metade, já estou cheia, mas sempre me forço a limpar o prato. Tenho medo de que ele faça alguma coisa com a comida que sobrar.
    — Tem molho nos seus lábios.
    De vez em quando, ele me faz advertências. Eu passo a ponta da língua nos lábios.
    — Mais para a direita. Mais para cima.
    No final, lambo toda a boca sob suas instruções.
    — Pode continuar a comer.

Ele se move como um garçom de restaurante chique. Eu corto o pão, como vagarosamente a carne ensopada, tomo a água e, entre uma coisa e outra, ergo o olhar para ver o que ele está fazendo.

De noite, ele tira a minha roupa, põe-me de pé sob a lâmpada e lava todo o meu corpo com água quente. A água chega muito quente, fumegando; mas ele leva tanto tempo para me limpar, devagar, detalhadamente, que a água acaba esfriando. Como quando poliu o cronômetro.

Nunca tinha me dado conta de que o corpo humano era composto de tantas partes diferentes. É espantoso. A limpeza do meu corpo parece que não vai acabar nunca. Pálpebras, raiz dos cabelos, parte de trás das orelhas, ombros, axilas, mamilos, barriga, quadris, coxas, batatas das pernas, pontas dos dedos... ele não deixa nada de fora. Não se cansa, não fica suado. Toca todo o meu corpo sem mexer um músculo do rosto.

Depois do banho, ele me manda vestir alguma coisa que ele escolheu. São roupas estranhas que não estão à venda em nenhuma loja. Nem sei se podem ser chamadas de roupas.

São vestes produzidas com materiais pouco convencionais: vinil, papel, metal, folhas de árvore, cascas de frutas. Precisam ser manuseadas com muita delicadeza, pois podem se desfazer ou machucar a pele.

Um dia ele me disse que é ele mesmo quem faz essas roupas. Primeiro, esboça-as em uma folha, cria os moldes em papel, vai buscar os materiais nos mais diversos lugares. Enquanto ele me contava tudo isso, senti algo inexplicável, irracional: pensei que as pontas daqueles dedos que fazem roupas são muito bonitas. A imagem dele passando a linha no buraco da agulha, cortando as cascas de frutas, deve ser tão atraente como a dele batendo à máquina.

Ele observa, satisfeito, a minha dificuldade para vestir aquelas roupas. Preciso encolher os ombros, dobrar as pernas, sacudir o quadril para entrar nelas. A luz do teto se reflete no balde onde a água esfria. Pela manhã, as roupas amarrotadas e rasgadas parecem trapos imundos largados no chão.

A rotina diária de conviver com ele nesse lugar em que minha voz não existe me deixa psicologicamente exausta. Mais do que estar presa naquele ambiente, o que mais me faz sentir aprisionada é a minha falta de voz. Ele tem razão quando afirma que ter a voz roubada é como ter o corpo desintegrado.

Às vezes ele me olha com frieza e pergunta:

— Você quer falar?

Faço que não com a cabeça, pois sei muito bem que de nada adiantaria contar a verdade. Mentir é um exercício que me acalma.

Sinto cada vez mais que meu corpo está se separando do meu coração. Meu pescoço, meus braços, meus mamilos, meu torso, minhas pernas, flutuam em algum lugar inalcançável. Quando ele faz o que quer de meu corpo, sinto como se estivesse observando de longe. Isso também se deve à perda de voz. A voz é o elemento que une o corpo e o coração. Quando isso me foi tirado, foi como se eu tivesse perdido as sensações e a vontade, pois já não tinha mais palavras para expressá-las. Estou me desfazendo em minhas partes.

Será que é possível fugir daqui? Penso muito nisso. Quando ele for abrir a porta, posso empurrá-lo com força e sair correndo. Jogar uma máquina no chão para alertar os alunos. Desmanchar uma máquina e jogar as partes pela janela. Todos são planos irrealizáveis. E se um dia eu conseguisse sair daqui, será que seria capaz de reconstruir o meu eu desconexo?

Enquanto ele dá aula, fico olhando para fora pelo visor do relógio. A pracinha da igreja é bem cuidada. Sempre há flores e muita gente ali. As pessoas sentam-se à sombra nos bancos para conversar ou ler um livro. As crianças jogam badminton. Os alunos do curso de datilografia passam com suas bicicletas. De vez em quando, alguém olha para cima para ver que horas são, mas nunca ninguém nota a minha presença.

Tento escutar o que estão dizendo, mas é impossível. No início, achei que fosse por causa da distância. Até me dar conta de que eu simplesmente não entendia mais o que as pessoas diziam.

Um dia, ele estava lá embaixo na pracinha, conversando com os alunos. Ele é tão elegante visto assim de longe! Tem um jeito intelectual, uma sofisticação... Os alunos se mostravam todos muito animados, reunidos à sua volta. Se soubessem a transformação que ocorre quando ele sobe para a sala do relógio...

— Não interessa se é difícil ou não, não pode olhar para o teclado. A única maneira de progredir é parando de olhar. Devem-se buscar as teclas com os dedos, não com os olhos.

Ele falava de datilografia. Eu conseguia entender cada palavra que ele dizia. Suas frases subiam com o vento, atravessavam o visor do relógio e vinham direto para os meus ouvidos. Uma moça com brincos balouçantes e cabelo curto respondeu-lhe alguma coisa.

— ... ... ...

Eu conseguia escutar a voz da aluna, mas não o que ela dizia. As frases dela subiam com o vento, atravessavam o visor do relógio e se perdiam no vazio.

— Experimente fechar os olhos e reconhecer com o tato as teclas da máquina. A posição das teclas. Onde fica a alavanca. A forma e o tamanho do rolo. Descubra o contorno das coisas com as pontas dos dedos.

Era exatamente o mesmo discurso de quando o conheci. Eu entendia tudo o que ele dizia, palavra por palavra, claramente.

— ... ... ...

— ... ... ...

— ... ... ...

Três alunas falaram alguma coisa. Não entendi uma palavra sequer.

— A partir de agora, se olharem para o teclado, vou puni-las!

— ... ... ...

De novo, não captei nada do que foi respondido.

— Entendido? Começa a valer a partir de amanhã!

As moças jogaram o corpo para trás e emitiram sons que não fui capaz de compreender. Eram lamúrias ou gargalhadas?

Foi então que me caiu a ficha. Eu não entendia mais o que as pessoas diziam, só o que ele falava. Quando as palavras não eram dele, tudo me reverberava como uma cacofonia de sons, instrumentos musicais desafinados, soando a esmo.

Aquilo provava que eu estava regredindo. O que não era necessário à minha existência encarcerada na torre estava, aos poucos, se atrofiando. Com o tempo, eu me tornaria um elemento perfeitamente adaptado ao habitat da casa de máquinas.

Senti que era tarde demais para fugir. Eu já me encontrava em um estágio avançado de degeneração. Se saísse deste recinto, eu me desmancharia em mil pedaços.

Ele era a única pessoa que podia me proteger da deterioração. Os dedos dele. Por isso todas as noites aguardo o momento em que ouvirei seus passos subindo as escadas da torre.

Desde a noite da caça às memórias, não botei mais os pés no recinto oculto. Trazia para R a comida, a água, como de hábito. Ele, lá embaixo, eu, de cima, trocávamos algumas palavras, conversas insignificantes, e ficava por isso mesmo. Tentava me convencer de que não tinha nada de mais se eu descesse a escada, mas acabava sempre fechando o alçapão sem o fazer.

Desde a batida policial, R foi mudando aos poucos. O riso ficou frágil. Deixava comida no prato. Naquela noite, como eu estava muito perturbada, ele não quis expressar os seus sentimentos, e a oportunidade fora perdida. A ferida que antes latejava agora havia inflamado. Antes de fechar o alçapão, eu segurava a pesada porta por um instante, na esperança de que ele se lembrasse de alguma coisa para dizer. Mas ele se virava para a escrivaninha, ou afundava na cama, e permanecia mudo. Tentava me convencer de que isso se devia à difícil situação em que se encontrava, mas, no fim, acabava achando que era porque ele não queria mais falar comigo.

Quando repassava os acontecimentos daquela noite em minha cabeça, cada vez mais tudo me parecia irreal. As comidas que preparara, o bolo, as panelas empilhadas na pia, o presente, o vinho, os coturnos, a agenda queimada, a ponta virada do tapete, os três vultos dos vizinhos, a lona dos caminhões, as lágrimas... eu não conseguia mais acreditar que todos aqueles acontecimentos se deram numa noite. A única forma de sobreviver àquilo era uma noite com ele. Eu dizia a mim mesma que nós dois havíamos nos refugiado no único lugar que nos restava.

Afastei o manuscrito do dia e puxei o dicionário. Peguei o funil e o levei ao ouvido. De início, não ouvi nada. Redobrei a atenção e consegui captar alguns dos discretos sons do esconderijo.

Escutei o som de água sendo despejada. R tossindo. O som do pano entrando em atrito com a pele. O ruído do exaustor. Mudei o funil de posição.

Ele estava se lavando. Mais cedo, eu levara-lhe a água quente, a tina, o plástico para estender no chão, a toalha. Ele comentou:

— Tinha até esquecido que hoje era dia de banho.

— Coitado, isso não é banho que se apresente a um hóspede. Peço desculpas.

— Não diga isso. Eu tenho de agradecer que, mesmo sem calendário, você continue se lembrando do dia do banho.

O som da água ia e vinha, como um sussurro. Nunca o vi tomar banho, é claro, mas escutando pelo funil conseguia imaginar seus movimentos.

Primeiro, ele estende o plástico no chão, para não molhar o assoalho. Tira a roupa e a deixa em cima da cama. Senta-se nu sobre o plástico. Enquanto a água não esfria, molha a toalha, torce, esfrega o pescoço, os ombros, o peito. Molha de novo a toalha e torce. A sua pele, que há tanto tempo não vê o sol, é muito pálida e frágil. Áspera, a toalha deixa marcas vermelhas em seu corpo. Ele move as mãos em silêncio, sem mexer um músculo do rosto. O plástico respingado reluz.

Eu conhecia o contorno de seu corpo. Era capaz de visualizar o movimento dos músculos, o ângulo das articulações, o desenho das veias sob a pele. O som do funil era muito fraco e distante, mas o tímpano se conectava à memória e recriava vividamente a sensação de tocar sua pele.

Pela fresta da cortina, enxergavam-se as estrelas. Era algo raro. A cidade continuava coberta de neve e, à noite, se tingia de escuridão. Às vezes o vento chacoalhava a janela. Arrumei a mangueira de borracha. O funil se aquecera com o calor da minha orelha. O manuscrito, empilhado cuidadosamente, repousava sob o peso de papel. Pensei que aquele era meu único pretexto para descer até o recinto oculto.

Ouvia-se, bem ao longe, o som da água sendo despejada na tina.

## Dezenove

Algumas semanas se passaram desde a festa de aniversário do velho balseiro. Nesse meio-tempo, aconteceram alguns incidentes, mas nada comparável em gravidade à batida dos caçadores de memórias.

O primeiro incidente ocorreu quando eu estava fazendo minha caminhada ao entardecer e encontrei, na beira do caminho, uma agricultora velhinha sentada em uma lona no chão vendendo verduras. Não tinha muita variedade, mas como estava mais barato do que no mercado, levei contente tudo o que consegui botar na sacola: um repolho, brotos de feijão e pimentões. Quando fui pagar, a velhinha de repente aproximou o rosto do meu e sussurrou:

— Você conhece algum esconderijo?

Levei um susto tão grande que quase derrubei o troco.

— Ãhn?

— É que eu estou procurando alguém que me ajude a fugir…

Ela falou sem me olhar no rosto, arrumando o dinheiro na pochete. *Mas será que… não, ela disse isso, mesmo. Eu acho que não entendi mal.* Olhei em torno e não havia ninguém por perto, só umas crianças brincando na pracinha.

— A senhora está sendo perseguida pela polícia secreta? — indaguei, como quem conversa insignificâncias com o vendedor depois de comprar algo.

A velha ficou muda. Bem, razão ela tinha. Isso não era coisa a se perguntar.

Fiz uma reavaliação visual da velha. Parecia bem de saúde, mas usava roupas esfarrapadas. A calça, feita de um tecido de quimono reaproveitado, estava muito gasta. O xale de lã era cheio de bolinhas. Os tênis mostravam furos nas pontas. Ela tinha remelas nos olhos e as mãos estavam vermelhas e inchadas com frieiras. Depois de vasculhar a memória, concluí que nunca tinha visto aquele rosto antes.

*Mas a troco do que uma criatura que eu nunca vi na vida veio me pedir uma coisa dessas?* Fiquei confusa. Ela queria me denunciar para a polícia? Será que estava precisando tanto assim de dinheiro? Mas então ela podia ter me pedido ajuda em vez de me questionar sobre esconderijos. Ajudaria com prazer. Seria uma armação da polícia? Os caçadores de memórias podiam estar usando a velhinha como informante. Talvez imaginassem que, com essa aparência miserável, eu teria pena dela e falaria do esconderijo. Mas era improvável. Ninguém desconfiava do nosso recinto oculto. Nem a polícia secreta suspeitara de nada.

Imaginei diversas hipóteses. No entanto, o que eu acabei dizendo foi bem simples:

— Sinto não poder ajudar. — Trouxe a sacola com as verduras ao peito. A velha não disse mais nada. O rosto também nada transparecia. Pôs-se a arrumar as verduras à venda, enquanto as moedas chacoalhavam em sua pochete. — Peço desculpas — acrescentei, e fui embora rapidamente.

Mais tarde, ao me lembrar daquelas mãos cheias de frieiras, sentia muita pena da velhinha, mas pensava também que não havia o que eu pudesse ter feito de diferente naquela situação. Não podia agir sem pensar, pois isso poria R em risco. Ainda assim, preocupada com a velha, passei muitas vezes pelo lugar onde ela ficava vendendo suas verduras. Algumas vezes eu parava para comprar alguma coisa; outras, passava sem dizer nada. A velhinha nunca mais voltou a me perguntar sobre esconderijos. Seu rosto também não mostrava nenhuma reação quando me via. Era como se ela tivesse esquecido completamente que me fizera aquela pergunta tão inquietante.

Uma semana depois ela sumiu. Talvez não tivesse mais verduras para vender, ou apenas havia mudado de ponto; podia ser ainda que tivesse finalmente encontrado um esconderijo. Ou, quem sabe, ter sido levada pelos caçadores de memórias. Não havia meio de saber.

Outro incidente fora da rotina foi a noite em que o ex-chapeleiro e sua esposa dormiram na minha casa. Eles estavam pintando as paredes e pediram para ficar comigo até o cheiro sair.

Claro que tomei a precaução de instalá-los no quarto de tatame do térreo, pois ficava longe do recinto oculto. R e eu ficamos muito estressados com a presença deles na casa, mas recusar hospedá-los com alguma desculpa poderia levantar suspeitas.

— A tinta leva um ou dois dias para secar. Com esse frio, não podemos nem dormir de janela aberta. Peço desculpas pelo incômodo.

Tentei sorrir e parecer amigável.

— Imagine, não é incômodo nenhum. Tenho mais de um quarto sem uso na casa.

No dia em que eles viriam para cá, acordei bem cedo e levei um abastecimento de chá e sanduíches para o esconderijo.

— Hoje as suas três refeições serão sanduíches. Sinto muito.

R assentiu com a cabeça. Acho que ele também estava tenso com a situação.

— Tome cuidado para não fazer barulho ao caminhar. Também não dê descarga.

Eu já tinha repetido aquelas recomendações diversas vezes. Fechei o alçapão com cuidado. Não voltaria a abri-lo até o dia seguinte.

O ex-chapeleiro e a mulher eram pessoas simples e corretas. Não ficaram bisbilhotando as coisas da casa, não disseram nada inconveniente, nem fizeram perguntas indiscretas. A mulher passou o dia no quarto de tatame, tricotando. O ex-chapeleiro foi trabalhar e, quando voltou, nós três jantamos juntos e depois ficamos na sala conversando e assistindo tevê. Um pouco depois das nove horas, eles já estavam deitados no futon.

Todo esse tempo passei angustiada, pensando no andar de cima. Cada vez que ouvia um ruído, ainda que não tivesse nada a ver com R, eu me apavorava. A cada eco distante da ressaca marinha, cada carro que buzinava, cada vez que o vento uivava, eu tentava descobrir na expressão de meus hóspedes se eles desconfiavam de alguma coisa. Se desconfiaram, não deixaram transparecer. Afinal, ninguém poderia imaginar que, num espaço entre um andar e outro, havia uma pessoa escondida. Eu mesma às vezes pensava se não era uma ilusão da minha cabeça, e se aquele lugar não existia apenas em meus sonhos.

No dia seguinte, com a tinta já seca, os dois voltaram para casa. Em agradecimento pela acolhida, eles me deram um quilo de farinha, uma lata de sardinhas e um belo guarda-chuva que o ex-chapeleiro havia feito.

Outro incidente — seria um incidente? — foi que acabei ficando com o cachorro do vizinho detido. No dia seguinte ao da caça às memórias, a polícia secreta chegou de caminhão e levou todos os móveis e pertences da família. Por algum motivo, o cachorro ficou para trás. Ainda esperei uns dias, dando comida e leite para o bicho por debaixo da cerca, mas, como ninguém veio buscá-lo, comuniquei à prefeitura que eu me responsabilizaria por ele.

Com a ajuda do velho, trouxe a casinha dele para o meu lado da cerca e instalei um poste para prender a corrente. Também peguei os pratos de alumínio em que lhe davam comida, que encontrei atirados na neve do pátio. Na casinha, estava escrito "Don" com caneta hidrocor, então decidi continuar chamando-o por esse nome. Não sabia se Don era em homenagem a Juan ou a Quixote, mas o bicho era quieto e manso. Logo se acostumou comigo e com o velho balseiro. Era um vira-lata com pintinhas marrons. Tinha uma pequena cicatriz na ponta da orelha esquerda. Apesar de ser um cachorro, a sua comida preferida era peixe branco. Tinha mania de lamber os elos da corrente.

Ganhei a tarefa de passear com ele todos os dias, o que fazia por volta da hora do almoço, quando o sol está mais forte. Como de noite faz muito frio, fiz com um cobertor velho uma cama para ele no hall de entrada da casa. Cuidar do cachorro consolava-me um pouco da tristeza de não ter podido ajudar a família que o criou, nem a família Inui, nem o gato Mizore.

Algumas semanas se passaram sem que nada de ruim acontecesse. Então ocorreu um sumiço. Achei que já estivesse acostumada com o fato de as coisas desaparecerem de uma hora para outra, mas dessa vez foi mais difícil. Sumiram os romances.

Como sempre ocorre quando há sumiço, acorda-se sabendo que algo sumiu, mas só se descobre o que com o avançar do dia. De manhã, fui ao centro e não vi nada de diferente.

Quando estava chegando em casa, encontrei o ex-chapeleiro, que me disse:

— Eu não vou passar dificuldade, já que não tenho nenhum romance em casa. Mas para você, sem dúvida, deve estar sendo muito difícil. Se precisar de ajuda, me avise. Eu sei que livro é uma coisa pesada de carregar...

— Ah, muito obrigada — foi só o que consegui dizer.

É claro que R ficou furioso com o sumiço dos romances.

— Traga todos os livros da casa para cá. Traga também seus manuscritos — orientou.

— Não dá! Vai encher esta sala. Você não vai ter lugar para ficar.

— Eu me arranjo em algum canto. Traga os livros para cá. Ninguém vai pensar em buscá-los aqui.

— Mas de que vai servir esconder um monte de livros?

Ele suspirou e segurou as têmporas. Isso sempre acontecia quando falávamos das coisas que sumiram. Por mais que me esforçasse, eu não conseguia entender o lado dele, e ele não conseguia entender o meu. Não havia quase nada em que concordássemos com relação a esse tópico. Quanto mais discutíamos, mais triste eu ficava.

— Você não é romancista? Você sabe muito bem que a questão não é se os romances são úteis ou não.

— É verdade. Ao menos até ontem era. Mas agora já não tem mais sentido. Meu coração perdeu ainda mais sua força.

Falei com cuidado, como quem tem medo de quebrar um objeto frágil. Olhei nos olhos dele e completei:

— Para mim, é muito doloroso perder os romances. Eles são o elo que me liga a você. Esse elo vai se desfazer.

— Você não pode queimar seus manuscritos. Precisa continuar a escrever o seu romance. Assim, nosso elo não será desfeito.

— Não tenho como fazer isso. Os romances já sumiram. Mesmo que eu guardasse todos os meus livros, que eu não destruísse meus manuscritos, eles agora são apenas caixas vazias. Não há nada dentro deles. Estão ocos. Posso passar horas olhando para as páginas escritas, tentando escutar o que elas dizem, posso cheirar o papel, tudo isso já não me comunica mais nada. Também não sei mais o que escrever.

— Não precisa se apressar. Você vai relembrar aos poucos. Vai relembrar de onde em você saíam as histórias, as palavras. Você vai recordar o caminho.

— Acho muito difícil. Só nesse tempo em que estamos aqui conversando, já não consigo mais pronunciar direito a palavra "romance". Isso é prova de que estou absorvendo o sumiço. Daqui a pouco já não vou me lembrar de mais nada. É impossível relembrar.

Baixei a cabeça e passei os dedos pelos cabelos. Ele se agachou para encontrar meus olhos e pôs as mãos nos meus joelhos.

— Vai dar tudo certo. Você acha que perdeu a memória, mas, na verdade, não perdeu. Ela apenas está submersa em águas profundas que a luz não alcança. Se você mergulhar lá no fundo, vai tocar em algo. Traga esse algo de volta à luz. Eu não suporto mais o seu coração enfraquecendo a cada dia.

Ele pegou a minha mão e aqueceu os meus dedos.

— Você acha que, se eu continuar a escrever romances, vou conseguir proteger meu coração?

— Tenho certeza que sim.

Ele assentiu com a cabeça. Eu senti o seu hálito quente em meus dedos.

Ao entardecer, o sumiço entrou em ritmo acelerado. A biblioteca foi incendiada, e as pessoas levaram seus livros para serem queimados em parques, campos, terrenos baldios. A ilha ficou coberta de fumaça e o céu se tingiu de cinza. A neve se encardiu de fuligem.

No fim, decidi escolher uns dez livros da estante, que levei junto com meus manuscritos ao recinto oculto. O resto dos livros o velho balseiro me ajudou a colocar num carrinho de transporte, e partimos atrás de algum lugar para queimá-los. Não era fisicamente possível esconder todos os livros, e, pelo fato de eu ser romancista, as pessoas desconfiariam se eu não fosse vista queimando-os.

Foi difícil escolher quais salvar. Cada livro que eu pegava já não me dizia mais nada: eu esquecera o conteúdo das histórias. Mas também não devia hesitar: a qualquer momento, a polícia secreta poderia aparecer para fazer uma revista. No fim, escolhi aqueles que eu ganhara de presente de pessoas queridas e uns outros que tinham capas bonitas.

Às cinco e meia, quando o sol já estava se pondo, o velho e eu saímos puxando o carrinho.

Don se aproximou e roçou em nossas pernas, com cara de quem diz: "Vocês poderiam me levar junto, por favor?".

— Don, isso não é passeio! Estamos indo cumprir uma tarefa importante. Fique cuidando da casa, está bem?

Deixei o cachorro sentado no cobertor da entrada de casa.

Passei por gente com pesadas sacolas de papel. Outros carregavam os livros em um *furoshiki*.⁶ A rua tinha partes congeladas, outras com neve acumulada. Tivemos trabalho puxando a carga. Com o chacoalhar do carrinho, os livros logo amassaram e se rasgaram. Mas, como eles iam mesmo ser incinerados, não fazia muita diferença.

— Se você se cansar, avise. Mesmo no carrinho, a carga está pesada — disse o velho.

— Obrigada, mas estou bem.

Fomos pela rua do ônibus, passamos pelo mercado e continuamos em direção ao parque. Chegando lá, tudo parecia envolto em uma claridade e um calor sobrenaturais. No meio do parque, uma incandescente montanha de livros lançava fagulhas ao vasto céu. Havia muitas pessoas em torno da fogueira. Entre as árvores, viam-se também as silhuetas de policiais, que a tudo assistiam em silêncio. O velho, espantado, disse, como que falando consigo mesmo:

— Mas... que... espetáculo...

As chamas eram como um gigantesco ser vivo, ondulando mais altas que os postes de luz. Se ventava, as páginas tornadas cinzas voavam no ar. A neve do entorno havia derretido. As pessoas chapinhavam na água suja. Uma luz alaranjada tingia o escorregador, as gangorras, os bancos, o banheiro público. A lua e as estrelas haviam desaparecido, como que levadas para longe pela força das chamas. Apenas os cadáveres dos livros desaparecidos enchiam o céu de fuligem.

As pessoas, com seus rostos iluminados, assistiam mudas a esse espetáculo. Mesmo se alguma fagulha as atingia, elas permaneciam imóveis, acompanhando o austero funeral.

---

6. Técnica japonesa de enrolar objetos em trouxas de pano. [N.T.]

A pilha de livros era mais alta do que eu. Muitos ainda não haviam sido atingidos pelo fogo, mas já não dava para ler o título das capas. Mesmo que desse, eu sabia que de nada adiantaria tentar distinguir algum que eu conhecesse. Ainda assim, pensei que, se os olhasse até o momento de desaparecerem, talvez alguma coisa de suas páginas resistisse em minha memória.

Havia livros em caixas, livros encadernados em couro, livros grossos, livros pequenos, livros bonitinhos, livros de temáticas aparentemente complexas... havia todo tipo de livro. Empilhavam-se uns nos outros, esperando sua vez de queimar. De vez em quando, a montanha desmoronava com um gemido, as chamas mudavam de forma, e a potência do fogo aumentava.

De repente, uma mulher jovem se afastou da turba, subiu em um banco e começou a urrar. O velho e eu, assustados, trocamos olhares. Muitas pessoas, ao ouvirem os gritos, se viraram para trás.

Não consegui entender o que ela, desesperada, gritava, com sua voz distorcida. Estava muito agitada, sacudia as mãos, cuspia. Pela expressão deformada do rosto, era impossível saber se estava enfurecida ou chorando.

Vestia um casacão grosseiro e calças xadrez. Tinha uma longa trança e uma coisa estranha na cabeça. A coisa era feita de pano e estava presa em diagonal ao topo da cabeça. Cada vez que ela sacudia o corpo, eu ficava com medo de que a coisa estranha fosse cair.

— Ela enlouqueceu? — perguntei ao velho em voz baixa.

— Não sei. Parece que ela está pedindo para as pessoas apagarem o fogo.

— Por quê?

— Ela quer impedir o sumiço dos livros.

— Ah, então ela é um dos...
— Um daqueles que não conseguem esquecer. É de cortar o coração.

Os gritos da moça agora soavam como uivos de dor. Mas ninguém fez menção de apagar a fogueira. Alguns olhavam para ela com pena.

— Se ela não parar, a polícia vai vir atrás dela. Ela precisa fugir. Vou falar com ela.

O velho me segurou pelo braço e não me deixou ir.

— Tarde demais.

Três policiais que estavam sob uma árvore se aproximaram da jovem e a puxaram para baixo. Ela se agarrou ao banco e tentou resistir, mas em vão. A coisa esquisita da cabeça caiu no lodo do chão. Então seu urro ecoou com clareza:

— Vocês não vão conseguir apagar as histórias dos corações das pessoas! Nunca!

A polícia secreta a levou embora dali.

Com um suspiro, incapazes de assistir à cena trágica, as pessoas desviaram o olhar de volta para as chamas. Eu fiquei observando a coisa que ela deixara cair no chão. Parecia em pior estado do que quando se encontrava equilibrada na cabeça da dona. Estava murcha e suja de lama. As palavras que ela dissera ainda ecoavam em minha cabeça: "Vocês não vão conseguir apagar as histórias dos corações das pessoas!"

— Ah, lembrei. É um "chapéu" — eu disse, de repente. — Aquelas coisas que o vizinho da frente fazia. Isso já sumiu faz tempo. Acho que era de botar na cabeça, como ela fez. Não lembra?

O velho olhou para mim sem entender nada.

Nesse momento, alguém da multidão foi até o "chapéu", sacudiu a lama que estava grudada nele, e em silêncio lançou-o ao fogo. A coisa rodopiou no ar até um ponto inalcançável da fogueira e foi tragada pelas chamas.

— Bem, então vamos lá? — convidou o velho.

Estacionamos o carrinho perto do bebedouro e fomos trazendo todos os livros que conseguíamos carregar. Mas, ao nos dirigirmos ao fogo, o calor era tão grande e as fagulhas ameaçavam de tal maneira incendiar as roupas e os cabelos que eu não consegui chegar mais perto.

— É perigoso. Afaste-se. Deixe isso comigo.

— Não se preocupe. Seja como for, não dá para ir mais perto. Temos de lançar os livros daqui.

Peguei um livro verde-limão com desenhos de frutas na capa e o atirei ao fogo. Achei que tinha lançado com força suficiente, mas ele caiu na borda da fogueira, antes das chamas. O livro que o velho lançou chegou um pouco mais perto do alvo. As pessoas à nossa volta nos olharam de relance, mas mantiveram uma expressão neutra no rosto.

Fui jogando um livro atrás do outro. Já não olhava mais as capas nem folheava as páginas. Repetia mecanicamente o gesto de lançar as coisas na fogueira, como quem quer se livrar de uma obrigação. Ainda assim, a cada livro que eu arremessava, sentia uma pontada, como se as profundezas do vazio da minha memória estivessem aumentando pouco a pouco.

— Não sabia que livros queimavam tão bem — comentei.

— É que, mesmo pequenos, são um bloco compacto de papel... — respondeu o velho, sem parar de lançar livros.

— Ainda vai demorar para desaparecerem todas as palavras de todas as páginas...

— Não se preocupe. Amanhã, tudo já terá ido...

O velho tirou uma toalhinha do bolso e limpou o suor e a fuligem da testa.

Quando tínhamos nos livrado de metade dos livros, decidimos sair dali e fomos puxando o carrinho pela cidade. Estávamos muito cansados de ficar de pé perto das enormes chamas do parque. Resolvemos procurar fogueiras menores.

A cidade estava em silêncio. Sentia no ar a aspereza comum de um dia de sumiço, mas as pessoas, por algum motivo, estavam mais quietas do que de costume. Os únicos carros que vimos eram caminhões da polícia secreta. Havia muita gente na rua, mas ninguém parecia disposto a jogar conversa fora. Já o ruído de livros queimando se ouvia em toda parte.

Fomos andando sem rumo. O carrinho estava mais leve e mais fácil de puxar. Dobramos na direção norte na rua do trem, atravessamos o estacionamento da prefeitura e entramos numa zona residencial. Aqui e ali, o sumiço avançava nos terrenos baldios. Eram fogueiras menores do que a do parque, de um tamanho apropriado para se ficar observando as chamas e aquecendo a palma das mãos.

— Com licença, nós podemos queimar alguns livros aqui?

— Claro, tenham a bondade. Podem jogar quantos livros quiserem.

Fomos nos desfazendo de alguns livros em cada fogueira por que passávamos. Na maioria das vezes, éramos bem acolhidos. Outras, no entanto, pediam-nos para não descartar livros ali, pois se a chama aumentasse muito poderia pôr os prédios mais próximos em risco. Jogávamos os livros, puxávamos o carrinho, procurávamos a próxima fogueira. E assim seguíamos. Escureceu completamente, a noite avançou. Sempre pensei que quase não havia romances naquela ilha, mas a quantidade de fuligem no ar contava outra história.

Passamos pelo centro comunitário, pelo posto de gasolina, por uma fábrica de enlatados, pelo dormitório de uma empresa, e, no fim da rua, nos deparamos com o oceano. Atravessando a avenida beira-mar, havia gente queimando livros nas dunas. Não se distinguiam mais as ondas do breu infinito do céu. Restavam apenas alguns livros no carrinho.

Dali se enxergava a colina. Na faixa entre a base e o topo havia um violento incêndio.

— É a biblioteca! — murmurei.

— Acho que sim. — O velho levou a mão à testa e estreitou os olhos para enxergar melhor.

O caminho que sobe a colina é estreito, então pegamos nas mãos os poucos livros que sobravam e deixamos o carrinho para trás. Normalmente, a colina ficava tão escura à noite que ninguém se atrevia a subi-la, mas, nessa ocasião, a biblioteca em chamas aclarava o entorno quase como se fosse dia. No caminho, passamos pelo antigo roseiral. As roseiras secas e decapitadas apontavam para o céu em ângulos desencontrados. Por sobre o jardim, fagulhas voavam como pétalas.

A biblioteca fora completamente tragada pelas chamas. Era a primeira vez que eu via algo queimar com tanta perfeição e beleza. A potência daquela luz, daquele calor, daquelas cores, fez-me esquecer de todo o medo e toda a tristeza. As admoestações de R e os urros da moça do "chapéu" pareceram-me, diante daquele portento, meros ecos distantes.

Algumas das pessoas que observavam o incêndio estavam conversando.

— Não precisavam ter botado fogo no prédio...

— A única função de uma biblioteca é abrigar livros. Queimando tudo de uma vez só fica mais fácil.

— Depois, o que será desse lugar?

— Corre o boato de que vão aterrar esta parte aqui e o jardim do lado e fazer um prédio novo para a polícia secreta.

Subimos mais um pouco e chegamos ao antigo observatório de pássaros silvestres. Não havia vivalma. Quando passava por ali durante o dia, eu sempre achava triste o abandono do lugar, mas à noite o impacto era bem maior. Havia vidros quebrados, teias de aranha; os móveis estavam todos revirados. No chão, espalhados, sujos, inúteis, cobertores, canecas, porta-lápis, papel rasgado. Tomando cuidado para não tropeçar em nada, fomos até a parte do observatório onde antes meu pai ficava olhando os "pássaros" de binóculo. Ali, largamos os livros.

— Cuidado, pode haver cacos de vidro.

Assenti com a cabeça e me apoiei na lateral da janela.

Lá embaixo, ardia a biblioteca. Entre a torre e o incêndio, havia um matagal cerrado. Tinha-se a impressão de poder tocar o fogo, ou ainda de se estar diante de uma tela de cinema. Apenas as chamas se moviam na escuridão. Observávamos imóveis o incêndio, como se temêssemos perturbar a beleza daquela visão.

— Lembro-me de já ter ouvido a seguinte frase: "Pessoas que queimam livros, um dia queimarão pessoas."

O velho coçou a barba e indagou:

— Puxa… quem foi que disse isso?

— Não me lembro. Acho que alguém importante. O senhor acha que é isso o que nos aguarda?

— Não sei… Será? Perguntinha complicada… — O velho olhou para cima, piscou e comentou: — O que é que podemos fazer? É um sumiço. Não queimamos esses livros por capricho. Acho que a pessoa importante que disse isso deve sabê-lo muito bem. Acho que ela nos perdoaria se soubesse das circunstâncias. Não há razão para pensar que chegaremos ao extremo de queimar pessoas.

— Mas e se o próximo sumiço for um sumiço de gente?
O velho levou um susto. Começou de novo a piscar.
— Mas você, hein? Sempre inventando uma complicação. Gente não tem nada a ver com sumiço. Basta esperar, que um dia morre. Não precisa fazer nada. Basta confiar no destino.
Aliviado por ter conseguido responder à minha pergunta complicada, o velho abriu a tranca da janela quebrada.

A biblioteca seguia em chamas. Peguei um livro do chão e joguei lá embaixo. Ele abriu-se em dois, passou por cima do matagal e caiu em cheio nas chamas. Mais que uma queda, era como se ele tivesse realizado uma dança no ar.
Em seguida, o velho jogou outro livro. Era um exemplar fininho, que dançou e brilhou mais graciosamente em sua queda.
Fomos lançando-os um a um.
A direção do vento mudou, e o calor das chamas chegou até o alto da torre. Tínhamos os pés gelados e o rosto que ardia.
— Quando a balsa sumiu, como o senhor se sentiu?
— Ah, faz tanto tempo! Não lembro mais.
— Preocupou-se quanto ao que faria da sua vida?
Peguei um livro grosso, com capa de papel pardo. O velho olhou lá para baixo e respondeu:
— Acho que sim. Perder o emprego é um choque, mas não se preocupe. Quando você menos esperar, alguma coisa aparece. Vai arrumar um emprego novo e até esquecer o que fazia antes.
— Acho que vou continuar a escrever romances em segredo.
O velho virou-se rápido, assustado. Joguei o livro grosso com toda força. O papel pardo fez um som de soluços ao cair.

— Você ainda consegue escrever?

— Não sei. R fica dizendo que eu tenho de escrever, que não posso parar, que se eu parar meu coração vai sumir...

— Ele falou isso? — O velho ficou com o rosto cheio de rugas, preocupado. Em seguida, comentou: — Sabe que todos os dias ouço a caixa de música, como R sugeriu que eu fizesse, e até hoje não senti nada de diferente? Não me voltou memória nenhuma, nem meu coração ficou mais alegre. Continuo achando que a caixinha faz um barulho esquisito.

— Eu acho que não adianta nada. Mas, por via das dúvidas, escondi todos os meus manuscritos. Não faz sentido nenhum continuar a escrever uma coisa que sumiu. Além disso, é perigoso. Porém não quero decepcioná-lo. Os pedaços ocos do meu coração não me causam angústia nem dor, mas é difícil para mim ver a tristeza em seu rosto.

— Eu também não desisti de ouvir a caixinha. Sou grato pelo presente de aniversário.

O velho tirou um pouco da fuligem que estava grudada em meu cabelo. Depois disse:

— Não vá fazer nada de perigoso, hein? Se precisar de ajuda, é só pedir.

— Obrigada.

O último volume voou colina abaixo. O contorno da biblioteca, aos poucos, começou a desmoronar. Às vezes, com grande estrondo, caía uma parede ou um pedaço do telhado. O balcão de atendimento e as cadeiras da sala de leitura ainda ardiam.

Fiquei observando o livro derradeiro desenhar no espaço uma curva, de folhas abertas, e voar até as chamas. De repente, lembrei-me de meu pai, sentado ali naquele lugar onde eu estava, mostrando-me alguma coisa através do binóculo. Respirei fundo. No mais recôndito do pântano do meu coração, senti uma pontada como uma fagulha.

— Um "pássaro".

Eu me lembrei de que os pássaros também abriam as asas como aquele livro, e voavam para longe. No entanto, em seguida essa lembrança também pegou fogo, ardeu por um instante e desapareceu na escuridão.

# Vinte

Como o velho havia previsto, logo encontrei trabalho. O líder da associação de bairro me apresentou a um conhecido dele que tinha uma firma de venda em atacado.

— É uma empresa pequena. Eles vendem temperos. O dono é honesto e sério. Ele está precisando de uma datilógrafa.

— Datilógrafa?

— Não lhe agrada o emprego?

— Não é isso. É que desde o ensino médio nunca mais pratiquei bater à máquina… Tenho receio de não dar conta.

A palavra "datilógrafa" ficou ecoando na minha cabeça. Por que será? Será que tinha algum significado especial para mim?

— Ah, isso não tem problema. Você vai aprendendo no emprego. Ele mesmo disse isso. No início, você teria de fazer outros pequenos serviços também.

— Ah, que bom! Muito obrigada. Peço desculpas por estar sempre incomodando e dando trabalho.

Enquanto me curvava e agradecia, notei que a palavra "datilógrafa" continuava lá, dando voltas na minha cabeça. Tentei forçar a minha memória já tão debilitada, mas não me ocorreu nenhuma explicação.

— Imagine! Eu só servi de intermediário. Precisamos nos ajudar uns aos outros quando há um sumiço...

O líder da associação do bairro sorriu, satisfeito.

E foi assim que me tornei funcionária da empresa de venda de temperos por atacado. Nossa rotina teve de ser mudada. Eu acordava cedo, preparava a comida, a água quente e os demais artigos de necessidade de que R precisaria para se virar durante o dia. Então levava tudo até o esconderijo. Chegando do serviço, ia direto verificar se R não precisava de mais nada, levava Don para passear, voltava para casa, preparava o jantar. No início, sentia uma angústia insuportável ao ficar quase dez horas fora. Sempre imaginava que alguma coisa terrível pudesse acontecer, como a casa pegar fogo, ou ser invadida por ladrões, ou pela polícia secreta, ou outro acidente grave. Minha rotina ficou bem mais pesada. Tinha de ir trabalhar todos os dias no mesmo horário, cuidar de R e do cachorro, fazer comida e limpar a casa. As visitas ao velho balseiro rarearam. Mas fora isso, tudo ia bem.

A firma era pequena e tinha uma atmosfera doméstica. Eu cuidava da limpeza, atendia ao telefone e organizava documentos simples. Consegui emprestado um livro de exercícios e uma máquina de escrever, e praticava em casa. Era a primeira vez na vida que eu trabalhava fora, mas achava que podia dar conta. Uma coisa que me incomodava era que, dependendo da direção do vento, o cheiro forte dos temperos guardados no depósito dos fundos invadia todo o prédio da empresa. Era um cheiro amargo de ervas medicinais misturado a um fedor de frutas estragadas que empestava o ar e demorava a ir embora.

Mas trabalhar ali tinha suas vantagens. Eu ganhava muitos presentes dos clientes — em geral, comida: salsichas, queijo, carne enlatada... coisas que quase não se encontravam mais para comprar. Eu dividia, contente, essas iguarias com R e o velho balseiro.

Quando peguei o manuscrito do romance que estava escrevendo antes do sumiço para reler, entendi por que a palavra "datilógrafa" me incomodava tanto. A bem da verdade, não "reli" o manuscrito. Aquilo não era "ler". Eu era capaz de pronunciar todas as palavras que estavam escritas, mas elas não formavam um todo coerente, uma história, na minha cabeça. Os caracteres escritos no papel quadriculado não me comunicavam emoção, nem atmosfera, nem drama.

Enquanto lia, notei que a palavra "datilógrafa" aparecia diversas vezes. Então consegui lembrar que estava escrevendo um romance sobre uma datilógrafa. Mas nem por isso era fácil continuar trabalhando na história, como R queria que eu fizesse.

Nas noites de quarta e sexta-feira, sentava-me à escrivaninha. Levantava o peso para papel e lia folha por folha, com muita atenção. Mas a coisa nunca avançava muito. Lia uma mesma frase diversas vezes, ou ficava um bom tempo encarando uma única palavra, ou ainda experimentava acelerar o ritmo da leitura, mas nada disso surtia efeito. Quando chegava lá pela quinta ou sexta página, tinha perdido toda a motivação. Folheava o manuscrito, voltava até um lugar no texto onde houvesse uma pausa e reiniciava a leitura dali; mas isso também de nada servia. No final, estava tão cansada que só de olhar os quadradinhos no papel já sentia vertigem.

Bem, se não dá para ler, talvez dê para escrever, eu pensava; então pegava uma folha em branco. Como aquecimento, começava a escrever os hiraganas pela ordem que aprendemos na escola. Primeiro, as vogais: あ, い, う, え, お. Depois a linha do K: か, き, く, け, こ. Ainda que aqueles caracteres não formassem palavras, achava que estava me aproximando aos poucos do objetivo que R traçara para mim, e sentia uma pequena satisfação. Então apagava as linhas de "exercícios" e me preparava para escrever alguma frase. No entanto, sentia os dedos dormentes e não me ocorria nada de interessante que pudesse escrever.

O que será que eu escrevia antes do sumiço? Tentava me lembrar do que eu ficava fazendo por horas a fio ali sentada. A máquina de escrever, estacionada num canto da escrivaninha, parecia me observar com olhos curiosos. *Ainda bem que as pessoas da firma não ficam no meu pé, porque os exercícios de datilografia também não andam progredindo muito*, pensei. Peguei a máquina e bati teclas a esmo. TEC-TEC-TEC. Era um som metálico. Nesse momento, senti como se uma história estivesse voltando à minha cabeça. Tentei agarrá-la. Mas, em minhas mãos, só restava o vazio. Ainda fiquei olhando para os quadradinhos em branco por um bom tempo. Escrevi de novo as vogais: あ, い, う, え, お. *Ah, agora vai!* Apaguei as vogais e fiquei esperando a frase que estava por vir. Em vão. Desanimada, escrevi de novo: あ, い, う, え, お. Repeti esse processo diversas vezes. Ao final, a folha de almaço rasgou de tanto se passar a borracha.

Quando mostrei a R a folha de almaço vazia e lhe pedi desculpas, ele não pareceu decepcionado. Pelo contrário, tentou me consolar.

— Não precisa ficar se forçando desse jeito. Pode ir lembrando aos poucos.

— Acho que não adianta mesmo. Já não consigo mais escrever.

— Consegue, sim. Você ainda é a mesma pessoa que escrevia romances. O que aconteceu foi que os livros foram queimados. O papel queimou, mas as palavras ainda existem. Por isso tenho certeza de que você é capaz. As histórias não foram apagadas de nossos corações.

Ele me abraçou, como sempre faz. A cama era macia e quente. A pele dele era pálida, quase transparente. A franja comprida chegava até os olhos.

— Houve fogo pela madrugada adentro. Quase achei que a noite nunca mais acabaria. Depois que todos os livros já haviam queimado, ninguém foi embora para casa. As pessoas ficaram olhando fixamente para as chamas. Não sei por quê, mas, mesmo com o som incessante das fogueiras crepitando, eu me senti envolta no mais completo silêncio. Como se meus tímpanos estivessem paralisados. Esse foi o mais majestoso dos sumiços. Fiquei ali, de mãos dadas com o velho balseiro. Dei a mão para ele porque tive medo de ser engolida pelas chamas.

Contei a R tudo o que acontecera. Depois que comecei, não consegui mais parar de falar. Contei da dificuldade de puxar o carrinho, do playground do parque tingido pelo laranja das chamas, do "chapéu" caído na neve derretida, do desabamento da biblioteca em chamas, do "pássaro" voando na noite... Falei, falei, mas sempre com a impressão de que estava me esquecendo de dizer o mais importante. Ele ouviu tudo com paciência.

Quando cansei de falar, respirei fundo. Ele olhou para cima, como se enxergasse algo ao longe. Olhei para a louça do jantar em cima da escrivaninha. Uma ervilha ficara para trás no meio do prato. Os livros que salvamos estavam enfileirados na prateleira.

— O mundo mudou muito desde que vim para cá.

R acariciou meu cabelo. A voz dele nos aproximou mais.

— Meu cabelo não está com um cheiro esquisito?

— Esquisito como?

— Cheiro de tempero?

— Não. Tem um cheiro bom de xampu.

Ele deslizou os dedos pelos meus cabelos.

— Menos mal.

Depois ele leu para mim o romance da datilógrafa. A história me pareceu um conto de fadas de um país longínquo.

— Você deve estar cansada, acabou de começar um emprego novo...

O velho estava pondo a mesa para o chá. Vestia uma camisa de flanela e o blusão de tricô que eu lhe fizera. Nos pés, pantufas de lã.

— Nem tanto. As pessoas da firma são gente boa. Não me estresso muito.

Fazia tempo que eu não o visitava na balsa para tomar chá. Eu tinha conseguido ovos e mel, então resolvemos fazer panquecas. Fizemos três bem grandes, e embrulhei uma em um guardanapo para levar a R.

Don, que estava dormindo debaixo do sofá, sentiu o cheiro das panquecas e veio apoiar o focinho no canto da mesa para ver se conseguia alguma coisa.

— É difícil datilografar, mas também é divertido. É só mexer os dedos, e então as frases aparecem. É como mágica. Don! Não pode puxar a toalha da mesa. Se você se comportar, eu lhe dou alguma coisa. Espere mais um pouquinho.

O velho despejou o mel em sua panqueca, sem desperdiçar uma gota.

— A firma onde trabalho está indo bem. Não precisa de grandes extensões de terra para produzir temperos, então, mesmo com essa neve toda, a colheita não foi prejudicada. A qualidade dos alimentos anda cada vez pior. Em qualquer loja a que se vá, só há carne velha, legumes amassados... os temperos ajudam a disfarçar o cheiro das comidas estragadas. Meus colegas disseram que é possível que nos deem um bônus.

— Que bom!

O velho tirou a tampa do bule para ver se o chá estava pronto.

Ficamos ali, jogando conversa fora, tomando chá, repreendendo Don e comendo panquecas. Cortei a minha com a faca e fui comendo pedacinho por pedacinho, para saborear a doçura. Quanto mais perto do fim chegava, menores eram os pedaços que eu cortava, para que ela durasse mais.

O velho e eu demos um pedacinho cada um a Don. O cachorro engoliu tudo de uma só vez e ficou nos olhando com uma cara de quero mais.

O sol brilhava no céu como se a primavera estivesse se aproximando. O mar estava calmo e a balsa, que normalmente rangia com o movimento das ondas, em silêncio. A neve acumulada no embarcadouro derretia na luz da tarde.

Depois de comer as panquecas, o velho trouxe a caixinha de música de seu esconderijo no armário do banheiro, e ficamos escutando a mesma melodia que ela fielmente se punha a repetir. Paramos de falar, arrumamos a postura, fechamos os olhos. Não sabíamos qual era a maneira correta de ouvir a música da caixinha, mas achamos que, de olhos fechados, talvez fizesse mais "efeito", como R queria.

A melodia da caixa era de uma simplicidade agradável. No entanto, eu não entendia como é que aquela música poderia ajudar a fortalecer as minhas memórias. Ela desaparecia no fundo do pântano do meu coração, sem deixar rastro.

Don também ficava observando a caixinha, com um ar curioso. Cada vez que o velho virava a caixa de ponta-cabeça e dava corda, o cachorro começava a esfregar a barriga no chão e jogar o corpo para trás, como se aquilo fosse algo extraordinário. Peguei a caixinha e aproximei do seu focinho, mas ele ficou com medo e foi se esconder entre as pernas do velho.

— E no que deu a conversa de seguir escrevendo seu romance?

O velho fechou a caixinha. Demonstrava ter dificuldade em pronunciar a palavra "romance".

— Estou me esforçando, mas por enquanto não deu em nada.

— É claro. É muito difícil lidar com uma coisa que sumiu. Para ser sincero, cada vez que eu dou corda nesta caixinha, fico com um sentimento de vazio. Quando a tiro do armário, tento me convencer de que, desta vez, vai acontecer algo diferente, mas sempre sou traído pelas minhas expectativas. Só que como R me deu este presente com todo o carinho, cumpro diariamente o meu dever de ouvir a melodia.

— Eu também olho para a folha em branco em cima da escrivaninha e fico sem saber o que fazer depois. Não sei onde estou nem para onde devo ir. Sinto-me como se tivesse sido abandonada no meio de uma profunda névoa. Às vezes, experimento bater à máquina, para ver se vem alguma inspiração. Estou com uma máquina que peguei emprestada da firma. Deixo-a sempre na escrivaninha. Fico um bom tempo olhando para ela. É um objeto atraente. Complexo, cheio de detalhes, mas tem uma beleza delicada… como um instrumento musical. Quando empurro a alavanca, presto atenção no som das molas, na esperança de que me venha alguma ideia relacionada ao romance…

— Depois de ver aquelas chamas terríveis, como se a ilha inteira fosse ser destruída pelo fogo, qualquer um ficaria com os nervos anestesiados.

— Sim. Eu ouvi minha memória queimar junto com os livros naquela noite.

Don bocejou. Estava instalado no lugar da cabine em que havia mais sol. À medida que a luz ia mudando de lugar, ele também ia se deslocando com ela.

Ao longe, crianças gritavam, alvoroçadas, alegres com o bom tempo que fazia, depois de tantos dias nublados. No embarcadouro, alguns empregados dos armazéns jogavam bola.

— Ainda assim, por que será que inventei de escrever um romance sobre uma datilógrafa? Eu quase nunca usei uma máquina na vida. Também não tenho nenhuma conhecida datilógrafa. É tão estranho… Há diversas partes do texto que fazem descrições detalhadas de máquinas de escrever. Diversas cenas em que as personagens datilografam.

— E a pessoa pode escrever uma história sobre uma coisa que não viveu? — perguntou o velho, com os olhos arregalados.

— Parece que sim. Não precisa ser uma coisa que você viu ou ouviu, pode ser simplesmente da sua imaginação. R me disse que não precisa ser verdade. É permitido mentir.

— "Permitido mentir"?

O velho mexeu as sobrancelhas como quem não estava entendendo nada.

— Sim. Ninguém espera que um romance conte uma verdade. Você pode inventar tudo da sua cabeça, do zero. Você escreve como se existisse algo que não tem diante de si. As palavras criam a existência do que não existe. R me disse que é por isso que, mesmo perdendo a memória, ainda assim posso criar novas histórias.

Cutuquei o prato vazio com o garfo. Don dormia com o focinho apoiado nas patas da frente. Acabado o intervalo, os homens que estavam jogando bola pegaram suas luvas e voltaram ao trabalho.

O velho disse, devagar:

— Espero que você não se importe com o que vou perguntar... Você gosta de R, não é mesmo?

Não sabia o que responder, então abracei o cachorro. Don acordou, um pouco incomodado, e deu um grunhido que parecia tosse ou um arroto. Ele se desvencilhou de meus braços, deu uma volta na cabine e deitou-se novamente no mesmo lugar onde estava antes de ser incomodado. Eu respondi:

— Pois é... — Aquilo era uma afirmação ou uma hesitação? Podia ser tanto uma coisa como outra. Então foi minha vez de perguntar: — O senhor acha que ele, algum dia, vai poder sair do esconderijo? Rever a mulher, conhecer o filho? — Em lugar da resposta, o velho pegou a caixinha de música e deu um suspiro. Continuei: — Eu acho que não. Ele não é mais capaz de viver fora daquele compartimento. O coração dele ficou denso demais. Se sair do esconderijo, vai explodir, como os peixes abissais quando trazidos à superfície. É por isso que eu estou afundando no mar, abraçada nele.

O velho assentiu com a cabeça sem erguer o olhar. Don esfregou o queixo nas patas, espreguiçou-se e continuou a dormir, com uma cara satisfeita.

Nesse instante, um estrondo formidável se precipitou do alto dos céus. O velho e eu nos levantamos e nos demos as mãos por cima da mesa. Don arregalou os olhos e se levantou, como que tentando se equilibrar.

A balsa começou a oscilar violentamente. Eu me agachei e me segurei com força no pé do sofá. Tudo o que estava na cabine foi arremessado ao ar: os armários, a louça, o rádio, a luminária, o relógio de parede.

O velho gritou:

— Terremoto!

## Vinte e um

Quando o tremor diminuiu, abri os olhos e a primeira coisa que vi foi Don, tremendo dos pés à cabeça, encolhido debaixo do sofá.

— Pronto, já passou. Venha cá.

Estiquei o braço entre uma gaveta do armário de cozinha e uma luminária caída, e puxei o cachorro para mim. Chamei pelo velho balseiro.

— Onde o senhor está?

Olhei em volta. A destruição era tanta que eu não conseguia sequer discernir onde o velho estava sentado antes do terremoto. Don também latiu algumas vezes, como que chamando pelo balseiro. Depois de algum tempo, finalmente ouvimos uma voz débil:

— Estou aqui.

O velho estava embaixo do armário de louça. A louça quebrada cobria seu corpo. O rosto estava todo ensanguentado.

— O senhor está bem?

Tentei tirar o móvel de cima dele, mas era muito pesado. Fiquei com medo de machucá-lo ainda mais.

— Não se importe comigo, fuja logo daqui.

Era difícil entender o que ele dizia por sob os escombros.

— De maneira alguma! Até parece que eu vou deixá-lo aqui.

— O tsunami está vindo. Saia logo.

— "Tsunami"? O que é isso?

— Não há tempo para explicar. São ondas gigantescas que vêm do horizonte. Sempre há tsunami depois de um terremoto. Se você não for embora, vai ser levada pelas ondas.

— Não sei do que o senhor está falando. Mas sairemos juntos daqui.

A mão esquerda do velho, que não estava sob o armário, gesticulava para que eu fosse embora. Ignorei-a e resolvi tentar levantar o armário de novo. Dessa vez, ele se moveu um pouquinho. O cachorro a tudo observava, preocupado.

— Vai doer, mas aguente firme. Consegui abrir uma brecha. Tente arrastar o corpo para cá.

Continuei falando com o velho, mais para acalmar a mim do que a ele. Eu tinha cacos de vidro nos joelhos e minhas meias estavam rasgadas. Minhas pernas se cobriam de sangue. No entanto, não sentia dor.

— Vou dar um sinal quando for levantar o armário, daí o senhor vem arrastando o corpo. Aguarde meu sinal.

— Eu lhe peço, por favor, deixe-me aqui…

— De novo essa bobagem! Não saio daqui sem o senhor de jeito nenhum.

Peguei uma vara que era usada para abrir o alçapão do teto. Estava caída do lado do cachorro. Usando isso como alavanca, comecei a levantar o armário.

— Um… dois… três…

O armário se moveu mais um pouquinho. Continuei fazendo força com a vara. Ouvi um rangido. Seria o assoalho, o armário ou as minhas costas?

— De novo. Um... dois... três...

Enxerguei o ombro esquerdo e a orelha esquerda do velho. Nesse momento, a balsa tremeu de novo. Ainda mais intensamente do que na primeira vez.

— Isso é o tal de "tsunami"?

— Não. Tsunami não é uma tremidinha inofensiva como essa.

— Bom, seja como for, é melhor nos apressarmos.

Don, agitado, querendo fazer alguma coisa, agarrou um pedaço do blusão do velho com os dentes e começou a puxar.

Minhas mãos estavam vermelhas, meus dentes rangiam, as têmporas latejavam; era como se os músculos dos meus braços fossem se romper, mas o armário se recusava a se mover mais. *Quem terá tido a ideia de colocar este móvel pesadíssimo em uma balsa?*, pensei, irritada. Aos poucos, o velho foi se arrastando para fora.

O que seria aquele tal de tsunami? A palavra ficou me incomodando. Para o velho falar dela com pavor, devia ser um negócio grave. Um monstro gigantesco e selvagem das profundezas do mar? Ou um tipo de energia abstrata, irresistível, como a que opera os sumiços? Para não pensar no horror dessa imagem, continuei a fazer força com a vara.

O último pedaço do velho que faltava soltar era o tornozelo. Quando finalmente se desvencilhou, ele se pôs de pé, desequilibrado e trêmulo, e imediatamente gritou:

— Agora vamos embora daqui!

O velho saiu correndo. Corri atrás dele com o cachorro no colo.

Não faço a mínima ideia de como saímos do barco, nem de que direção tomamos ao deixar o embarcadouro. Só sei que, quando me dei conta, estava sentada com o velho e o cão na subida da colina, entre as ruínas da biblioteca. À nossa volta, havia muitas pessoas que tinham tido a mesma ideia. O tempo ensolarado dera lugar a um céu cinzento, indicando que nevaria.

— Você não se feriu?

— Não, estou bem. E o senhor? Está coberto de sangue.

Peguei um lenço do bolso e tentei limpar o rosto do velho.

— São só arranhões, não se preocupe.

— Ah, da orelha esquerda ainda está saindo sangue. Deixe eu ver.

Do lóbulo pingava um sangue negro que escorria até o queixo.

— Não é nada. É um arranhão superficial.

— Será que não entrou um caco no ouvido? Pode chegar ao cérebro.

— Não é nada grave como está imaginando. Não se preocupe com isso.

O velho escondeu a orelha com a mão. Foi então que aconteceu. A terra tremeu, e a linha do horizonte pareceu balançar. Em seguida, uma parede branca de ondas veio se aproximando da praia.

Deixei o lenço cair aos meus pés.

— O que é aquilo?

— É o tsunami.

O velho continuou segurando a orelha com a mão. Toda a paisagem diante de nossos olhos mudou de súbito. Era como se, simultaneamente, o mar estivesse sendo sugado pelo céu e tragado por uma cratera no solo. A água subia, subia, como se fosse cobrir toda a ilha. Todas as pessoas à nossa volta soltaram ao mesmo tempo um grito de horror.

O mar tragou a balsa, ultrapassou os molhes e derrubou as casas à beira-mar. Tudo deve ter se passado em poucos segundos; no entanto, meus olhos viram a destruição como que fragmentada em inúmeros pequenos eventos: a cadeira em que o velho tirava sua soneca sendo levada pela água; uma bola boiando; um telhado vermelho sendo dobrado como papel para origami, engolido em seguida pelas vagas.

Quando a paisagem parou de se mover, o primeiro a abrir a boca foi Don. Subiu num toco de árvore e, voltado para o mar, deu um uivo grave e demorado. Como se fosse um sinal, todos começaram lentamente a se mover. Algumas pessoas desceram a colina; outras foram em busca de um telefone. Havia os que queriam beber água e os que choravam.

— Será que já passou?

Peguei meu lenço do chão.

— Acho que sim. Mas é melhor ficarmos aqui mais um pouquinho, para ver o que acontece.

Estávamos nós dois em condições deploráveis. O blusão do velho estava em farrapos, o cabelo, imundo, e ele perdera os dois sapatos. Em uma mão, trazia a caixa de música, aparentemente intacta, sem um arranhão. As presilhas da minha saia tinham arrebentado, as meias estavam completamente rasgadas e eu havia quebrado os dois saltos.

— Por que o senhor trouxe a caixinha?

— Não sei. Só me lembro de ficar por cima dela quando o armário despencou sobre mim. Mas o motivo por que eu a trouxe até aqui, não sei explicar. Não sei nem se a trouxe na mão ou no bolso.

— Bom, ao menos o senhor conseguiu salvar uma coisa. Eu só consegui salvar o Don...

— Don era o mais importante. Eu sou um velho que vive sozinho, não tinha nada de importante em casa. Não estou nem chateado de ter perdido tudo no tsunami. A balsa nem era mais uma balsa, desde o sumiço...

O velho olhou em direção ao mar. A praia estava soterrada de entulho. Havia carros empilhados nos destroços. A balsa, emborcada, boiava ao longe entre as ondas, como se alguém a houvesse largado de casco para cima na superfície do mar.

— Lá se foi a panqueca que eu tinha guardado para R.

— Era uma vez uma panqueca...

Vários pontos da cidade foram destruídos. Paredes desabadas, rachaduras no asfalto, incêndios em curso. Volta e meia passavam por nós ambulâncias e caminhões da polícia secreta. Ainda não refeita da queima de livros, a cidade recebera um golpe fatal, e em toda parte a atmosfera era lúgubre. Então começou a nevar.

Quando chegamos em minha casa, não notei nada de grave por fora. Algumas telhas haviam caído, e a casinha do cachorro estava virada de telhado para baixo. Dentro de casa, a destruição havia sido bem maior. Havia coisas espalhadas por toda parte: panelas, louça, o telefone, a televisão, um vaso de flores, os jornais, a caixa de lenços de papel...

Arrumamos a casinha do cachorro e fomos correndo averiguar o recinto oculto. Era o que mais me preocupava. Levantei o tapete e puxei o alçapão, que no entanto não se mexeu um milímetro.

— Ei! Você está me ouvindo? — gritou o velho.

Passou-se algum tempo. Então alguém bateu na madeira por dentro.

— Estou aqui — ouviu-se uma voz abafada.

— Você está bem? Está machucado?

— Não, não estou machucado. E vocês? Quase morri de preocupação. Não sei como está aí fora. Tinha começado a pensar o que fazer se ninguém aparecesse...

— Estávamos na balsa. Conseguimos escapar. A balsa foi levada pelo mar.

— Que coisa! Eu achei que devia sair para olhar como estavam as coisas, mas não consegui abrir o alçapão... tentei puxar, tentei empurrar, mas nada.

— Vou tentar puxar de novo, então você empurra daí com força — orientou o velho.

O velho inspecionou o assoalho em torno do alçapão. Em seguida, puxou, mas nada aconteceu.

— O assoalho deve ter empenado com o terremoto...

A voz de R soava distante e indefesa do outro lado da madeira. Apenas uma tábua nos separava, e, no entanto, fui tomada por uma angústia.

— Acho que sim. O encaixe do alçapão deve estar emperrado.

O velho ficou pensativo.

— Se a porta não abrir, o que vamos fazer? Ele vai morrer de fome! Ou, pior, vai morrer asfixiado!

— O exaustor está funcionando?

— Não. Acho que faltou luz.

De fato, não havia eletricidade. Eu não tinha notado porque ainda era dia.

— Aí dentro não tem luz nenhuma?

— Não. Escuridão total.

A voz de R parecia cada vez mais distante.

— Precisamos nos apressar.

Eu me levantei.

— Vamos pegar uma serra e um formão.

Como de costume, o velho trabalhou em silêncio e com eficiência. Em um instante, o alçapão já estava aberto. Eu não ajudei em nada, só fiquei em volta, nervosa. A única coisa que eu fizera foi atravessar a rua para pegar emprestados a serra e o formão do ex-chapeleiro. As ferramentas do velho haviam sido tragadas pelo mar junto com a balsa. Eu tinha um formão e uma serra no porão, mas, quando fui buscar, o lugar estava de tal forma revirado que se eu fosse procurar as ferramentas, iria levar muito tempo.

— Foi um terremoto grande. Quer que eu vá ajudar?

— Não precisa, obrigada. Eu dou conta.

— Sozinha você não vai conseguir.

— Aquele senhor que me ajuda com as coisas da casa é que vai fazer o conserto.

— Ajuda nunca é demais!

Busquei desesperada uma desculpa para o homem não vir junto, algo que não o ofendesse nem levantasse suspeitas.

— É que, na verdade, o velho está com um problema de pele. Passou a mão no rosto depois de mexer em urtiga. Está coberto de inflamações, parece um monstro. Ele não quer que ninguém o veja. Com toda aquela idade, ainda se preocupa com uma coisa dessas… peço desculpas, mas ele é muito teimoso.

E, com isso, o ex-chapeleiro não insistiu mais.

Quando o alçapão abriu, o ar se encheu de serragem. Nós três gritamos "viva!" ao mesmo tempo. O velho e eu olhamos para dentro do esconderijo. Ao pé da escada, R tinha um olhar que era um misto de exaustão e alívio. Os cabelos estavam cobertos de serragem.

Descemos a escada e ficamos nos abraçando, investigando uns aos outros, enquanto emitíamos grunhidos de emoção e de espanto. Não dava para enxergar bem na luz do alçapão, mas o recinto oculto também estava todo revirado. A cada movimento dos pés, batia-se em alguma coisa. Agarramo-nos as mãos e ficamos os três olhando uns para os outros, por um bom tempo. Não nos ocorreu nenhuma outra forma de verificar se estávamos realmente sãos e salvos.

# Vinte e dois

A cidade não voltou mais a ser a mesma. As pessoas que tiveram suas casas danificadas tentaram retornar logo à rotina, mas, com o frio e a escassez de materiais de construção, não era assim tão fácil. As ruas estavam flanqueadas de caliça e de areia, e assim permaneceram, sem que ninguém viesse retirar o entulho. A neve se misturou à sujeira e virou lodo. A ilha toda assumiu um aspecto deplorável.

    Os destroços que as ondas haviam levado foram aos poucos carregados até o alto-mar pela maré. Apenas a balsa emborcada continuava visível da praia, com a proa submersa na água, como se tivesse sido asfixiada. Nada nela sugeria que um dia fora a morada do velho balseiro.

    Três dias depois do terremoto, à tarde, eu estava na rua do trem, perto do serviço, quando vi a família Inui. Na verdade, não tenho certeza se eram eles, pois o que eu reconheci foi um par de luvas. Espero, inclusive, ter me enganado.

    Meu chefe havia me pedido para fazer algumas compras. Eu estava entrando na papelaria quando passou na rua um caminhão de lona verde-escura. Parecia carregado de gente e balançava pesadamente de um lado para o outro. Os carros e transeuntes davam passagem para o caminhão.

Segurei a porta da papelaria e tentei não olhar para o caminhão, mas ainda assim vi de relance um par de luvas de crochê de cor azul-céu que saía pela fresta da lona. Olhei fixamente para as luvas. Estavam ligadas por uma correntinha de crochê.

— São as luvas... do filhinho... do professor.

Lembrei-me de quando cortara as unhas dele. As unhas transparentes e flexíveis, caindo no chão. A sensação dos dedinhos lisos e macios. A imagem das luvinhas em cima da mesa.

Não vi o rosto do menino, mas as luvas, expostas ao mundo exterior, pareceram-me tristes, indefesas. Pensei em seguir o veículo, mas ao chegar à calçada já era tarde. Não se via mais o caminhão.

Eu ouvira rumores de que, com a destruição de casas pelo terremoto, com os incêndios que se seguiram, muitos dos refugiados haviam perdido seus esconderijos e vagavam desorientados pelas ruas. A polícia secreta teria iniciado em seguida uma operação pente-fino, recolhendo absolutamente todos os fugitivos que encontravam. No entanto, eu não tinha como verificar se aquele caminhão realmente levava a família Inui. Só me restava rezar para que o menino tivesse alguém que lhe cortasse as unhas, e que as luvas azuis lhe servissem de proteção, onde quer que estivesse.

O velho veio morar na minha casa. De alguma forma, eu já sabia havia algum tempo que um dia ele viria viver comigo, então para mim isso não representou nenhum problema. O velho, no entanto, desde o terremoto, sempre se mostrava macambúzio. Claro que deve ser um choque perder a casa em que se vive de uma hora para outra, tão subitamente. Também não importava o quanto ele e eu éramos íntimos: uma coisa é conhecer bem uma casa, outra bem diferente é viver nela. Ao menos foi no que eu me convenci a acreditar.

Mesmo com tudo isso, ele foi incansável em me ajudar a arrumar a casa depois do terremoto. Só o fato de a casa não ter sido destruída já devia ser comemorado; ainda assim, havia tanta coisa quebrada e fora do lugar que eu, sozinha, não saberia por onde começar. Em um instante, ele já tinha feito todos os reparos.

Primeiro, pôs de volta no lugar a mobília que fora derrubada pelo tremor e arrumou as partes quebradas. Aquilo que não dava para salvar ele partiu em pedaços menores e queimou no pátio. Juntou as coisas espalhadas pelo chão, separou-as por tipo e função, e devolveu-as aos lugares a que pertenciam. Encerou o assoalho. Reencaixou os marcos das aberturas, a começar pelo do alçapão do recinto oculto. Em pouco tempo, todas as portas e janelas voltaram a fechar e abrir sem problemas.

— Não se canse demais. A ferida do rosto ainda não cicatrizou.

— Imagine! Prefiro me ocupar, daí não penso na ferida. Falando nisso, havia pouco eu estava na entrada e o vizinho da frente veio me perguntar se eu já me sentia melhor. Ainda comentou, espantado, que minha pele ainda estava toda marcada por causa da urtiga.

Então deu uma gargalhada e saiu martelando coisas pela casa.

Enquanto limpávamos o porão, encontramos diversas coisas estranhas.

O porão estava cheio de objetos velhos largados de qualquer jeito antes do terremoto; depois ficou em tal estado de desarrumação que não havia nem onde pisar. Pensei em me desfazer de tudo o que já não usava, mas ao começar a organizar as coisas me dei conta de que quase tudo ali lembrava minha mãe — cadernos de esboços, ferramentas de esculpir... No final, não consegui descartar muita coisa.

O velho me chamou. Estava agachado na frente da estante.

— Venha aqui um pouquinho.

— O que foi?

Olhei para onde ele apontava. Ali se encontravam caídas as esculturas de minha mãe que a família Inui me entregara para cuidar: a anta que tinha sido presente de casamento, a boneca de olhos grandes oferecida pelo nascimento da filha e as três esculturas abstratas com que minha mãe os presenteara antes de ser levada pela polícia secreta.

— Olhe esta parte aqui.

A anta e a boneca estavam intactas. Já as outras três esculturas tinham quebras e rachaduras em alguns pontos. O velho, no entanto, havia me chamado para mostrar algo que estava dentro das esculturas.

— O que será isso?

Peguei as peças avariadas e as depositei cuidadosamente sobre a mesa. Ficamos algum tempo olhando para as partes quebradas que permitiam entrever o que havia no interior dos objetos.

— Vamos tentar tirar isso daí de dentro — sugeri.

— Tem razão. Não adianta ficar só olhando. Mas tome cuidado. Pode ser perigoso.

— Perigoso? Não. Foi minha mãe quem fez essas esculturas.

Com os dedos em pinça, fui puxando para fora o que estava lá dentro.

A primeira coisa a sair foi um papel retangular, amarelado e quase rasgando nos vincos, que tinha sido dobrado diversas vezes. Estava coberto de letras e números.

A segunda coisa a aparecer foi um bloco metálico do tamanho de uma barra de chocolate. Em um dos lados, havia uma fileira de furinhos.

A última coisa que eu tirei foi um saquinho plástico com bolinhas brancas que lembravam comprimidos.

— Minha mãe escondeu essas coisas aqui.

— Parece que sim.

O velho observou os objetos por diversos ângulos. Juntei os fragmentos em um canto da mesa. Inspecionei-os com cuidado, mas não encontrei mais nada escondido.

— Será que o professor Inui sabia?

— Se ele soubesse, teria comentado a respeito com você quando trouxe as esculturas para cá.

— Sim, é verdade. Então quer dizer que, por quinze anos, essas coisas dormiram dentro das esculturas, sem que ninguém soubesse de sua existência?

— Acho que sim.

Apoiamos os cotovelos na mesa e ficamos observando os objetos. A estufa do subsolo, como sempre, não funcionava muito bem. A janela estava coberta de neve e não permitia ver o céu. Lá fora, ouvia-se o gelo do rio rachando.

Logo percebi que aquelas esculturas escondiam coisas que minha mãe guardava em suas gavetinhas. O pedaço de papel, o bloco metálico e o plástico com comprimidos não indicavam ter nada em comum. No entanto, os três possuíam uma beleza modesta, discreta.

— O que vamos fazer com isso?

— Pois é...

O velho esticou o braço para tocar no bloco de metal. No entanto, sua mão se fechou no ar, tremendo, antes de chegar ao objeto. Ele tentou pegar outras coisas da mesa, mas a cada vez seu braço como que errava a pontaria.

— O que houve?

O velho, nervoso, segurou a mão direita com a mão esquerda e a guiou de volta ao joelho.

— Nada, nada. Só fiquei tenso de ver tantos objetos estranhos.

— O senhor está com algum problema no braço?

— Não, não tenho nada.

O velho inclinou o corpo, como que para esconder o braço direito.

— O senhor só pode estar cansado. Creio ser o caso de interrompermos o trabalho por hoje. Vá descansar. — O velho, mudo, assentiu com a cabeça. — Vamos levar estas coisas para o recinto oculto. Lá é o único lugar onde elas podem existir.

— Você sabe se sua mãe fez outras esculturas além destas entre o dia em que recebeu a intimação e o dia em que foi levada? — indagou R.

— Não, não sei. Aqui em casa, só há estas três que ela deixou com a família Inui. — Eu havia trazido as esculturas do porão. Encontravam-se dispostas sobre a colcha da cama dele. — As esculturas que ela fez para mim ou para o meu pai são todas de muito antes da intimação.

— E não há nenhum lugar da casa onde ela possa ter escondido essas coisas?

— O único lugar que me ocorre é a cabana que ela usava como ateliê, mais acima, no rio. Mas, a esta altura, já deve estar em ruínas. Há muitos anos ninguém a frequenta mais.

— É, pode ser que estejam lá. As esculturas. Ou as coisas sumidas. Ou as coisas sumidas, escondidas dentro de esculturas. Ela deve ter feito isso para protegê-las da polícia secreta.

R apoiou as duas mãos na cama e cruzou as pernas. As molas rangeram.

— Vai ver que é por isso que as gavetinhas estão vazias.

Eu olhei para ele.

— Claro, só pode ser.

A primeira coisa que ele pegou foi o papel, com cuidado, pois parecia muito frágil. Qualquer movimento brusco poderia rasgá-lo.

— Você não lembra para que serve?

— Eu? Não — respondi, com um suspiro.

— Isto é um bilhete de balsa — disse ele, num tom modesto, sereno.

— "Bilhete... de balsa"?

— Isso mesmo. Olhe só. Está meio apagado, mas aqui dá para ver o destino e o preço. É um bilhete para uma ilha bem grande, que fica mais ao norte. As pessoas compravam este bilhete e subiam na balsa. A balsa do velho.

Prendi a respiração, não pisquei. Olhei fixamente para o papel encardido. No centro, havia o desenho de uma elegante balsa singrando as ondas do mar. Qual seria o nome da embarcação? O nome da balsa do velho fora apagado pela maresia, não dava mais para ler. O da balsa do desenho também desbotara e estava ilegível.

— Sinto a superfície de minha memória ondular levemente.
— Meus olhos doíam. Queria muito fechá-los. Mas, se eu fizesse isso, tinha medo de que as águas de minha memória, que eu fizera tanto esforço para mover, voltassem à calmaria. Mesmo com medo, continuei a olhar para o papel. — Não... não me vem nenhuma recordação relacionada a este bilhete. É apenas uma sensação leve, muito vaga. Sinto que minha frágil memória vai ser destruída pela sua robusta memória.

— Não vou destruir nada. Quero ajudar você. Quero que você traga à superfície alguma lembrança. Tente lembrar. Qualquer coisa.

Ele descansou a palma da mão em meu joelho. Nossos ombros se encontraram.

— Só me lembro de uma coisa. Não sei onde, nem para que foi comprado este bilhete. Não sei para que serve. Não sei nada de importante sobre isso. A única coisa de que me lembro é de ver este bilhete em uma das gavetinhas secretas do porão. O papel tinha exatamente essas dobras. Ficava no meio da gaveta, virado para baixo. Quando eu abria a gaveta, as pontas do papel tremiam, como se tivessem levado um susto. Minha mãe pegava o papel com cuidado, como você fez. Era noite no porão. O luar entrava pela janela. Por toda parte, havia serragem, fragmentos de pedra, pedaços de gesso. O correr do rio era como um murmúrio na noite. As mãos de minha mãe, fortes, quentes, estavam sujas. De argila. Tinham arranhões pelo uso das ferramentas. Acho que eu também toquei no bilhete. Peguei-o entre os dedos, olhando atentamente, ora para o papel, ora para o rosto de minha mãe. Sentia o coração bater. Não que eu achasse aquilo divertido ou interessante. Na verdade, eu tinha medo de que o papel me escorregasse dos dedos e fosse sugado pelo ar. Tranquilizei-me um pouco ao ver o sorriso de minha mãe. O bilhete era de um papel muito fino, áspero, em nada diferente de outros papéis que se jogam na lata de lixo. Não entendia por que minha mãe tinha guardado aquilo. Mas, como não queria magoá-la, eu pegava o papel com o maior dos cuidados.

Depois de despejar tudo isso de uma só vez, apertei o peito e me curvei para a frente. Estava com falta de ar por ter me concentrado demais em um único ponto de minha memória. Uma dor queimava lá dentro, por baixo de minhas costelas.

— Não precisa se forçar tanto. Descanse um pouco.

Ele largou o bilhete de volta sobre a colcha e me serviu uma xícara de chá. Quase não se encontrava mais chá à venda. O que havia na xícara era tão ralo que parecia água quente pura. Ainda assim, se o intuito era me ajudar a recuperar o fôlego, funcionou.

— É sempre a mesma coisa. Não consigo satisfazer você com as lembranças que eu trago.

— Que bobagem, "me satisfazer". O mais importante é despertar seu coração adormecido.

— "Coração adormecido"? É muito pior que isso: meu coração se apagou.

— Não, não se apagou. Você não acabou de se lembrar de diversas coisas relacionadas ao bilhete de balsa? A gaveta, a mão de sua mãe, o murmúrio do rio.

Ele se pôs de pé, diminuiu a intensidade da luz e voltou a se sentar. O esconderijo recuperara a aparência de antes do terremoto. Tudo estava em seu lugar: o espelho, a lâmina de barbear, os vidros de remédio. A única coisa diferente era a madeira do alçapão novo.

Sempre nos sentávamos na cama. Era uma cama resistente, ainda que simples. Eu cuidava para que estivesse sempre limpa.

De três em três dias, trocava os lençóis. Sempre que possível, secava os lençóis ao sol. Aquele era o único lugar em que ficávamos nós dois. Onde conversávamos, fazíamos as refeições, olhávamos um para o outro, tocávamos um no outro. Olhei de novo para aquele lugar que era nosso. Tão pequeno e frágil.

— Você não tem vontade de escrever sobre o que sente quando o pântano da memória começa a ondular? Talvez sirva de inspiração.

Ele pegou a barra metálica e levou-a à boca. Fiquei assustada. Será que ele vai comer esse negócio? Com um sorriso, tomou fôlego e começou a soprar. Do bloco, começou a sair música.

— Mas que coisa! — exclamei, surpresa.

Ele tinha a boca ocupada e não disse nada. A música continuou a fluir.

Era um tipo de som muito diferente do da caixinha. O timbre era mais encorpado, e tinha força suficiente para ir a todos os cantos da sala. Às vezes o som tremia ou se entrecortava. A melodia não se repetia sempre igual, como no caso da caixinha.

Ele movia o bloco de metal para a direita e para a esquerda. Quanto mais à direita, mais o som saía agudo; quanto mais à esquerda, mais grave. As mãos dele escondiam o instrumento e, às vezes, era como se o som saísse direto de sua boca.

— Isto é uma gaita de boca.

— Gai - ta - de - bo - ca — repeti as sílabas como se estivesse bebendo água. — "Gaita" soa romântico. Seria adequado para nomear uma gatinha branca, peluda, fofinha.

— Mas é um instrumento musical.

Ele colocou a gaita em minhas mãos. Ao segurá-la, notei como era pequena. Tinha ferrugem em alguns pontos, mas, sob a luz da lâmpada, o objeto prateado reluzia, elegante. No centro, havia algo escrito em letras romanas — talvez o nome do fabricante. Na parte em que ele soprara, havia uma fila regular de buracos, como em uma colmeia.

— Dê uma assoprada, vamos ver.

— Eu? Mas eu não sei!

— Claro que sabe. Quando era pequena, deve ter tocado muito. A sua mãe se deu a todo esse trabalho para salvá-la! É fácil como respirar. Tente.

Levei a gaita à boca. Ainda estava quente com o hálito de R. Quando assoprei, o som que saiu foi tão alto que me assustei e tirei aquilo da boca.

— Viu como é fácil? — R riu. — Aqui é o dó. Aqui, o ré. Mi. Vá soprando. Dó-ré-mi-fá-sol-lá-si-dó.

Depois ele tocou diversas melodias. Algumas eu conhecia, outras não. A música me ajudou a relaxar. Fazia muito tempo que eu não tocava um instrumento ou ouvia alguém tocar. E muito tempo que havia me esquecido da existência de instrumentos musicais. Lembrei que, quando era pequena, tive de estudar teclado. A professora era uma senhora gorda de meia-idade com pouca paciência. Cada vez que tinha prova, sabendo que me sairia mal, eu me escondia atrás da tampa do teclado, de tanto medo que tinha dela. Para mim, tudo era a mesma coisa, dó-mi-sol, ré-fá-lá, tudo soava idêntico. Quando havia recital, para não atrapalhar os outros, eu só mexia com os dedos, sem apertar as teclas. Minha mãe costurara a bolsa em que eu carregava as partituras. Tinha um aplique de um ursinho com uma maçã encarapitada em sua cabeça.

Onde teriam ido parar o meu teclado e a minha bolsa de ursinho? Lembro de minha mãe resmungar por horas e horas quando eu desisti das aulas, que o teclado tinha custado caro, que eu não fizera nem um ano do curso, que mal começara e já estava desistindo, e blá-blá-blá. Por algum tempo, ele permaneceu fechado, cumprindo a função de prateleira para esculturas, mas lá pelas tantas o teclado não foi mais visto. Mesmo sem sofrerem um sumiço oficial, muitas coisas em nossas vidas, um dia, desaparecem em silêncio.

Ele tocava com o ombro esquerdo abaixado, de olhos fechados. A franja cobria sua testa. Tocava muito bem. Nunca errava uma nota. Sabia músicas animadas, lentas, alegres, tristes, de diversos tipos.

De vez em quando, passava a gaita para eu tocar. Eu protestava, dizia que era incapaz de tocar decentemente, mas ele respondia que queria descansar e ser plateia por um intervalo. Resignada, toquei uma canção de ninar que aprendera com minha babá, e outras cantigas infantis. Toquei aos trancos e barrancos. Não conseguia acertar o fá, o si, errava os buracos. Não sabia regular a força do sopro. Às vezes o som reverberava forte demais, para em seguida sair tremido ou baixinho. Ele sempre aplaudia ao fim de cada canção.

Aquele era o lugar perfeito para tocar gaita. Não se ouvia o ruído do exterior, o telefone não gritava, não apareciam visitas. O velho já estava dormindo no quarto de tatames do andar de baixo. O som enchia todo o espaço à nossa volta, e podíamos ficar ali tocando gaita o tempo que quiséssemos. O ar era rarefeito, e logo ficávamos cansados, mas quando isso acontecia íamos para baixo do exaustor e respirávamos fundo até retomar o fôlego.

Depois que tocamos todas as melodias que conhecíamos, largamos a gaita na cama e decidimos dar uma olhada no último objeto que eu trouxera do porão. R abriu o saquinho e despejou todos os comprimidos na mão. O saquinho estava encardido e o plástico havia endurecido, mas o conteúdo parecia intacto.

— É um remédio?

— Não, são pastilhas *lamunê*![7] Incrível que sua mãe tenha tido a ideia de guardar isso.

Eram pastilhas redondas com uma reentrância no centro, cobertas com um pó branco. Ele pegou uma com os dedos e a levou à minha boca. Espantada, cobri a boca com as mãos. Ele sorriu.

Era tão doce que aquecia a língua. Tentei mover a pastilha na boca para sentir melhor o gosto, mas ela logo derreteu.

— Gostou? — Foi tão rápido que, na verdade, eu não sabia se tinha gostado. Só a doçura permanecia na língua. Assenti com a cabeça, para não abrir a boca. — É um confeito de açúcar. Quando éramos criança, havia para comprar em qualquer loja. De todas as pastilhas do mundo, hoje restam apenas estas aqui.

R pôs uma na boca. A dele também deve ter derretido logo, mas ele ficou um bom tempo imóvel, sem falar, olhando para as pastilhas restantes na palma de sua mão.

Não sei quanto tempo ficamos assim, mudos. Ao final, ele recolocou as pastilhas no saquinho e disse:

— Vamos dividir o que sobrou com o velho.

Naquela noite, ele me contou histórias sobre os três objetos: o bilhete de balsa, a gaita de boca e o saquinho de pastilhas *lamunê*. Quando estamos deitados, a cama parece ainda menor

---

7. Fabricante tradicional de refrigerantes e balas. O sabor original era limonada. No Japão, a marca é associada à nostalgia e à infância. [N.T.]

do que quando estamos sentados. Nossos corpos se encaixam. Os braços dele eram grandes, e eu podia me virar, mexer no cabelo, espirrar, sem sair do lugar.

Já devia ser tarde da noite, mas eu não conseguia ver que horas eram porque o ombro dele barrava a visão do relógio de parede. O trinco novo que o velho instalara refletia a luz. O exaustor trabalhava incessantemente.

— Na ilha ao norte, havia uma fazenda de gado. Ao redor das montanhas, se espalhavam campos de pastagem com vacas, cavalos e ovelhas. Podíamos pagar para montar em um cavalo. Vinha uma moça com um cavalo amarrado numa corda e nos levava para dar uma volta no picadeiro. Não dava para apreciar muito, pois a volta era tão curta que mal começava e já tínhamos de descer. Eu sempre gritava: "Mais devagar! Mais devagar!" Uma vez, reclamei tanto que ela me deixou dar mais uma volta de graça. Podíamos visitar também a fábrica de laticínios. Eu me sentia mal lá dentro. Havia um tanque enorme, como um tanque de petróleo, e o queijo ficava ali dentro, girando, girando... não conseguia olhar para aquilo sem imaginar o que aconteceria se eu caísse lá dentro. Passávamos o dia lá e, às cinco da tarde, precisávamos pegar a balsa de volta para casa. A balsa só fazia esse trajeto quatro vezes por dia. O embarcadouro da ilha do norte era animado como uma feira. Tinha sorvete, pipoca, maçã do amor, balas, pastilhas *lamunê*, tudo de que uma criança gosta. O horário em que a balsa fazia a travessia de volta para cá era bem o momento em que o entardecer tinge tudo de dourado. O sol mergulhando no horizonte parece tão próximo que é como se pudéssemos tocar com a mão. Vista do mar, nossa ilha aparenta ser silenciosa e frágil em comparação à ilha do norte. De longe, ela tem um contorno vago. Eu sempre dobrava bem o meu bilhete e o guardava no bolso de trás, para não perdê-lo. Depois de montar no cavalo, ele ficava todo amassado.

R contou sua história sem interrupções. Soava um pouco como a leitura empolgante de um conto de fadas, ou como uma melodia agradável. Os três objetos dormiam ao lado do nosso travesseiro. Estranho como coisas tão silenciosas podiam encerrar tantas memórias. Eu encostei o ouvido no peito dele.

R contou da vez em que tocara gaita no recital do colégio. A batuta do maestro quebrou no meio da apresentação, todos riram, e a música teve de ser interrompida. A avó de R tirava pastilhas do bolso do avental para lhe dar. Uma vez, ele comeu tantas pastilhas que ficou com dor de barriga, e a avó levou um sermão da mãe de R. A avó ficou doente, cada vez mais magrinha, e um dia morreu.

Ouvir histórias de coisas sumidas me exigia um certo esforço mental. No entanto, não era desagradável. Nem tudo o que ele contava eu conseguia imaginar muito bem, mas não me importava. Como na época em que minha mãe me contava histórias no porão, eu apenas escutava, sem resistência. Como se um deus estivesse lançando chocolates do céu e eu estendesse a barra da saia para capturá-los todos.

## Vinte e três

No domingo seguinte, fui com o velho balseiro à cabana onde antigamente fora o ateliê de minha mãe. Talvez ali houvesse mais esculturas com objetos escondidos, como sugerira R.

Era uma cabana simples que minha mãe usava como ateliê nos meses de verão. Depois de sua morte, nunca mais ninguém pôs os pés lá. Com o terremoto, seria de imaginar que o lugar estaria em ruínas.

Eu e o velho saímos de casa bem cedo, levando uma mochila cada um, um cantil com água e um bentô com o almoço. Parecíamos uma família que vai ao campo comprar verduras. Pegamos o trem, descemos numa estação próxima à montanha e seguimos a pé por uma trilha por cerca de uma hora. Quando chegamos à cabana, já era quase meio-dia.

O velho largou a mochila na neve, pegou uma toalha para secar o suor do rosto e exclamou:

— Está em péssimo estado!

— Pois é, mais do que eu imaginava.

Eu me sentei numa pedra e bebi um pouco de água.

Praticamente não se reconhecia mais que era uma cabana. Não dava nem para saber onde ficava a porta. A impressão era que, se nos apoiássemos mal em alguma tábua, a estrutura viria toda abaixo com um estrondo. O telhado havia afundado com a neve, metade da chaminé estava faltando, as paredes, cobertas de musgo, e aqui e ali cresciam cogumelos de cores vivas.

Comemos nosso bentô, descansamos um pouco e nos pusemos ao trabalho. Não podíamos voltar muito tarde, porque andar de noite na rua despertaria a suspeita da polícia secreta.

Removemos a madeira que barrava o que, um dia, talvez tenha sido a entrada principal. O chão estava cheio de pregos, facas, formões, cinzéis e outros objetos perigosos. O teto havia desabado. Acendemos as lanternas e fomos avançando com cuidado.

— O que é aquilo? — gritei.

Debaixo da mesa de trabalho, havia um aglomerado de alguma matéria muito diferente dos cacos e ferramentas que povoavam o chão. Parecia úmido e viscoso, com partes flácidas e protuberâncias. Estava em decomposição e exalava um cheiro muito forte. O velho se aproximou com a lanterna.

— É algo morto.

— Morto?

— Sim. Possivelmente um gato de rua. Deve ter ficado preso aqui e morreu.

A cabeça e o ventre já haviam se desmanchado, deixando entrever os ossos. Só as patas e as orelhas guardavam uma vaga semelhança ao contorno de um gato. Juntamos as mãos em oração pelo bicho e seguimos com nossa tarefa, tentando não olhar na direção do cadáver.

Havia estátuas espalhadas por toda a cabana. Não era difícil reconhecer quais eram as esculturas que escondiam algo em seu interior. As que continham "coisas" eram aquelas produzidas com pedaços de madeira e pedra, reunidos de forma a envolver um outro objeto. Tinham uma forma abstrata. Algumas já estavam quebradas e era possível ver seu conteúdo.

Enchemos com as esculturas as mochilas e uma bolsa de viagem adicional que havíamos levado. Não havia tempo para verificar o conteúdo das esculturas ali, mas só de tocá-las dava para saber quais encerravam objetos sumidos.

Em duas horas, havíamos cumprido a missão. As mochilas e a bolsa de viagem estavam abarrotadas. Pensei ainda em enterrar o gato em algum lugar, mas no final cheguei à conclusão de que ele seria coberto pela neve junto com a cabana. Quando chegamos à margem do rio, larguei a bolsa e me virei para trás, despedindo-me daquele lugar que eu nunca mais visitaria.

— Quer que eu leve a bolsa de viagem? — ofereceu-se o velho.

— Não, estou bem. Obrigada.

Fomos caminhando até a estação no sopé da montanha.

A estação estava abarrotada, pois se aproximava o horário do trem expresso. Havia famílias voltando de piqueniques, viajantes, gente que fora ao campo comprar verduras diretamente dos agricultores, muitos com grandes bagagens, a ponto de lotar a sala de espera. As pessoas estavam agitadas, preocupadas. Tinha muito barulho de conversas.

— Será que o trem está atrasado? — indaguei, trocando a bolsa de mão.

— Não... é a polícia secreta que está revistando as bagagens.

Naquele momento, os policiais haviam bloqueado as catracas e ordenado que os passageiros fizessem duas filas. Na rótula defronte à estação, viam-se diversos caminhões de cor verde-escura estacionados. Os funcionários da estação, sob as ordens da polícia, haviam carregado os bancos da sala de espera para os lados, de maneira a não atrapalhar o trânsito interno. O trem já estava parado na plataforma, mas não parecia pronto a partir.

Perguntei com o olhar: "O que vamos fazer?"

— Fique calma — sussurrou ele rapidamente. — Temos de ir para o fim da fila.

Fomos andando conforme o fluxo até que, lentamente, chegamos ao fim da fila. Havia umas dez pessoas à nossa frente. Logo antes de nós, um agricultor carregava nas costas um cesto com verduras, enlatados, carne-seca, queijo. Era um monte de coisas apetitosas — cheguei a ficar com água na boca. Atrás de nós, havia uma senhora endinheirada com sua filha, cada uma com sua mala na mão.

A fila avançava lentamente. Policiais armados perambulavam pela sala de espera, observando os passageiros. Com toda aquela gente, eu não conseguia ver o que estava acontecendo lá na frente, mas, aparentemente, dois policiais pediam a identidade de cada um da fila e revistavam as bagagens.

Ouviam-se murmúrios insatisfeitos.

— Ultimamente tem revista da polícia secreta em toda parte!

— Quem eles pensam que vão prender neste lugar ermo?

— É que, justamente, parece que muitas pessoas vêm para as montanhas em busca de esconderijos. Por isso os caçadores de memórias têm feito buscas aqui no interior. Ouvi dizer que há pouco tempo prenderam um fugitivo escondido em uma caverna.

— Assim eles atrapalham a vida de todo mundo. Podiam nos liberar logo.

As pessoas se interrompiam e baixavam o olhar quando algum policial se aproximava.

O velho se curvou, como se estivesse arrumando a fivela do cinto, e sussurrou para mim:

— Eles estão mais é conferindo os documentos, sem dar muita atenção às bagagens. Nossos documentos estão em ordem. Não há nada com que se preocupar.

De fato, via-se que eles levavam mais tempo conferindo os documentos. Olhavam a frente, o verso, contra a luz, comparavam o rosto do sujeito com a foto da carteira. Verificavam se o documento não era falso, se o número de identificação não estava na "lista de procurados". Quanto às bagagens, limitavam-se a abri-las, dar uma olhada rápida e passavam à próxima.

O problema era que nossa bagagem não tinha roupa de baixo, blusões de lã, doces ou maquiagem. Estávamos levando coisas que não saberíamos como explicar — não saberíamos sequer nomear. Puxei a alça da mochila e segurei com força a da bolsa de viagem. Era como se eu sentisse, na minha mão, o tremor assustado das coisas que, abandonadas por anos na cabana em ruínas, haviam despertado de seu longo sono.

— Deixe comigo. Você não precisa falar nada — murmurou o velho.

Não sabia como ele faria para justificar aqueles objetos que enchiam nossas bagagens. Talvez a polícia secreta nem acreditasse que aquilo eram esculturas. Eram coisas suspeitas. E se eles vissem alguma das esculturas quebradas? Eu pusera as quebradas no fundo da bolsa, para esconder as coisas sumidas que se entreviam em seu interior, mas bastaria um caçador de memórias enfiar a mão lá no fundo, ou virar a bolsa de cabeça para baixo, e seria o nosso fim. Não haveria para onde fugir. Engasgada de medo, sentia a boca seca e a língua colada no céu da boca.

A nossa vez se aproximava. O trem já tinha dado o primeiro sinal. Todos se mostravam muito irritados. O horário de partida havia muito estourara, e logo adiante já se anunciava o entardecer. Muitos ali estavam perdendo compromissos, tiveram perturbados os seus planos. Senti um pouco de inveja dessas pessoas. Por mais que elas fossem chegar atrasadas aos seus destinos, não corriam risco de vida.

— Próximo!

Como sempre, os policiais tinham uma expressão neutra e falavam apenas o estritamente necessário. As pessoas que passavam na revista não tinham tempo sequer de fechar seus pertences e eram empurradas em direção à plataforma. Agora havia três na nossa frente. Dois. Estávamos o velho e eu colados um no outro.

Quando chegou a sua vez, o agricultor à nossa frente, que trazia nas costas uma cesta cheia de comida, disse aos policiais:

— Não dá para me deixar passar? Já estamos uma hora atrasados!

A fila, que até ali avançava em um ritmo ordeiro, parou de repente. Todos prenderam a respiração. Sabíamos que de nada adiantava dizer coisas assim à polícia secreta. O homem pegou um passe que tinha pendurado no pescoço, esfregou na cara dos policiais e desembuchou de uma só vez, sem parar para respirar:

— Sou eu quem abastece a cantina da polícia secreta. No domingo, preciso chegar às cinco em ponto. Tenho ordens expressas de não me atrasar nas entregas. Vejam. Tenho um passe especial da polícia. Vocês precisam liberar logo esse trem. Neste momento, os colegas de vocês estão lá, resmungando que não têm o que comer! E quem vai levar a culpa? Vocês? Não, sou eu! Então vocês não sabem que policial é bem exigente com horários? Telefonem lá para o responsável da cantina. Eu não tenho culpa do atraso. São vocês que estão se arrastando com essa revista.

Nesse instante, a menina que vinha atrás de nós tapou a boca com um lenço, cambaleou e desmaiou no chão. A mãe com cara de rica berrou:

— Minha filha, minha filha! Ela é anêmica! Tem o coração fraco! Alguém me ajude!

O velho me deu a sua mochila e pegou a menina nos braços. Também as outras pessoas que aguardavam a sua vez acudiram para ver o que se passava. A fila se desintegrou. Durante todo esse tempo, o agricultor ainda não tinha calado a boca.

Um policial, provavelmente o chefe dos outros, deu um passo à frente, empurrou o agricultor para o lado, ergueu um braço e ordenou:

— Atenção, passageiros! Tenham em mãos os seus documentos de identidade. Mostrem-nos ao policial quando passarem. Depois da catraca, dirijam-se depressa até o embarque.

Meu braço doía com o peso da bagagem, mas enfiei rapidamente a mão no bolso do casaco e peguei o meu documento. Ainda segurando a menina anêmica, o velho pediu à mãe rica que tirasse a identidade dele do bolso da calça. As pessoas se aglomeraram na catraca e passaram à plataforma. A polícia fazia que olhava os documentos. Nenhuma mala foi revistada. Enfiamo-nos na turba e nos deslocamos o mais rápido possível até o trem — antes que algum policial mudasse de ideia. A menina anêmica, ainda nos braços do velho, volta e meia dizia:

— Queiram me desculpar! Sinto muito por isso!

Assim que todos os passageiros se jogaram em suas poltronas, o trem imediatamente deu a partida.

Só conseguimos jantar às dez. Na estação seguinte, despedimo-nos da menina e de sua mãe, e fizemos baldeação para o trem superexpresso, que ia sem parar até a estação terminal. De lá, pegamos um ônibus. Durante todo esse tempo, não trocamos uma palavra. O trem e o ônibus estavam lotados e não nos sentimos à vontade para conversar. Além disso, por mais que estivéssemos contentes por ter escapado à revista, estávamos também com os nervos aflorados por toda a tensão daquela tarde. Mesmo o velho, que sempre me dizia para ser forte e manter a calma, naquele dia, ao voltar, tinha uma expressão de fadiga.

Chegando em casa, ainda levamos um tempo estatelados no sofá, entorpecidos. Enquanto isso, as mochilas e a bolsa ficaram no chão. Não tínhamos força para tirar coisas de dentro de esculturas.

Não jantamos propriamente. Limitei-me a botar sobre a mesa umas bolachas salgadas, picles e maçãs. As maçãs, nós ganháramos de presente da mãe rica.

— Desculpe, não há nada quente para comer.

— Imagine, assim está ótimo.

O velho tentou espetar o garfo em um picles. Distraída, eu empurrei com água uma bolacha seca goela abaixo. Quando olhei para o prato, vi que o velho não conseguia acertar nenhum picles. O garfo, dançando, fincava o nada. Em seguida, quando parecia próximo do intento, atingia a borda do prato ou a toalha. O velho tentou mudar de mão, segurar melhor o garfo — tudo em vão. Inclinou a cabeça, enrugou a testa e ficou olhando para os pepinos, como quem persegue um inseto desagradável.

— O que há?

Era como se ele não me ouvisse.

— Algum problema?

Não adiantou repetir. O velho insistia em tentar acertar os picles, como se eu não estivesse ali. Tinha a boca aberta, torta, e empalidecera.

— Pare! Deixe que eu faça isso. O senhor quer um picles?

Peguei o garfo da mão dele, espetei um pepino e o levei até a sua boca.

Ele voltou a si. A voz saiu sem força.

— Ah! Obrigado.

— O senhor está passando mal? Está com a vista nublada? Sente o braço dormente?

Aproximei-me dele e acariciei seu ombro. Era assim que ele me consolava quando eu tinha um problema.

— Não, não estou me sentindo mal. Só um pouco cansado.

Ele mastigou o pepino crocante.

## Vinte e quatro

O velho balseiro levou uns dez dias para se restabelecer. A viagem e a tensão de passar pela revista da polícia secreta o haviam abalado muito. Mas, depois de descansar, retomou a energia de outrora: quando eu chegava do trabalho, todo o serviço da casa já estava feito, e ele até ajudou a tirar a neve do telhado dos vizinhos. Estava melhor dos nervos e recuperou o apetite.

Decidi não contar a R da revista. Só serviria para deixá-lo mais nervoso, e mesmo que ele soubesse o que se passara, não havia nada que pudesse fazer a respeito. Por mais que houvesse novos sumiços, por mais que a polícia secreta ameaçasse nossa existência, a única coisa que lhe cabia era manter-se escondido.

Mal chegamos da cabana e R já queria imediatamente ver todos os objetos que estavam escondidos nas esculturas. Ficou me apressando como se fosse reencontrar um grande amigo com quem não falava havia muitos anos. No entanto, nem eu, nem o velho estávamos assim tão ansiosos para saber o que havia nas esculturas a ponto de já ir quebrando tudo — e nem sabíamos muito bem qual seria a melhor maneira de fazer isso. E, por mais preciosos que fossem esses objetos, era sempre muito triste quando R tentava usá-los para agitar nossos corações, que, diante das coisas sumidas, encontravam-se congelados como um cristal. Eu estava mais preocupada em saber de onde sairia, naquela noite, comida para nós três, ou se os caçadores de memórias fariam novas batidas.

Ainda assim, também não podíamos deixar as mochilas e a bolsa para sempre jogadas no chão da sala. Decidi que daria um jeito nos objetos no domingo seguinte. Levamos todos os achados para o porão e os enfileiramos sobre a mesa. Uma a uma, fomos batendo nas esculturas com uma marreta. Era difícil saber que força aplicar. Algumas se abriam com uma única leve marretada, mas muitas outras não se deixavam quebrar com tanta facilidade. Ficamos com medo de bater com força demais e quebrar junto o que havia dentro. Além disso, não podíamos fazer barulho. Pouca gente passava pelo caminho que margeia o rio, mas era impossível saber onde e quando a polícia secreta iria aparecer. O som de batidas vindo de um porão poderia levantar grandes suspeitas.

Revezamo-nos com a marreta, experimentando bater ora com mais força, ora com menos; em diferentes ângulos; em diferentes ritmos. Enquanto um batia, o outro ficava na porta dos fundos, vigiando se não vinha alguém.

No fim, todas as esculturas traziam algo em seu interior. Eram miudezas que quase passaram despercebidas; coisas embrulhadas em papel encerado, com contornos complicados, de cor escura, afiadas, macias, muito finas, brilhantes, esvoaçantes...

Não sabíamos o que fazer com esses objetos. Tínhamos medo de segurá-los com força, pois podiam quebrar. Devíamos usar uma pinça para movê-los? Podíamos tocá-los sem luvas? Por algum tempo, ficamos apenas olhando para eles.

— Difícil crer que estão escondidos há quinze anos. Parecem novos — observou o velho.

— Sim. E pensar que são coisas sumidas.

A quantidade de itens era maior do que o número de gavetinhas do armário de minha mãe. Ela devia ter outros lugares onde escondia as coisas sumidas. Depois de muito observar os objetos, tive a impressão de que sabia reconhecer os que eu havia visto quando criança. Consegui até me lembrar, ainda que vagamente, de algumas das histórias que minha mãe contava sobre eles. Mas não passou disso. O pântano de minha memória não borbulhou com recordações.

Levei os objetos em uma bandeja para R ver. Ele já nos esperava no alto da escada, sorrindo.

— Não quis trazer em uma sacola, porque podiam lascar. Preferi dispô-los assim.

— Não precisava ser tão cuidadosa.

R deu uma olhada nos objetos da bandeja.

Não havia lugar no recinto oculto para colocar todas as coisas sumidas. Não cabiam todas na estante, então enfileiramos algumas no chão. Tomando cuidado para não tropeçar em nenhuma, sentamo-nos os três na cama.

— É como um sonho. Nunca pensei que veria todos esses objetos juntos. Que saudades! Eu tinha um igual a este. Quando houve o sumiço, meu pai me forçou a queimá-lo. Ah! Isto aqui era caro. Guarde com cuidado, pode valer muito dinheiro. Se bem que não dá para revender... Toque isto. Não precisa ter medo. É bom de tocar. Puxa, sua mãe guardou tudo com tanto carinho... Você devia agradecer.

R tagarelou sem parar. Foi contando histórias relacionadas aos objetos, explicando suas funções, como usá-los. Não deixava nem eu, nem o velho fazer algum comentário.

— Que bom que você ficou contente — consegui, por fim, dizer, numa pausa que ele fez para tomar fôlego.

— Eu? Mas são vocês que precisam dessas coisas. — O velho soltou um "ãhn?", assustado. — Elas vão transformar vocês, despertar sensações que, por menores que sejam, trarão lembranças. Suas memórias vão renascer.

O velho e eu trocamos olhares e, a seguir, voltamos os olhos ao chão. Eu sabia que, mais cedo ou mais tarde, esse assunto viria à baila, mas, mesmo assim, não estava preparada para ouvir R pôr nesses termos. O velho, com dificuldade, forçou-se a falar:

— O senhor... podia me explicar... Se eu... Ãhn... Supondo que um dia eu consiga me lembrar de alguma coisa, de que isso me servirá?

— Não é para servir para alguma coisa. As pessoas são livres para usar suas memórias como quiserem.

— Mas quando nos lembramos de alguma coisa, isso acontece em um lugar invisível, aqui ou aqui, não é mesmo? — questionou o velho, indicando com a mão a cabeça, depois o peito. — Não importa qual seja, mesmo a mais maravilhosa lembrança fica em um lugar onde ninguém a vê... e, depois, ela se apaga... invisível para os outros. Nem eu mesmo sou capaz de guardar as minhas próprias memórias intactas. Não resta traço, depois que elas se vão. O senhor acha mesmo que vale a pena tentar ressuscitar à força o que já sumiu?

— Acho — respondeu R, após um instante. — A memória é terrível justamente porque ninguém pode vê-la. O senhor vai tendo a memória silenciosamente atacada, sumiço após sumiço... até que um dia já é tarde demais. Mesmo quando já é tarde, a pessoa pode não se dar conta. Olhe isto aqui. — R pegou uma pilha de folhas de almaço que se encontrava sobre a escrivaninha e olhou em minha direção. — Este papel existe. Em cada quadradinho destes há uma letra. Foi você quem escreveu todas estas letras nestes quadradinhos. O seu coração, que é invisível, criou essa história para todos verem. Os romances podem ter sido queimados, mas o seu coração, não. Você está aqui, sentada ao meu lado. Assim como vocês me salvaram, eu quero salvar alguma coisa para vocês.

Olhei para as folhas que ele segurava. O velho massageava as têmporas. Devia estar pensando no que R dissera.

— O que será que aconteceria se tudo na ilha sumisse? — murmurei.

O velho e R permaneceram calados. Tive a impressão de que fizera uma pergunta indevida. Os dois se mostraram confusos, como se eu, sem mais nem menos, tivesse dito algo terrível, que eles não ousavam falar, e que, uma vez expresso em palavras, poderia se tornar real.

Depois de um longo silêncio, R comentou:

— A ilha pode desaparecer, mas este esconderijo vai continuar existindo. — R não falou de maneira agressiva ou autoritária. Falou com bondade, como se estivesse lendo em voz alta uma inscrição entalhada em pedra. — Neste recinto estão guardadas todas as memórias. Há uma esmeralda, um mapa, uma gaita, fotos, romances... Este é o fundo do pântano dos corações humanos. É o último destino das lembranças.

As semanas se passavam sem incidentes. Melhorei meu desempenho com a máquina de escrever. Meu chefe já tinha me dado alguns documentos para datilografar. A venda de condimentos ia de vento em popa, e a firma começou a aceitar encomendas de gelatina, de geleia e até de congelados. Agora eu tinha muitos afazeres no serviço. As horas extras se tornaram frequentes, mas, graças ao velho, eu não precisava me preocupar com questões domésticas. Ele providenciava tudo: ia às compras, cozinhava, fazia a faxina, cuidava de R.

Um dia, a saída do esgoto entupiu. Normalmente, era só ligar para o encanador e o problema estaria resolvido; no entanto, agora nosso sistema de escoamento tinha um cano a mais que, se descoberto, representaria um risco. O velho decidiu resolver ele mesmo o entupimento. Depois de um dia e meio andando pela casa com neve e lodo na roupa, ele finalmente conseguiu que o esgoto voltasse a funcionar como antes.

Don adoeceu. Notei que ele ficava esfregando uma orelha na casinha. Ao inspecionar mais de perto, vi que escorria um líquido amarelo e viscoso do seu ouvido. Enquanto eu limpava com um algodão, o cachorro ficava abanando as orelhas e semicerrando os olhos, como quem diz: "Desculpe por todo o trabalho que estou causando." Mas, meia hora depois, o líquido voltava a escorrer.

Por algum tempo, ficamos em dúvida se devíamos levá-lo ao veterinário. Don não era um cachorro qualquer — havia pertencido à gente detida pela polícia secreta. Todo mundo sabia que a polícia tinha informantes na área médica. Afinal, pessoas escondidas também ficam doentes e podem ter de ir ao hospital. Seria perigoso eles saberem que Don tinha algo a ver com pessoas suspeitas. A polícia secreta era bem capaz de ter sequenciado o DNA dos animais de estimação também. Eu o adotara por pena, mas não podia permitir que algo assim pusesse o esconderijo em risco.

Por outro lado, se a polícia estivesse mesmo preocupada com o cachorro, ele teria sido levado junto no dia da batida. Depois desse episódio, veio um caminhão que carregou tudo de dentro da casa dos vizinhos — menos o cachorro. Talvez não fosse necessário se preocupar tanto com isso. Decidi, finalmente, levá-lo ao hospital de cães e gatos.

O veterinário era um senhor de cabelos brancos com a fala mansa de um pastor. Ele limpou o ouvido de Don, passou uma pomada e me deu uns comprimidos que o cachorro devia tomar por uma semana.

— Ele está com o ouvido inflamado, mas não é nada grave — diagnosticou, enquanto fazia cosquinhas no pescoço de Don.

O cachorro, todo contente esparramado na mesa do doutor, parecia dizer: "Ah, já acabou? Não vai me examinar mais um pouco?" Os olhinhos dengosos piscavam para o veterinário, agradecidos. Deu trabalho convencê-lo a descer da mesa. Ficamos muito aliviados. No fim, eu tinha me preocupado daquele jeito por nada.

Também teve o dia em que o velho cortou o cabelo de R. Ele nunca mais tinha cortado o cabelo desde que viera para cá. Estava muito feio. A dificuldade principal foi fazer isso naquele recinto, cada vez mais apertado com todos os objetos sumidos.

Primeiro, forramos o pouco de assoalho livre que restava com jornal. R se sentou na clareira, e nós cobrimos os seus ombros com uma toalha e um plástico, que fixamos com um prendedor. O velho fez um excelente serviço, mesmo tendo de se esticar e encolher para não bater em nada. Eu fiquei assistindo sentada na cama.

— O senhor sabe até cortar cabelo!

— Saber, eu não sei. Só arrisco umas tesouradas...

De vez em quando, R olhava para cima e tateava a cabeça para saber a quantas andava o corte.

— Não se mexa, por favor! — dizia o velho, segurando-lhe a cabeça.

O resultado não ficou de todo ruim. Não tinha a regularidade de um corte profissional, mas a assimetria dava um ar jovem ao rosto. R também ficou satisfeito.

Limpar o quarto depois da função também deu trabalho. O jornal não foi de grande valia: os fios voaram pelos recantos mais improváveis do cômodo. Tinha cabelo até nos objetos sumidos.

Por algum tempo, os dias se passaram tranquilos. No entanto, no entardecer de um sábado, eu estava passeando com Don nas ruínas da biblioteca quando, por acaso, me deparei com o velho.

— Ué? Já fez as compras? Conseguiu algo gostoso?

O velho, sentado nos escombros, acenou ao me ver.

— Não, o de sempre. Hoje achei uma acelga murcha, três cenouras, farinha de milho, iogurte vencido de dois dias, um pouquinho de carne de porco.

Prendi Don em uma árvore e fui me sentar ao lado do velho.

— Não é necessário mais do que isso. É suficiente para uma semana. Mas é verdade que, a cada dia, dá mais trabalho comprar mantimentos. Fico imaginando quem mora sozinho! Não dá para trabalhar e, todo dia, ter de bater perna pelo mercado e pelo centro comercial por uma hora ou duas atrás de comida.

— Quando falta comida, o tempo é de incerteza.

O velho chutou um pedaço de tijolo. Os cacos se espalharam na neve.

A biblioteca agora era um amontoado de escombros enegrecidos. Nada havia ali que lembrasse a época em que o prédio abrigava livros. Tinha-se a impressão de que, se alguém revirasse o entulho, ainda subiria fumaça por entre os tijolos. O gramado da frente, que sempre fora tão bem cuidado, escondia-se sob uma espessa camada de neve. Mais adiante, avistava-se o mar.

— E o que o senhor estava fazendo aqui com este frio?

— Estava olhando a minha balsa.

Desde o tsunami, a balsa continuava do mesmo jeito: emborcada bem no meio da baía. Ao passar por ela, as ondas se desarrumavam, criando redemoinhos de espuma. A parte visível do casco pareceu-me menor, e talvez ela tivesse se deslocado um pouco mais para o alto-mar, mas não dava para ter certeza.

— O senhor quer voltar à vida de antes?

Em seguida, pensei que não devia ter dito isso, até porque já sabia a resposta.

— Não, de jeito nenhum — apressou-se em dizer, exatamente como eu imaginava. — Não há nada que me alegre mais do que viver com você. Sem você, eu não teria onde morar. Não desejo nem um pouco voltar à vida antiga. A balsa já estava se deteriorando. Mesmo sem o tsunami, um dia iria afundar. As coisas sumidas, mesmo se reaproveitadas em outra função, não têm uma vida longa. Esse é o seu destino.

— Na época, fiquei preocupada, porque foi tudo tão de repente… deve ter sido um choque para o senhor.

— Na verdade, você me salvou quando eu estava em vias de morrer. Não fiquei em choque. Sou muito grato. Não sinto saudades da balsa. Estava olhando para ela para tentar entender como eu tive sorte.

Ficamos os dois contemplando o mar em silêncio. O céu, de uma cor próxima à das ondas, começou aos poucos a se tingir de dourado. A balsa foi envolta pelo pôr do sol. Não havia ninguém na praia nem no embarcadouro. Apenas alguns carros passavam pela avenida beira-mar. Don arranhava o tronco da árvore, lambia a correia, batia o rabo como se pedisse para se aproximar de onde estávamos. De vez em quando, a orelha inflamada tremia nervosamente, talvez porque comichasse.

Do outro lado, via-se o topo da colina e, escondido à metade pela neve, o ex-observatório de pássaros silvestres. Não precisou a polícia secreta vir destruí-lo com retroescavadeiras — ele estava desmoronando sozinho. No caminho, ainda havia uma placa indicando a entrada do roseiral. A seta apontava para o nada. As coisas que restaram na colina aguardavam todas a destruição final.

O velho perdera toda a sua roupa no tsunami. Eu lhe dera algumas roupas de meu pai que eu havia guardado com todo o cuidado. Ele vestia calças de veludo cotelê, um blusão de lã mesclada e um casacão com gola de pele sintética. A calça e a gola do casacão estavam desbotadas, mas as roupas serviam direitinho e ficavam muito bem nele. As suas mãos grandes e fortes de trabalhador repousavam nos joelhos enquanto ele ouvia atento o que eu dizia.

Eu gostava das mãos dele. Sempre gostei, desde pequena. Quando saíamos juntos a passeio, era sempre a mão dele que eu pegava. Eram mãos capazes de fabricar qualquer coisa: caixas de brinquedos, carrinhos, gaiolas para besouros, jogos de cinco-marias, abajures, selins de bicicleta, peixe defumado, bolo de maçã… As juntas eram grandes e fortes, mas a palma da mão era macia. De mãos dadas com ele, eu sabia que nunca estaria sozinha, que nunca me fariam mal, que eu não seria abandonada.

— Será que as coisas que minha mãe escondeu nas esculturas também terão uma vida curta, como a balsa?

— Pois é…

— R acha que, no esconderijo, as coisas estarão protegidas.

— Ele acredita no poder do esconderijo. Eu já não acredito tanto assim. Claro que não vou dizer isso a ele. De nada ajudaria.

— É verdade. Em toda esta ilha, não há palavras que possam fazê-lo entender o que significa realmente um sumiço. Da mesma forma, não temos como entender o que as coisas sumidas representam para ele.

— Podemos resistir juntos à polícia secreta, mas não há resistência possível para a distância que há entre nós e ele.

— Às vezes fico pensando como seria bom se a próxima coisa a sumir fosse a polícia secreta. Ninguém mais teria de se esconder.

— Sim, seria maravilhoso. Mas pode ser que os esconderijos sumam antes da polícia.

O velho juntou as mãos sobre o peito. Como que as esquentando. Ou talvez rezasse. Eu nunca tinha pensado que os esconderijos poderiam sumir. Um dia, acordar e não saber mais o que há debaixo do tapete do escritório, não saber como abrir o alçapão, não conseguir compreender o que R estaria fazendo ali… que horror.

Don, que supunha ter saído para passear e acabara amarrado em uma árvore e ignorado, volta e meia gania impaciente.

Para esconder o horror que sentia, eu disse, com uma voz otimista:

— Imagine, não precisa se preocupar. Já tivemos todo tipo de sumiço. Perdemos coisas importantes, que nos traziam lembranças queridas, e nem assim sofremos tanto quanto seria de imaginar. Somos capazes de suportar qualquer vazio.

O velho devolveu as mãos aos joelhos e sorriu para mim.

— É mesmo.

Seu sorriso parecia se dissolver no crepúsculo.

Desci dos escombros, amarrei a manta no pescoço e soltei o cachorro.

— O sol está afundando no mar. Vamos embora antes que alguém fique resfriado.

Don, faceiro com a liberdade reconquistada, veio se esfregar nas pernas do velho.

— Vá você na frente. Vou descansar um pouco e, depois, ainda passarei em outro açougue. É um que fica do outro lado da colina; dias atrás, havia bastante coisa para comprar. Vou conseguir um bom presunto para nós.

— Melhor não exagerar. Já não fez o suficiente para um dia?

— Imagine, não é nada. Só uma volta a mais.

— Ah, antes que eu me esqueça. Trouxe uma coisa para lhe dar energia.

Tirei do bolso da saia o saquinho com as pastilhas doces. O velho piscou, inclinou a cabeça e perguntou:

— O que é isso?

— Pastilhas *lamunê*. Estavam dentro de uma das esculturas da família Inui.

Despejei o conteúdo do saquinho na mão. Haviam sobrado três.

— É perigoso andar por aí com uma coisa dessas! E se você cai numa revista?

Ele não conseguia parar de olhar para as pastilhas.

— Não se preocupe. Isso derrete na boca. Prove uma.

Ele pegou receoso uma das pastilhas e botou na boca. O *lamunê* parecia ainda menor entre aqueles dedos grandes. O velho remexeu a língua e, de repente, seus olhos piscaram diversas vezes.

— Que coisa doce!

Ele deu uma palmadinha no peito, como que para confirmar a doçura.

— Gostou? Pode comer as outras.

— Posso mesmo? Uma coisa tão rara. Muito obrigado! Muito obrigado!

Mais duas vezes, o velho remexeu a língua na boca fechada e deu um tapinha no peito. Depois de comer a última pastilha, ele juntou as mãos em agradecimento, curvou-se e disse:

— Obrigado pelas iguarias!

— Então vou indo. Espero o senhor em casa.

Acenei para o velho. O cachorro puxou a guia e deu dois leves latidos, como que dizendo para descermos logo.

— Até mais tarde.

O velho, sentado nos escombros, sorriu para mim.

Foi a nossa última despedida.

# Vinte e cinco

Às oito e meia, o telefone tocou. Era do hospital. Disseram-me que o velho balseiro tinha passado mal na frente do açougue. Eu já estava ficando preocupada com a demora. Cheguei a pensar em sair atrás dele. Foi nesse momento que recebi o telefonema. Não sei se era enfermeira, mas a mulher do outro lado da linha falava muito rápido. Ainda por cima, havia muita interferência na conexão. Não consegui entender metade das coisas que ela disse. Seja como for, eu devia ir imediatamente ao hospital.

Pelo funil, expliquei a R o que estava acontecendo. Peguei só a carteira e saí correndo. Tinha a intenção de pegar um táxi no caminho, mas por azar não passei por nenhum. Cheguei ao hospital a pé.

O velho não estava em uma cama, e sim em uma superfície de inox que mais parecia um balcão de cozinha com rodinhas. A fria sala em que se encontrava tinha piso de azulejos. O corpo estava coberto por um lençol amarelado e áspero com a barra desfiada.

— Ele passou mal na rua e foi trazido para cá de ambulância. No entanto, ao chegar já estava inconsciente e sem batimentos cardíacos. Tentamos todos os métodos para reanimá-lo, mas ele veio a óbito às dezenove horas e cinquenta e dois minutos. A *causa mortis* foi um AVC. O que causou o AVC ainda não sabemos, seria necessária uma investigação.

O médico falava sem parar, mas eu não estava entendendo nada. Era a voz monocórdica de um homem desconhecido girando e girando em meus ouvidos.

— Ele bateu com a cabeça recentemente?

Abri a boca para responder, mas a angústia no peito foi tal que não consegui falar nada. O médico continuou, com a mesma voz sem entonação:

— Pela localização da hemorragia, mais próxima do crânio, podemos supor que o derrame resultou de uma batida. Isso é frequente nesses casos. Mas ele pode ter tido um mal-estar devido a outro motivo, como um ataque cardíaco, e batido a cabeça depois.

Levantei o lençol. A primeira coisa que vi foram as mãos. Estavam unidas sobre o peito. Já não fabricariam mais nada. Lembrei-me do sangue escuro que jorrara do ouvido do velho quando ele saiu de baixo do armário de louça no dia do tsunami. Ele dera outros sinais: na ocasião em que não conseguiu pegar as esculturas da mesa, ou quando não foi capaz de espetar os pepinos com o garfo... O AVC já vinha se anunciando havia algum tempo.

— Mas ele desentupiu o esgoto. Cortou muito bem o cabelo de R — murmurei.

As palavras débeis caíram no piso de azulejos sem alcançar os ouvidos do médico.

No chão, o cesto de compras. Podia-se ver o embrulho do açougueiro e umas folhas de cenoura.

O funeral foi bem modesto. Só compareceram alguns parentes distantes — um sobrinho-neto e a sobrinha com o marido, antigos colegas do trabalho e alguns vizinhos. No recinto oculto, R rezou por ele.

Não consegui aceitar a morte do velho balseiro. Já havia perdido outras pessoas queridas, mas a maneira como se deu com o velho foi diferente. Eu sofri, claro, quando minha mãe, meu pai e minha babá morreram. Senti saudades e vontade de revê-los, e me arrependi de todas as vezes em que os tratara mal quando vivos. Mas esses lutos foram suavizados com o tempo. À medida que o tempo passa, a morte vai se distanciando, e só as memórias mais importantes sobrevivem. As leis da ilha não deixam de ser aplicadas em função da morte. Não importa se eu perdi uma pessoa querida, os sumiços continuam existindo.

No entanto, dessa vez, tinha a impressão de ser diferente. Além de tristeza, eu sentia uma angústia estranha e desagradável. Não era uma preocupação de ordem prática — insegurança por não ter ninguém para me ajudar a cuidar de R, por exemplo. Ia além disso. Era como se, com a morte do velho, eu não pudesse mais contar com o chão que eu piso, de súbito reduzido a uma pilha de algodão.

Eu estava sozinha, de pé naquela pilha de algodão. Não havia mais ninguém para me consolar, para pegar a minha mão, para entender o que eu sentia quando havia um novo sumiço. É claro que R podia me ouvir, oferecer sua compaixão, mas ele estava para sempre preso naquele espaço quadrilátero. Era muito difícil para mim descer de meu monte de algodão para aquele cômodo subterrâneo. E eu não conseguia ficar do lado dele por muito tempo. No final, precisava sempre voltar para o lado de fora. Sozinha do lado de fora.

A matéria de que era feito o mundo de R era muito diferente da matéria de que era feito o meu mundo. Era como querer unir com cola um origami e as pedras do jardim. E eu não tinha mais o velho balseiro para me fabricar um novo tipo de cola que pudesse unir as duas realidades.

Para criar coragem de prosseguir, decidi mergulhar de cabeça na vida cotidiana. Acordava de manhã e caprichava na cozinha, preparando a comida de R. No serviço, encarava toda e qualquer tarefa como um desafio, que podia sempre ser executado de forma mais eficiente e com menos erros. Isso me ocupava a mente. Na hora de fazer as compras, ia ao mercado determinada a não desistir, por mais longas que fossem as filas. Abria caminho na multidão, usava toda a minha perspicácia e arrumava um jeito de voltar para casa com o cesto cheio. Lavava a roupa e depois passava a ferro. As blusas velhas, transformava em capas de almofada; os blusões furados, desmanchava, e com a lã tricotava coletes. Esfregava os azulejos da cozinha e do banheiro até brilharem, levava o cachorro todos os dias para passear, tirava a neve acumulada do telhado.

Ainda assim, na hora de ir para a cama, não conseguia pegar no sono. Tornava-me presa de uma exaustão e uma angústia esmagadoras. Fechava os olhos, e os nervos se agitavam. Começava a chorar. Incapaz de dormir, sentava-me à escrivaninha e ficava olhando para o manuscrito. Isso de nada adiantava, mas, para mim, era a única maneira de fazer o tempo passar.

Colocava sobre as folhas algumas das coisas sumidas que eu guardava junto ao funil. Cada vez que ia ao esconderijo, R me dizia para escolher dois ou três objetos para trazer à superfície. Eu tinha vergonha de dizer para ele, mas a verdade é que meu coração fraco não tinha emoção suficiente para preferir um objeto. No entanto, para não o decepcionar, eu apontava com o dedo os primeiros que entravam em meu campo de visão.

Quando cansava de ficar olhando para a coisa, experimentava tocá-la, sentir seu cheiro, abrir sua tampa, girar seus parafusos, rodá-la sobre a mesa, observá-la contra a luz, assoprá-la. Cada coisa tinha sua forma e permitia que eu fizesse dela diferentes usos. Eu não sabia se esses usos eram os corretos.

Algumas vezes, por um instante, as coisas esboçavam algum sentido. Uma curva do contorno, a densidade de uma sombra, algo se mostrava que prendia a atenção. *Ah!*, eu pensava, *vai ver que é isso que R quer que eu sinta*. Mas tudo não passava de um segundo, e, de repente, tal como aparecera, a impressão logo desaparecia. Além disso, eram poucas as coisas que me causavam essa sensação. A maioria das vezes eu me limitava a olhar para o objeto, sem saber o que estava vendo.

Isso não me consolava como o velho balseiro fazia, mas era melhor do que passar a noite tremendo na cama e velando minhas próprias lágrimas. Às vezes uma coisa me causava aquela impressão passageira por duas noites seguidas; ou ocorria de, em uma mesma noite, isso acontecer três vezes. Também havia ocasiões em que nada acontecia por quatro noites seguidas. Com o passar do tempo, comecei a desejar esses instantes de reconhecimento. Era como se essas sensações fossem um farol a me guiar até o mundo de R. Esse farol iluminava os ocos do meu coração.

Uma noite, decidi me pôr a escrever. Tentei expressar como me sentia quando um oco era iluminado pela luz tênue do reconhecimento. Foi a primeira vez, desde o sumiço dos romances, que isso acontecia. Não sabia mais segurar o lápis direito. Os caracteres transbordavam dos quadradinhos, ou eram muito pequenos, ou eram muito feios. Também não sabia dizer se o que eu estava escrevendo era um texto, mas continuei movendo os dedos. O esforço de uma noite em claro resultou nesta frase:

*Mergulhei os pés na água.*

Li em voz alta o que havia escrito, mas não sabia dizer de onde aquelas palavras tinham vindo, nem para onde queriam ir. Na hora de devolver a R os objetos que ele me emprestara, entreguei junto, envergonhada, a folha em que havia escrito. Era apenas uma frase, mas ele ficou por um bom tempo olhando para o papel. O silêncio se prolongou. Pensei que, dessa vez, ele havia de fato se decepcionado comigo.

— São só uns garranchos. Não precisa ler, se não quiser. Peço desculpas. Pode amassar e jogar fora.

— Não. Na verdade, é um grande avanço. Até hoje, você só conseguia rasgar o papel de tanto apagar.

Ele depositou com cuidado a folha sobre a escrivaninha.

— Avanço também não é. Não exagere. Foi um acidente. Amanhã já não consigo escrever nada de novo.

— Mas isto aqui é o início de uma história.

— É? Não me inspira muita expectativa. Que história de água é essa? Por que eu molhei os pés na água? Não faço a mínima ideia. Isso não significa nada para mim.

R tentou me encorajar:

— Não é importante que tenha significado. O importante é a história que está submersa nas palavras. Neste momento, você está tentando trazer essa história à superfície. O seu coração está empenhado em recuperar as coisas sumidas.

Talvez ele estivesse dizendo uma bobagem qualquer só porque eu estava muito fragilizada com a morte do velho, mas não me importava a verdadeira razão por trás do carinho dele. Importava o carinho.

*A superfície da água era limpa e cristalina.*
*Olhei para baixo e vi os campos.*
*O vento fazia desenhos na relva.*
*O desenho na relva assemelhava-se a um rato roendo queijo.*

Não sentia a história engrenar. Mas, a cada noite, escrevia uma frase. Com o tempo, minha letra melhorou. O que não melhorou foi minha insegurança no momento de escolher as palavras.
— Continue. Está indo bem.
R adicionou o papel à pilha.

Desde a morte do velho, não houve mais sumiços. Uma manhã, acordei com a sensação de que algo fora perdido. Ainda na cama, tentei me concentrar e descobrir o que era. Lá fora, imperava o silêncio. Sem sinais de gente nas ruas. Pensei que podia ser algo muito específico que não tivesse relação com a minha vida, ou talvez tão desimportante que não faria muita diferença. Resolvi me levantar. Senti que o ar estava denso, como que preso ao meu corpo. A luz do dia que a cortina filtrava era cinzenta. Fazia mau tempo. Podia ser que nevasse. Decidi sair mais cedo e pegar o bonde das sete. Em manhãs de sumiço, sempre havia engarrafamentos.

Levantei as cobertas. Nesse momento, avistei uma coisa estranhíssima. Estava presa à minha virilha. Tentei puxar, empurrar, torcer o corpo estranho, mas ele continuava lá. Era como se a coisa estivesse soldada em mim.

— Mas o que será isto?

Fiquei tonta e me agarrei ao travesseiro. Quase caí da cama. A coisa presa na minha virilha atrapalhava todos os meus movimentos. Eu não conseguia me equilibrar.

Enterrei o rosto no travesseiro e esperei um pouco até ficar mais calma. Em minha mão, perdurava a sensação que eu tivera ao tatear o corpo estranho. Será que estou doente? Será que é uma doença vergonhosa? Pode ser um gigantesco tumor que me surgiu durante a noite. Como farei para chegar ao hospital, com esse incômodo apêndice preso ao meu corpo? Resolvi olhar a coisa de novo. Ela continuava lá, do mesmo jeito, jogada na cama.

Bem, eu não podia ficar deitada o resto da vida. Decidi me levantar e me vestir. Botei o pé direito no chão e ergui o tronco. No mesmo instante, o corpo estranho rolou da cama e me puxou ao chão junto com ele. Bati no cesto de lixo e espalhei papel por todo o quarto. Sem me deixar abalar, fui me arrastando até o roupeiro e puxei um blusão e um par de calças.

Consegui vestir o blusão sem incidentes. O problema foi quando resolvi pôr as calças. Por que as calças tinham dois buracos? Depois de enfiar a perna direita, o que eu devia fazer com o segundo buraco? *Mas que coisa esquisita.* O corpo estranho não dava mostras de querer se desgrudar de mim e me inquiria em silêncio. Não indicava ser perigoso a ponto de me atacar, mas se mantinha ali, impávido, desafiador. Depois de algum tempo, percebi que o segundo buraco da calça era perfeito para esconder a coisa grudada em mim. O comprimento e a largura eram exatos. Experimentei pegar a coisa com as duas mãos e enfiar no segundo buraco da calça. Ela impôs resistência, era pesada, desobediente. Mas, no fim, encaixou-se no buraco, como eu imaginara. Era como se a calça tivesse esse segundo buraco feito sob medida para o famigerado apêndice.

Foi nesse instante que compreendi o óbvio: a coisa sumida era minha perna esquerda.

Tive bastante dificuldade em descer ao térreo sem rolar escada abaixo. A cada degrau, precisava arrastar o corpo estranho — minha perna esquerda. Na rua, era mais difícil ainda de se deslocar, pois havia muita neve acumulada.

Na rua, iam se assomando aos poucos os vizinhos. Todos pareciam bastante incomodados, sem saber o que fazer do próprio corpo. Tinham medo de se machucar, caso mexessem na coisa de mau jeito. Havia os que caminhavam apoiados no muro, famílias que andavam se apoiando uns nos outros, e ainda gente como o ex-chapeleiro, que lançara mão de um guarda-chuva como bengala improvisada. Ouviu-se alguém resmungar:

— Mas que saco esse negócio!

Todos concordaram com a cabeça, mas ninguém sabia o que dizer depois disso. Era a primeira vez que havia um sumiço desse tipo. Ninguém sabia como proceder. Todos se mostravam desorientados.

A senhora que morava do outro lado da rua declarou:

— Já levamos muito susto com os desaparecimentos, mas isso é inacreditável...

— O que vai acontecer?

O vizinho que trabalhava na prefeitura disse:

— Nada, ué. A ilha tem uma coisa a menos. É um sumiço como outros.

O ex-chapeleiro, apoiado em seu guarda-chuva, opinou:

— Pois é, mas eu não estou convencido. Sinto como se meu corpo estivesse em pedaços.

— Logo, logo você se acostuma. No início, vai ser difícil, mas não é a primeira vez que temos dificuldade com um sumiço. Às vezes demora mais, às vezes menos, mas sempre acabamos por aceitar a sensação de um novo oco. Não precisa ter medo.

A velhinha que morava duas casas adiante disse, rindo:

— Eu, como tenho artrite nos joelhos, estou contente, porque a dor diminuiu pela metade.

Tentei rir com ela, mas o meu riso não saiu muito entusiasmado.

Enquanto falávamos, de vez em quando dávamos uma espiada em nossa perna esquerda. Podia ser que, com o choque térmico da neve, ela voltasse. Ou que fosse um sumiço equivocado. Via-se uma esperança fugaz nos olhos das pessoas. Mas as pernas esquerdas se negaram a voltar. Tomei coragem e resolvi dizer uma coisa que já estava me incomodando desde mais cedo.

— Então… como faremos para nos livrar da perna?

O homem da prefeitura deu um grunhido. A velha da artrite fungou. A esposa do ex-chapeleiro rodou o guarda-chuva pelo cabo. Houve um silêncio. Todos tentavam encontrar uma resposta à pergunta, ou ao menos aguardavam que alguém se manifestasse de alguma forma.

Nesse momento, avistamos três policiais vindo em nossa direção. Ficamos tensos, e nos amontoamos todos de um lado da rua, para dar passagem. Afinal, não sabíamos o que podia acontecer se eles nos vissem ali à toa grudados em nossa perna esquerda.

Os policiais estavam fazendo a ronda diária e vestindo o mesmo uniforme de sempre. Olhei para a perna esquerda deles: estava no lugar costumeiro. Senti um certo alívio. Se nem a polícia secreta sabia como se livrar daquilo, não podiam nos acusar de contravenção. No entanto, notei que, mesmo conservando a perna esquerda, eles caminhavam perfeitamente. Mantinham o ritmo e o equilíbrio como se naquela manhã não houvessem sido surpreendidos por um sumiço inaudito, nem acordado com um incômodo peso morto colado no corpo. Andavam como que treinados com antecedência para uma eventualidade como essa.

O ex-chapeleiro esperou os três passarem e só falou depois de se certificar de que estavam bem longe.

— Bom, se a polícia secreta anda por aí com esse negócio pendurado, não precisamos nos afobar.

— Não é o caso de buscar uma serra e ir cortando sem mais nem menos...

— Queimar, enterrar, jogar no rio, soltar... Um dia acabaria havendo um sumiço que não se resolve pelos métodos convencionais.

— Pode ser que encontrem uma solução.

— Pode ser que caia naturalmente. Que apodreça e caia, como um galho de árvore.

— Isso mesmo!

— Não temos nada com que nos preocupar.

Como se o assunto estivesse se esgotado, cada um voltou à sua casa. Ninguém conseguia caminhar com a destreza dos policiais. A velha da frente caiu na entrada de casa, e o ex-chapeleiro prendeu o guarda-chuva na neve.

Don havia saído da casinha e estava abanando o rabo, nervoso, na entrada de casa. Quando me viu, veio correndo em minha direção, jogando neve para todos os lados e ganindo. Percebi que sua perna esquerda traseira também sumira.

— Até você, Don? Também ficou prejudicado? Não se preocupe, vai dar tudo certo.

Abracei o cachorro. A sua perna de trás balançava, como que pendurada ao corpo.

Naquela noite, R ficou um bom tempo massageando a coisa que estava presa ao meu corpo. Parecia acreditar que, se massageasse bem, a perna voltaria.

— Quando eu era pequena e tinha febre, minha mãe me massageava o corpo desse jeito.

— Pois então. A sua perna não sumiu, ela está aqui. Basta lembrar que ela existe — disse R, aplicando pressão com os dedos.

— Será? — assenti com a cabeça, não muito convencida. Desviei o olhar para o teto. Na verdade, a sensação de ser massageada pela minha mãe e por R era completamente diferente. A massagem que ele fazia na minha perna esquerda não me transmitia nenhum calor. Sentia apenas um atrito desconfortável, como se duas coisas estivessem sendo esfregadas uma na outra. Mas não disse nada, por medo de magoá-lo.

— Olhe para cá. Na ponta do seu pé, há cinco unhas enfileiradas por ordem de tamanho. São unhas translúcidas, lisinhas, brilhantes, como uma casca de fruta. Aqui fica o calcanhar. Isso aqui é o tornozelo. Igualzinho ao da perna direita! A perna direita é simétrica à perna esquerda. Os joelhos traçam uma bela curva. Dá vontade de abraçá-los. Ao pressionar o joelho, você pode sentir que os ossos estão conectados de forma complexa. A sua perna esquerda parece que vai começar a se mover a qualquer momento. A batata da perna é macia e quente. A pele das coxas é alva. Eu sinto toda a sua perna esquerda ao tocá-la. Sinto cada arranhãozinho, cada saliência, cada reentrância. Como pode dizer que sua perna sumiu?

Ajoelhado diante da cama, ele não parava de tocar a minha perna esquerda.

De olhos fechados, tomei maior consciência do oco que surgira em meu corpo. Era um espaço vazio, desprovido de qualquer sombra de lembranças, como que preenchido por água cristalina. R estava remexendo essa água muito pura, mas nada subia à superfície — apenas bolhas. As bolhas desapareciam em seguida, sem som ou rastro.

— Estou feliz. Feliz por ter alguém que cuide tão bem assim de algo que eu perdi. Neste momento, todas as outras pernas esquerdas da ilha estão abandonadas, solitárias, tristes, sem ninguém que olhe por elas.

— Não consigo imaginar no que se transformou o mundo lá fora. Depois de todos esses sumiços…

— Talvez você não achasse que as coisas mudaram tanto. O número de ocos aumentou, mas as pessoas seguem com suas vidas, sem estardalhaço, com o tanto de mundo que resta. Como sempre foi. Mas, agora, o problema é maior, porque não poderemos nos livrar daquilo que sumiu. Precisaremos carregar esse negócio no corpo. É a primeira vez que isso acontece. Mas eu já estou me acostumando a conviver com as coisas sumidas, graças a você.

— Vocês levam muito a sério isso de se desfazer do que sumiu, puxa vida.

— Sim, é verdade. Mas, desta vez, não tem o que fazer. Não é possível queimar o que desapareceu, quebrá-lo em pedacinhos, lançá-lo ao mar, diluí-lo com remédios. Isso vem causando um grande desconforto. O máximo que se pode fazer é não olhar muito para a perna que se foi. Mas acho que, em algum momento, deixaremos de sentir isso. Não sei bem como, mas há de chegar o dia em que tudo vai se acomodar.

— "Acomodar"? Como assim?

— O oco deixado pela perna esquerda vai encontrar o lugar certo em nosso coração e se acomodar.

— Como vocês podem se livrar das coisas assim? Você precisa de sua perna esquerda como eu preciso de você.

Ele franziu a testa e suspirou. Eu quis esticar o braço e acariciar a sua testa, mas a perna esquerda estava quase caindo da cama, então resolvi ficar quieta. Ele abraçou a perna esquerda e beijou-lhe a batata. O beijo era leve como um sussurro.

Pensei em como seria bom ser beijada e abraçada assim em algum lugar do corpo onde eu ainda tivesse tato, em que minha pele, minha carne e meu sangue não tivessem sumido. Naquela perna, a única sensação que restava era a de uma pressão, como quando se aperta a argila com os dedos. Pedi a ele:

— Fique assim mais um pouquinho.

Mesmo não sentindo nada ali, queria ficar observando-o abraçar o oco do meu coração.

— O tempo que quiser.

## Vinte e seis

Aos poucos, todos foram se acostumando com a perna sumida grudada no corpo. Não que a vida tenha voltado ao que era antes, mas o corpo descobre aos poucos um novo equilíbrio. Depois, esse novo equilíbrio vai sendo incorporado ao ritmo diário. Cada vez se via menos gente se segurando nas coisas para não cair, ou enrijecendo o corpo a ponto de não conseguir ficar de pé, ou ainda caindo a torto e a direito na rua. Todo mundo aprendeu a controlar o próprio corpo sem incômodo.

Até mesmo Don voltara a correr por todo o pátio e a subir no telhado da casinha para tomar banho de sol. Também voltou a brincar de pular nos galhos mais baixos das árvores para ver a neve cair. Às vezes ele se entusiasmava demais e puxava um galho cheio de neve, que caía em sua cabeça e o fazia pedir minha ajuda. Eu passava um pano na cara do bicho, fazia uma festinha no seu queixo e lá ia ele pular nas árvores, mirando nos galhos ainda mais altos.

As pernas esquerdas não davam mostra de apodrecer e cair dos corpos. Continuavam todas lá, fortemente presas ao tronco. Mas ninguém mais se importava com isso.

O número de detidos pelos caçadores de memórias aumentou bastante de uma hora para outra. As pessoas que não perdiam a memória e que de alguma maneira ainda se encontravam disfarçadas e vivendo em sociedade, depois do sumiço das pernas esquerdas não tinham mais como enganar ninguém. Foi uma grande surpresa para todos quando se descobriu a grande quantidade de pessoas com memórias que continuavam vivendo em nosso meio, sem fugir, sem se esconder, sem ser detidas pela polícia secreta. Mas era impossível fingir que se tinha uma perna sumida. Por mais que essas pessoas tentassem reproduzir o caminhar de uma pessoa nessa nova condição, alguma coisa sempre parecia forçada: a distribuição da força, o alinhamento dos músculos, o movimento das juntas. A polícia secreta era capaz de identificar esses indivíduos com grande facilidade.

Fazia bastante tempo que R não se comunicava com a esposa. Os caçadores de memórias estavam cada vez mais vigilantes, e, com a morte do velho, quem teria de ir até o abrigo meteorológico era eu. O telefone podia estar grampeado. Seria ainda mais perigoso eu ir até lá falar com ela. Ainda que o abrigo meteorológico fosse a única conexão de R com o mundo externo, havíamos decidido manter o isolamento — ao menos por um tempo, para não pôr o esconderijo em risco. Então pensei em usar o toque do telefone para nos comunicarmos. Se eu ligasse a ela em determinado horário e deixasse o telefone tocar três vezes antes de desligar, isso significaria que R estava bem. Se ela me ligasse de volta e o telefone tocasse três vezes, isso significaria que ela havia recebido a mensagem.

Eu precisava levar uma carta detalhando esse método até o abrigo meteorológico. Chegando lá, constatei não haver mais abrigo. Os escombros estavam espalhados pelo chão. Talvez tivesse desabado com o terremoto, ou com o peso da neve acumulada. Uma parte do termômetro estava visível debaixo de uma tábua. Hesitei um momento, mas por fim decidi enfiar a carta entre duas tábuas. O abrigo fora esquecido havia muitos anos, e agora, reduzido a uma pilha de tábuas caídas no chão, talvez fosse ainda menos chamativo do que antes. Só fiquei na dúvida se a esposa de R continuava indo àquele lugar em busca de cartas.

Na hora indicada, telefonei, esperei o sinal soar três vezes e desliguei. Então fiquei sentada na frente do aparelho, esperando. Depois de alguns momentos de silêncio, o telefone tocou. Cada toque reverberava por alguns instantes como que se diluindo na noite profunda. Depois do terceiro toque, o telefone parou de soar. Tive a impressão de ter visto o aparelho tremer.

Continuei me dedicando à tarefa de escrever frases que iam se acumulando na escrivaninha de R. A motivação que eu tinha quando escrevia romances não deu sinais de voltar, mas, comparada à mudez que se seguira após a noite em que a biblioteca fora incendiada, minha capacidade de escrever frases — mesmo que sem muito sentido — tinha evoluído bastante. Voltei a imaginar, ainda que vagamente, os dedos da datilógrafa encerrada na torre do relógio, os veios da madeira do assoalho da sala em que se encontrava, as máquinas de escrever empilhadas, os passos na escada quando ele vinha se aproximando.

No entanto, ainda era muito difícil preencher os quadradinhos do papel com histórias. Mesmo passando a noite acordada, o número de palavras que eu conseguia produzir era muito pequeno. Às vezes sentia um impulso muito forte de pegar as folhas e jogar pela janela. Nessas horas, eu pegava com as duas mãos algum dos objetos sumidos e tentava respirar fundo.

Todos os dias, ia com Don até as ruínas da biblioteca, sentava-me nos escombros e contemplava o mar enquanto descansava um pouco. Nunca havia ninguém; só se ouvia, ao longe, o som dos carros passando pela avenida beira-mar. Voltara a correr o boato de que o terreno da biblioteca e o que antes fora o roseiral seriam utilizados para construir um prédio da polícia secreta, mas nada indicava que haveria ali uma obra. No meio da baía, a balsa ia afundando um pouco mais a cada dia.

Perguntei a Don:

— Você se lembra do dia em que encontramos o velho aqui sentado? Nunca imaginei que aquela seria a última vez que nós o veríamos! — O cachorro, despreocupado, dava voltas pelo lugar. — Será que tinha alguma coisa diferente no rosto dele? Era a cara de sempre, séria, confiável, gentil. Mas, quando penso naquele dia, a lembrança é de ele estar muito, muito triste. Como se precisasse de ajuda, mas, incapaz de pedir auxílio, tivesse se resignado a baixar os olhos, calado. Tinha o rosto sombrio, como se fosse chorar, o sorriso tímido. Quando me lembro do rosto dele assim, é quase insuportável. Quero lhe estender o braço e dizer que tudo ficará bem, mas não posso, porque ele morreu, Don.

Enquanto falava sozinha, peguei uma bolacha salgada do bolso, quebrei em pedacinhos e fui dando aos poucos ao cachorro. Don pulava e os abocanhava certeiro no ar. Bati palmas e o elogiei. Ele levantou o focinho, faceiro e orgulhoso, como que pedindo: "Mais! Mais!"

— Se eu soubesse que ele tinha um coágulo na cabeça, poderia ter ajudado. Ele poderia estar vivo.

Falando assim, tentava me desfazer do arrependimento que sabia que não iria embora. Pelo contrário, cada vez que expressava em voz alta a minha dor, ela se tornava mais desesperada. Apesar disso, eu sempre voltava a falar da minha culpa. Don mastigava as bolachas ruidosamente.

A balsa emborcada ia, aos poucos, sendo engolida pela água. Às vezes uma onda mais alta cobria todo o casco. Aproximava-se o momento em que ela se esconderia para sempre no fundo do mar.

Meu peito doía ao pensar que a balsa estava fadada a desaparecer um dia. Será que eu seria capaz de olhar a superfície do mar e, mesmo não vendo a balsa, me lembrar dela? Eu conseguiria me lembrar das vezes que comi bolo com o velho balseiro, de quando fizemos juntos os planos para o esconderijo, de quando nos apoiávamos na amurada do convés para apreciar o pôr do sol? Com meu coração débil, isso me parecia difícil.

Quando os braços direitos sumiram, não houve estardalhaço como na ocasião das pernas esquerdas. Ninguém ficou na cama angustiado sem saber o que fazer, ninguém teve dificuldade ao se vestir, ninguém sofreu por não poder se livrar do braço. Todo mundo já imaginava que, mais dia, menos dia, isso iria acontecer.

Talvez fosse até mais fácil lidar com um sumiço assim, se pensarmos no trabalho que dava se desfazer das coisas desaparecidas anteriormente, queimando-as na praça ou jogando-as no rio. Todos aceitaram o novo oco em seus corações e retornaram a seus afazeres matinais.

Claro que tive de fazer algumas adaptações na vida diária. Não tinha mais como pintar as unhas. Tive de descobrir um jeito de bater à máquina só com a mão esquerda. Levava muito mais tempo para descascar os legumes. Precisei tirar os anéis da mão direita e passá-los para os dedos da esquerda. Mas nada muito grave. Quando nos deixamos levar sem resistência pela onda de sumiços, chega o momento em que tudo se acomoda.

Eu já não podia descer a escada com a comida para R. Precisava primeiro lhe entregar a bandeja cuidadosamente e, então, com a sua ajuda, descer degrau por degrau. Quando era hora de subir de volta, tinha de fazer bastante força para puxar meu corpo para fora do estreito alçapão. Ele se preocupava ao me ver subir.

Eu dizia:

— Vai chegar o dia em que não vou mais poder ir aí levar sua comida!

— Nada disso! Eu pegarei você no colo. Como uma princesa.

Ele ergueu os dois braços, cujos músculos pareciam fortes e flexíveis, apesar de há muito tempo não verem a luz do sol nem fazerem outro exercício que não o de arrumar minhas faturas, descascar ervilhas ou polir a prataria. Os braços dele em nada se assemelhavam ao cilindro de gesso que estava preso ao meu corpo.

— Ah, que luxo!

— Pois então.

— Mas como vai fazer para me abraçar quando eu não tiver mais corpo?

Ele repousou as mãos nos joelhos e ficou me olhando, como se não houvesse compreendido o significado da pergunta. Piscou duas ou três vezes.

— Eu consigo tocar em todo o seu corpo. Sempre vou conseguir.

— Não... ninguém pode tocar nas coisas sumidas.
— Como assim? Olhe, eu toco aqui, toco aqui...

Ele pegou os dois cilindros de gesso que pendiam de mim. A minha saia se mexeu, e uma parte do meu cabelo veio para a frente do rosto.

— Sei que você cuida bem do meu corpo. Você cuida bem da caixinha de música, do bilhete de balsa, da gaita de boca... mesmo as pastilhas *lamunê*, por um instante, como que renasceram e cumpriram a função que tinham quando ainda existiam. Graças a você. Ainda assim, não se pode dizer que essas coisas realmente ressuscitaram, que sua existência foi recuperada. Elas são como um fósforo aceso na escuridão: iluminam a memória por um instante e, em seguida, se apagam.[8] Depois de extinta essa luz, é difícil até de lembrar o que de fato havíamos visto no fulgor da chama. É tudo ilusão. Minha perna esquerda, meu braço direito... e todas essas coisas que você guarda aqui.

Percorri o olhar pelas coisas sumidas, espalhadas pelo quarto, e arrumei atrás da orelha o cabelo que caíra no rosto. Ele largou minha mão, e ficou botando e tirando as pantufas. Seus dedos deixaram marcas na batata da minha perna e no pulso, mas, em seguida, elas desapareceram, e o meu braço e a minha perna voltaram ao estado de gesso.

Olhei para meu corpo, desde os pés, passando pelos joelhos, pelas coxas, pelo peito, e então falei:

— Tudo indica que meu corpo continuará desaparecendo, pouco a pouco.

---

8. Em japonês, a comparação é com *senkôhanabi*, um tipo de fogo de artifício de mão que brilha rapidamente e, a seguir, se extingue. A comparação da fugacidade da existência humana com o *senkôhanabi* é convencional na língua japonesa. [N.T.]

— Pare com isso! Você só pensa coisas negativas.

— Não importa se penso positivo ou negativo. Os sumiços vão continuar. Não existe escapatória. Qual será a próxima parte a sumir? A orelha? A garganta? Os cílios? A perna e o braço derradeiros? A espinha dorsal? O que sobrará no fim? Talvez não reste nada. Acho que, no fim, eu desaparecerei por completo.

Ele me pegou pelos ombros e me puxou em sua direção.

— Não diga bobagens. Então nós dois não estamos aqui, olhando um para o outro?

— Isso que você está vendo não é um braço direito nem uma perna esquerda de verdade. Você pode acariciá-los, abraçá-los, mas não passam de cascas vazias. O meu eu verdadeiro, neste momento, está em vias de sumir. Em silêncio, mas indelevelmente, o meu corpo está se desmanchando no ar.

— Eu não vou deixar você partir.

— Eu também não quero ir a lugar nenhum. Quero estar no mesmo lugar que você. Mas isso não é possível. Não vê que o meu coração e o seu se encontram em espaços diferentes, afastados um do outro? O seu coração sente o calor dos corpos, sente paz, sente o viço das coisas, os sons, os aromas do mundo. O meu coração sente cada vez menos da vida e está, aos poucos, esfriando e endurecendo. Um dia, ele vai se solidificar, vão surgir rachaduras, e ele vai se quebrar em pedacinhos.

— Você não precisa ir a lugar nenhum. Fique aqui. Aqui é seguro. Este esconderijo é o lugar onde as memórias ficam guardadas. Venha se esconder neste quarto que flutua no espaço, junto com a esmeralda, o perfume, as fotografias, o calendário.

— Quer que eu me esconda aqui?

— Claro.

— Será que consigo?

Por um instante, senti-me confusa. Nunca tinha pensado nisso. Meu braço direito escorregou da cama e se chocou com o joelho dele.

— Claro que sim. Eu e as coisas sumidas estamos aqui, protegidos. O esconderijo nos protege. A polícia secreta nunca nos achou.

— Sei que o momento final está chegando. Até agora, os sumiços ocorriam sem aviso, repentinamente. Mas, quando é no corpo, é diferente. Sinto como se a minha pele estivesse se endurecendo, ficando dormente. Algo vai desaparecer, não sei se daqui a três dias, dez dias, duas semanas. Sei que vai haver um novo sumiço. Estou com muito medo. Não tanto de morrer, mas de nunca mais voltar a vê-lo.

— Não precisa ter medo. Eu cuidarei de você. Aqui neste quarto, você está protegida.

E, dizendo isso, ele deitou o meu corpo na cama.

## Vinte e sete

Às vezes chego a me espantar: por que será que não o odeio? Quer dizer, por que não o odeio mais? O certo seria eu lhe dizer impropérios e palavrões, bater nele (mesmo sabendo que é inútil), tentar machucá-lo, sentir uma raiva desesperada dele. Afinal, ele roubou minha voz e me enganou. Ele me aprisionou neste lugar.

Mas não sinto repulsa por ele. Pelo contrário, às vezes tem algum gesto cuidadoso, gentil — coloca a colher sobre a mesa com o cabo virado para mim, apressa-se em tirar o sabão que respingou em minha pálpebra para que não me entre no olho, solta meu cabelo quando ele fica preso no fecho da roupa... nesses momentos, sinto uma espécie de afeto por ele. Comparadas a seus crimes, essas pequenas gentilezas parecem ínfimas. Ainda assim, sou grata quando penso que seus dedos trabalham só para mim. Sei que pareço uma idiota, mas o que posso fazer se é assim que me sinto?

Isso talvez seja prova de que agora estou inalienavelmente presa a este lugar. Os sentimentos que eu tinha quando vivia no mundo lá fora se atrofiaram de maneira a se adaptar ao mundo em que vivo agora.

Estou enxergando cada vez menos. Tudo parece envolto em um véu escuro: as máquinas empilhadas, a cama, o carrilhão, os objetos da gaveta da escrivaninha... as coisas como que perderam o seu contorno. Assim é também quando tento olhar lá para baixo. Mesmo quando o sol derrama sua luz sobre a pracinha da igreja, em tardes de bom tempo, o gramado me parece cinza e sem brilho. As pessoas são como sombras.

Preciso me mover lentamente quando vou lavar o rosto ou trocar de roupa. Volta e meia tropeço nas ferramentas do relógio ou bato na cadeira. Quando ele está comigo, fico ainda mais tensa. Não que ele se irrite se derrubo alguma coisa. No entanto, quando isso acontece, ele não faz nada: apenas sorri em silêncio. O sorriso me dá calafrios, como se alguém passasse um pincel de gelo nas minhas costas.

Enxergo cada vez menos — mas continuo enxergando-o com clareza. Vejo todos os movimentos de seus dedos. O mundo todo está mergulhando em escuridão, e só restará ele.

Um dia, à tarde, ele estava no andar de baixo dando aula para os iniciantes quando ouvi passos na escada. Não era ele. Os sapatos pareciam mais leves e os passos eram mais lentos. Os passos pararam no andar do salão de festas, como se hesitassem, e a seguir retomaram a caminhada.

Quem seria? E o que teria vindo fazer aqui?

Não sabia o que fazer. Seria um amigo ou um inimigo? Que relação teria com ele? Por que não tinha entrado na sala do curso de datilografia e por que continuava subindo até aqui? Sentia-me confusa, perdida em tantas dúvidas. Nunca ninguém, fora ele, tinha vindo até ali. Eu mesma, que por anos frequentara o curso de datilografia, jamais havia pensado em subir até o topo da torre.

Eram passos de mulher. De mulher jovem. O som era de sapatos de salto de borracha antiderrapante.

Supus que devia estar perdida. Imaginei mesmo que ela estava com medo de alcançar a área superior. À medida que se aproximava do topo, os passos iam se espaçando mais e mais. Ou talvez não fosse medo, e apenas estivesse sem fôlego. A escada é estreita e íngreme, e até aqui são muitos degraus. Seja como for, finalmente chegou até a porta.

Então bateu três vezes. Eu me sentei no chão e abracei os joelhos. O som da velha porta de madeira era mais seco e claro do que eu imaginava. Ele nunca batia — o que anunciava a sua chegada era o tilintar do molho de chaves.

Pensei que essa era a minha chance de fugir dali. Deve ser uma aluna de datilografia que ouviu algum som estranho, ou que simplesmente foi movida pela curiosidade. Eu não preciso falar. Se eu correr agora até a porta e bater, ela vai saber que há alguém aqui. Então vai buscar ajuda na igreja, ou chamar a polícia, ou quebrar a fechadura; alguma coisa ela há de fazer. Poderei sair daqui.

Mas me mantive como estava, abraçada às minhas pernas, sem me mover. Senti o coração bater mais rápido, os lábios tremerem, a testa suar. Em minha cabeça, eu gritava: *Rápido! Ela vai ir embora!*

Outra voz dizia: *Fique quieta. Não se mova. Como você vai explicar o que está fazendo aqui? Vai dizer que foi aluna dele, que teve a voz roubada, que foi aprisionada aqui com as máquinas de escrever, que é usada por ele como uma coisa? Você acha que ela vai acreditar em você? E como pensa em comunicar isso tudo a ela? Você não tem mais palavras. Pior: não tem mais o seu corpo de antes. Os seus ouvidos, os seus olhos, a sua carne, todas as partes do seu corpo se adaptaram a este lugar, se adaptaram ao que ele deseja de você. Você acha que, mesmo voltando ao mundo lá fora, vai recuperar o que perdeu? Que vai conseguir achar nesta pilha de ferragem a máquina em que está presa a sua voz? Você seria capaz de viver no mundo lá fora sem a tutela dele?*

A outra voz em minha cabeça não cessava de fazer perguntas horríveis. Tapei os ouvidos com as mãos, enterrei o rosto nos joelhos, prendi a respiração. Rezei para que ela desistisse e voltasse para baixo. Eu não tinha coragem para encarar o mundo lá de fora.

Não sei quanto tempo fiquei ali, imóvel. Ela mexeu no trinco, tentou girar a maçaneta, suspirou impaciente, mas, no fim, foi embora. Os passos foram descendo, descendo, ecoando uma espiral. Mesmo depois de cessarem os passos, permaneci sem me mover. Cada ruído que eu ouvia me fazia sobressaltar, por medo de que fosse ela retornando.

Só me animei a olhar lá para baixo quando estava escurecendo. Claro que não descobri quem subira. Na pracinha, as alunas da tarde indo embora se misturavam às da noite chegando. Enxergava-as todas como um aglomerado de sombras. Não era capaz de discernir seus rostos, suas roupas, o modelo de seus sapatos. Apenas a figura dele, sentado no murinho do canteiro jogando conversa fora, apresentava-se às minhas retinas com uma nitidez que beirava o doloroso.

Naquela noite, ele chegou como sempre: trazendo uma roupa bizarra para eu vestir. As roupas não eram mais tão artísticas como antes. Continuavam estranhas, mas os materiais eram cada vez mais ordinários, não havia mais ornamentos, e o pesponto era irregular. Isso me deixava decepcionada. Não que eu quisesse vestir roupas melhores — era que eu achava que aquilo demonstrava ele não estar mais tão obcecado por mim como antes.

— Você teve visita hoje?

A pergunta veio de chofre. Eu me assustei e deixei cair a roupa que ele me entregara. Como é que ele sabia? Se sabia, por que não impediu que ela subisse? Afinal, ele também não queria que o mundo descobrisse o seu segredo. Baixei a cabeça, não sei por quê. O interrogatório continuou:

— Então alguém bateu aqui? — Assenti timidamente com a cabeça. Ele recolheu o vestido do chão e acrescentou: — E por que não pediu ajuda? Mesmo sem voz, você tinha outras formas de chamar a atenção dela. Podia ter batido na porta, arrastado a cadeira, jogado uma máquina contra a parede... Podia ter feito várias coisas.

Não sabia o que responder. Apenas fiquei imóvel. Ele tocou no meu queixo.

— Por que não fugiu? Ela podia ter salvado você. Você estaria livre. Mas você não tentou fugir. Permaneceu. Por quê?

Mesmo sabendo muito bem que eu não tinha como responder, ele continuou me pressionando. Mas o que ele queria saber? Eu me limitei a enrijecer o corpo. Ao fim, as perguntas cessaram.

— Ela é a nova aluna do curso. Ainda não datilografa muito bem. Não consegue fazer frases. Escreve palavras soltas, devagar. Hoje ela me perguntou o que havia no topo da torre. Disse que, quando era pequena, ela subia para falar com o zelador. Que queria rever o lugar, pois guardava boas lembranças dele. Eu não me opus. Avisei que não havia mais zelador, que a sala de máquinas era agora um depósito, mas que ela podia subir, se quisesse.

Olhei para ele, espantada.

*E por que você não a impediu? O que você faria se ela me encontrasse?*

— Eu tinha confiança. Sabia que você não é mais capaz de sair daqui. Que mesmo que aparecesse alguém, você não fugiria. Você meio que já foi absorvida por este lugar.

*Absorvida?*

A palavra pairava no ar, entre nós dois. Peguei a roupa das mãos dele e vesti. Agora que não eram mais tão elaboradas, as peças ao menos eram mais fáceis de colocar. Só tive de me inclinar um pouco, e o vestido me envolveu sem esforço.

— A mulher que bateu aqui, você ouviu a voz dela? — Fiz que não com a cabeça. — Que pena. Queria que você ouvisse essa voz. É bela. Quer dizer, não é uma voz belíssima, mas tem uma qualidade particular. A ressonância das narinas, a umidade da língua, a vibração dos lábios conferem à voz dela uma doçura capaz de derreter os tímpanos. Nunca tinha ouvido nada semelhante.

Ele olhou para a montanha de máquinas de escrever. O vento que entrava pela fresta do relógio balançou a lâmpada do teto.

— Ela não é lá essas coisas em datilografia. Abaixo da média. Vive confundindo o W e o O, o B e o V. Senta-se à máquina com as costas curvadas para a frente. Os dedos são curtos e gordinhos, infantis. Ainda nem aprendeu a trocar a fita direito. Mas, quando fala, é como se tudo ao redor fosse iluminado por sua voz. A voz dela é um ser vivo.

Depois de dizer isso, ele me pegou no colo e me levou para a cama.

*O que vai fazer com ela? Por que está me contando essas coisas? O que vai fazer com a voz dela?*

Tentei me desvencilhar dos braços dele, mas a estranha roupa que eu vestia tolheu meus movimentos. De nada adiantou espernear. Ele pegou meus dois pulsos com a mão direita e, calmamente, me imobilizou. Depois contou:

— Ela ainda precisa fazer mais exercícios de datilografia. Precisa ganhar velocidade, precisão. Aos poucos, a sua voz será capturada pela máquina. Quando ela tiver perdido completamente a voz, as teclas vão emperrar e não se moverão mais um milímetro.

Desde então suas visitas se tornaram muito mais espaçadas. A maioria dos dias, passo sozinha. Ele não me traz mais roupas para vestir, e até a comida escasseou. Traz um cozido de legumes frio e um pedaço de pão uma vez por dia — eventualmente, nem isso. Só larga na entrada da porta e vai embora. Não consigo vê-lo direito, pois ele só abre o vão da porta o suficiente para passar o prato.

Meus olhos e ouvidos estão cada vez mais fracos. Meu coração foi separado de meu corpo. Meu corpo se encontra jogado no assoalho e mergulhado na penumbra da casa de máquinas. Meu corpo, de que ele tanto gostava, não tem mais o viço, o frescor, a graciosidade de quando ele costumava vir me ver. Agora é como um naco de argila. Seriam essas as minhas pernas? Minhas mãos? Meus seios? Não tenho mais certeza. Sem o toque dele, nada disso tem mais vida.

A única pessoa que pode me fazer companhia é ele. Agora só me resta ser absorvida por este lugar. O que acontecerá se ele me abandonar? Só de pensar, tenho medo. Começo a tremer.

Uma noite, enchi a pia e mergulhei os pés na água. Queria averiguar se meus pés ainda existiam. A superfície da água era limpa e cristalina. Parecia muito gelada. Afundei os pés aos poucos na água transparente.

No entanto, não senti nada — só um pouco de câimbra na batata das pernas. Era como se meus pés não estivessem na água, e sim soltos no espaço. Não conseguia mais me lembrar de como era a sensação de existir.

Subi na pia e olhei para baixo. A lua estava cheia, mas o luar não era útil aos meus olhos. A cidade era como um campo que se espraiava até encontrar o céu. O vento fazia desenhos na relva. O desenho na relva lembrava um rato roendo queijo. Por via das dúvidas, experimentei molhar outras partes do meu corpo na água fria — as mãos, o rosto, o peito. Não sentia nada. Minha existência havia sido sugada para algum lugar inalcançável.

Já faz alguns dias que ele não vem. E um bom tempo desde que comi alguma coisa. Uma fatia de cinco centímetros de pão francês e uma colher de geleia de laranja. O pão velho e duro já não era mais apropriado para uma pessoa debilitada como eu. Debilitada não no sentido de subnutrida, mas por já estar sendo absorvida em um estágio avançado. Desisti de tentar mastigar o pão. Lambi a geleia da colher. O resto de pão que guardei sob o travesseiro começou a mofar.

Deito-me na cama e concentro-me em escutar o som dos passos dele, subindo a torre. Cada vez que o vento move os galhos das árvores, eu me sobressalto, pensando que é ele.

Mas minha expectativa é sempre frustrada. É sempre o vento me enganando, ou algum camundongo.

Por que ele não vem mais me ver? Afinal, agora não apenas a minha voz, mas meu corpo, meus sentimentos, minhas sensações, tudo só existe em função dele. E isso se dá por obra dele — de forma tão completa, que este lugar está me absorvendo aos poucos.

Ele deve estar com ela, ensinando-lhe a técnica da datilografia. Persistente, gentil, talvez esteja posicionando os dedos dela nas teclas. Tentando apressar a chegada do dia em que a voz dela ficará presa na máquina.

Fecho os olhos. Meu momento derradeiro se aproxima. Sei disso. Rezo para que seja indolor como quando perdi a voz. Mas acho que não preciso me preocupar. A minha vida terá sido como a trajetória do tipo que sobe com o bater da tecla, marca o papel e cai de volta em seu lugar, com um encaixe metálico.

Ouço passos. É ele. Ouço passos de outra pessoa. Mais leves. Um sapato com salto antiderrapante. Os passos de um e de outro se sobrepõem e se aproximam. Ela provavelmente está carregando uma máquina de escrever. Uma máquina que não funciona, com as teclas emperradas.

Sem deixar vestígios, vou sendo silenciosamente absorvida. Talvez eu reencontre a minha voz perdida. Cessa o som de passos. A chave gira na fechadura.

Chegou o fim.

## Vinte e oito

Quando larguei o lápis, estava exausta e me joguei sobre a escrivaninha. Não apenas pelo pesado trabalho de procurar palavras e depois juntá-las em frases; cansada também fisicamente. Não era fácil escrever com o pouco de corpo que ainda me restava.

A letra da minha mão esquerda não era das melhores. Às vezes, por falta de pressão do lápis no papel, os traços iam afinando até quase desaparecerem. Era como se os caracteres chorassem. Empilhei as folhas e as prendi com um clipe. Não sabia muito bem se era isso que ele esperava que eu escrevesse, mas eu sentia que a sequência de palavras tinha chegado a um ponto-final. Essa história era a única coisa que eu podia lhe deixar. Ao menos, agora, ela estava completa.

Não fazia assim tanto tempo do desaparecimento dos romances, mas, depois disso, muita coisa aconteceu. Houve um terremoto, a balsa afundou, as esculturas da família Inui se quebraram, revelaram-se as coisas sumidas que elas escondiam, fomos à cabana buscar as outras esculturas, passamos por uma revista da polícia secreta e o velho morreu. Listados assim, os eventos soam desconexos e inesperados, quando, na verdade, todos apontavam para um mesmo desfecho — o desfecho que nos aguarda a todos, que nós, habitantes da ilha, pressentimos, mas do qual não falamos; que nós, no começo, não temíamos, e do qual não nos preocupamos em escapar. Todos nós compreendemos bem a real natureza dos sumiços, e adotamos conscientemente a atitude que nos pareceu melhor para fazer frente a esse fim.

R foi a única pessoa que buscou maneiras de interromper essa trajetória. Ele tentou me impedir de seguir esse destino. Eu, mesmo sabendo que esses esforços eram vãos, não o contrariei. Ele continuou massageando um corpo já oco e seguiu contando histórias das coisas sumidas. Persistia em lançar pedrinhas no pântano do meu coração, mas elas não atingiam nunca o fundo, descendo cada vez mais, em uma queda sem fim.

Ele acariciou as folhas do meu manuscrito e disse:

— Você fez bem. Fico contente de poder ler o fim do seu romance. É como voltar ao passado, quando o que nos ligava um ao outro eram as histórias.

— Mas parece que nem isso serviu para impedir o enfraquecimento do meu coração. A história está completa, no entanto continuo me perdendo mais e mais.

Apoiei-me em seu peito. Não conseguia me erguer sozinha. Sentia-me sufocada pela mais esmagadora exaustão.

— Descanse. Descanse bastante. Depois de dormir, você vai se sentir melhor.

— Será que, mesmo depois que eu sumir, as histórias que escrevi continuarão existindo?

— Mas é claro. As palavras que você escreveu persistirão na memória. Nada some do meu coração. Não se preocupe.

— Fico feliz de pensar que algum traço da minha existência nesta ilha não será perdido.

— Agora, é melhor você dormir.
— Sim.
Não demorei a pegar no sono.

Quando, no início, sumiram as pernas esquerdas, as pessoas ficaram desorientadas e andavam por aí cambaleando. Agora, que já perdemos quase todo o corpo, ninguém mais cambaleia. Com menos corpo, há menos coisa para equilibrar. Estamos mais bem adaptados a uma ilha repleta de ocos. Dançamos no ar, como a palha que o vento leva.

Don não consegue mais brincar de derrubar a neve das árvores. Restam-lhe agora apenas a pata esquerda da frente, o queixo, as orelhas e o rabo, mas ele descobriu novas formas de se divertir com o que tem. Antigamente, costumava se enroscar para dormir depois do almoço com o queixo apoiado nas patas de trás. Agora que as perdeu, ao tentar se apoiar, percebe com surpresa que não há mais nada ali, mas, sem se deixar abalar, puxa o cobertor para usá-lo como travesseiro.

A densidade do silêncio aumentou. Há um descompasso entre a velocidade com que as coisas velhas apodrecem e a velocidade com que as novas são criadas. Os restaurantes, cinemas e parques estão fechados. Ninguém se preocupou em arrumar o asfalto rachado pelo terremoto. Há menos trens. A balsa afundou.

Não há quase nada novo. Nas hortas, crescem os nabos compridos, a acelga e o agrião. As operárias da fábrica de malhas fazem blusões de lã. Um caminhão entrega o querosene. Nada mais. A neve cai incessante. Nada indica que ela sumirá um dia.

Ainda bem que o velho balseiro morreu antes dos sumiços de partes do corpo. Assim, posso me lembrar para sempre da sensação da mão dele na minha.

O velho já havia perdido muita coisa na vida. Talvez tenha sido melhor para ele morrer de uma vez, sem perder o corpo pouco a pouco. Quando o vi pela última vez, estendido sobre a mesa de inox, seu corpo já estava frio e enrijecido. No entanto, ainda se podiam ver, nos braços, nos ombros, no peito, nas pernas, traços do homem gentil e forte que ele fora, e que nos protegera, a R e a mim.

Mas talvez, no fundo, não haja diferença entre o que some primeiro e o que some depois. No final, tudo some.

Continuei com minha vida de sempre. Ia trabalhar. Datilografava com a mão esquerda. Passeava com o cachorro. Fazia uma comida sem graça. Pendurava os lençóis ao sol. Dormia com R no esconderijo. Não me ocorria mais nada a fazer.

Eu já não conseguia mais descer a escada do esconderijo. Passei a dar um gritinho e me jogar lá de cima nos braços abertos de R. Ele sempre me pegava com firmeza.

R continuava me abraçando na cama, mas a distância que nos separava foi aumentando cada vez mais. O corpo dele era equilibrado, simétrico, firme e viçoso; o meu, débil, emaciado, inexpressivo. Nenhuma parte de nossos corpos correspondia à do outro. Ainda assim, R sempre procurava me ter o mais próximo de si. Incansável, fazia-me esticar os braços, girar o pescoço, dobrar os joelhos. Às vezes, ao vê-lo tão seriamente dedicado a essa lida inútil, eu me sentia triste e começava a chorar.

— Nada de choro — reprimia ele, secando as lágrimas de meu rosto.

Que bom que eu ainda tinha rosto para sentir seu toque. *E quando minhas bochechas sumirem, para onde irão minhas lágrimas? O que ele vai acariciar quando eu não tiver mais rosto?* Isso me deixava ainda mais triste, e as lágrimas voltavam a irromper com força.

Logo sumiu a mão esquerda que tecera as frases no papel. Depois, os olhos que choravam. Em seguida, o rosto pelo qual escorriam as lágrimas. As pessoas perderam tudo o que nelas tinha contorno. As vozes, flutuando no ar, foram a última coisa que sobrou.

Pelo menos, ficou mais fácil para descer até o esconderijo. Não preciso mais me atirar lá de cima. Passo pelas frestas do alçapão sem ter de levantar a pesada madeira. De certa forma, perder o corpo é uma espécie de libertação. Mas era preciso cuidado para o vento não carregar minha voz invisível e fraca.

— É melhor que a voz tenha ficado por último. Acho que assim, quando chegar o sumiço final, vou poder me despedir em paz, sem dor nem desconforto.

— Não fique dizendo essas coisas.

Ele esticou os braços em minha direção, mas em seguida se conteve. O abraço ficou suspenso no ar, desorientado.

— Finalmente, você está livre. Vai poder sair do esconderijo. A polícia secreta não faz mais buscas de caça às memórias. O que é que uma voz sem corpo pode fazer? Prender gente é que não. — Tentei sorrir, mas me lembrei de que não possuía mais boca. Continuei: — O mundo lá fora está coberto de neve. Tudo está em ruínas. Mas, com um coração forte como o seu, não há nada a temer. Você tem força para derreter pouco a pouco a cristalização do mundo. Outros, que até agora se abrigavam em esconderijos, virão ajudá-lo.

Ele continuou tentando tocar a minha voz.

— Sem você, não há mundo ao qual eu possa retornar.

— Eu já não sirvo de nada neste mundo.

— Como assim? Por quê?

Ele pegou nas mãos o espaço de ar de onde acreditava vir a voz. Eu não estava ali, mas um pouco mais adiante. Ainda assim, consegui sentir o calor do corpo de R.

O fluxo do ar mudou de direção. Como se esse fosse o sinal, minha voz começou a sumir, lentamente, começando pela parte mais externa do som.

— Depois que eu for embora, continue cuidando deste recinto. Quero seguir existindo em sua memória, em seu coração.

Aos poucos, fui ficando sem fôlego. Olhei à minha volta. Enfileirado com os outros objetos sumidos, entre a caixinha de música e a gaita de boca, estava meu corpo. Os pés, caídos para os lados, as mãos, unidas no peito, os olhos, baixados. Talvez no futuro ele toque esse corpo da mesma forma como dá corda na caixinha, ou como assopra a gaita, para reviver as lembranças que tem de mim.

— Você precisa mesmo ir? — perguntou ele.

Puxou para si o ar que abraçava. A voz que me restava era débil e entrecortada.

— Adeus...

— Adeus...

Ele continuou a olhar para o oco que havia abraçado. Ficou assim por muito tempo, além do necessário, para se convencer de que nada mais restava ali. Então abaixou os braços, sem forças. Subiu a escada lentamente, degrau por degrau, abriu o alçapão e saiu para o mundo. A luz do exterior brilhou no assoalho por um instante; em seguida, veio a escuridão. A saída se fechou com um rangido. Senti o sutil impacto do canto do tapete cobrindo o assoalho.

No recinto oculto, fui aos poucos sumindo.

## Sobre o tradutor

Andrei Cunha, nascido em 1973, tem traduções publicadas de Jun'ichiro Tanizaki, Yasushi Inoue e Nagai Kafu. É mestre em Relações Internacionais pela Universidade de Hitotsubashi (Tóquio, Japão) e doutor em Literatura Comparada pela Universidade Federal do Rio Grande do Sul, onde atua como professor de língua e literatura japonesas.

OUTRAS OBRAS DE ESCRITORAS JAPONESAS PUBLICADAS
PELA ESTAÇÃO LIBERDADE

Yoko Ogawa
*O museu do silêncio*
*A fórmula preferida do Professor*

Sayaka Murata
*Querida konbini*
*Terráqueos*

Hiromi Kawakami
*A valise do professor*
*Quinquilharias Nakano*

Banana Yoshimoto
*Tsugumi*

ESTE LIVRO FOI COMPOSTO EM ADOBE GARAMOND CORPO 12 POR 15 E IMPRESSO SOBRE PAPEL AVENA 80 g/m² NAS OFICINAS DA RETTEC ARTES GRÁFICAS E EDITORA, SÃO PAULO – SP, EM JULHO DE 2023